《ドン・キホーテ》見参！

《ドン・キホーテ》見参！

狂気を失った者たちへ

桑原聡

水声社

目次

後篇

まえがき

当たり前だ。われわれスペイン人はみな、ドン・キホーテの子供なのだ
（ホアキン翁）

一九九三年、私は三十五歳だった。それが人生でもっとも働き盛りのときだなんて誰にも言わせない。人生七十年と考えたとき、三十五歳は折り返し点だ。バブル経済に浮かれる日本と日本人に強い違和感を覚えていた私は、このままの状態を続けながら老いさらばえていくのは真っ平御免と、会社に休職届を出した。しばらく日本を離れようと思ったのだ。目的地は中世の余韻が残るスペイン。

取りあえずはスペイン語学校に籍を置き、気ままに暮らしながら残り半分の人生について考えようと、落ち着けそうな街を探した。マドリード、バルセロナ、セビリア、バレンシアといった大観光都市には端から関心はなく、日本で言えば山口市ぐらいの規模で中世の面影を残す街が希望だった。そこで候補となったのがスペイン最古の大学を擁するサラマンカである。だが、芋の子を洗うように日本人留学生がいるとの噂を聞いて「絶対に嫌だ」と思った。そのへそ曲がりがやっと探し出したのが、スペインで最も美しいカスティリャーノ（スペイン語）が話されているというバリャドリードだった。首都マドリードの北東一八〇キロに位置する古都である。この街でカスティーリャのイサベルと

アラゴンのフェルナンドが結婚式を挙げ、スペイン黄金時代の王フェリペ二世が生まれ、コロンブスが死んでいる。一六〇〇年から六年間、スペインの首都でもあった。おまけにセルバンテスがこの街で『ドン・キホーテ』の一部を書いている。これだけの情報で私はバリャドリードを選び、辞書と未読の『ドン・キホーテ』(岩波文庫全六巻)を持って、この麗しき古都へ意気揚々と乗り込んだ。

自分に語学の才のないことは分かっていた。それでもスペインの語学学校に通えば何とかなるかもしれないという淡い期待があった。ところがそれはすぐに砕けた。語学学校にはチャーミングな女性教師がいたので、通うには通ったものの、スペイン語はなかなか身につかない。頭が悪いうえに耳も悪い。致命的なのは社交嫌いという点だ。気の利いた会話をしようという意欲のない人間が外国語会話を習得するのは、きわめて困難であるということを思い知った。

語学学校に通い始めて一カ月ほどたったある日のこと、カフェで辞書を繰りながら宿題に取り組んでいると、髭に覆われた痩せぎすの老人が歩み寄ってきて、「ここはそんなことをする場所ではない」と私を一喝した。

正気を失った老人？　無視を決め込もうとしたが、すぐさま、「ドン・キホーテの末裔」という言葉が浮かんだ。彼は槍と盾の代わりに新聞を持ち、私には理解不能な言葉をしばらく吐き続けた。

老人の話が一段落したところで、「セニョール、お名前は」と尋ねると、老人は重々しく「ホアキン」と答えた。私は頭の中で老人に鎧と兜を付けさせてみた。それは私の中のドン・キホーテ像そのものだった。笑いをこらえながら「セニョール、ドン・キホーテに似ていますね」と言うと、老人は堂々と「当たり前だ。われわれスペイン人はみな、ドン・キホーテの子供なのだ」と胸を張った。

正気を失ったかのように見えたホアキン翁は続けてこう問いかけてきた。「セルバンテスはこの街で『ドン・キホーテ』を書いたのだ。その家はいまも残っている。貴殿は行ったことがあるか」と。その物言いは一転、教養人のようでもあった。

「いいえ、残念ながらまだです」と答えると、「ここから歩いて十分ほどの場所にある。貴殿が望むなら、私が連れていってやってもよい」と言う。「ありがとうございます。でも、今日は約束がありますから」と嘘を言って誘いを断ると、「わかった。せっかくバリャドリードに住んでいるのだから、スペイン精神をしっかりつかんで帰国してくれたまえ」と言い残し、ホアキン翁は悠然と去っていった。

残された私は「社交嫌いでこんなざまだから、いつまでたっても会話が上達しないのだ」と、しばらく落ち込んだが、冷めたコーヒーを飲み干して気を取り直し、その足でまだ訪ねていなかったセルバンテスの家に向かった。

旧市街のはずれにあるセルバンテスの家は、外壁を赤れんがで覆った三階建ての建物だった。庭はさほど広くはないが、中央に噴水が配された幾何学的なレイアウトがなされ、きれいに整備されていた。

ミゲル・デ・セルバンテス・サアベドラ（一五四七—一六一六）は一六〇四年から一六〇五年にかけてこの家で暮らし、一六〇五年に『ドン・キホーテ前篇』をマドリードで出版している。セルバンテスの家とはいっても、それは彼が住んでいた三階建ての共同住宅全体のことで、スペイン文化省が博物館として整備・公開している。彼の居宅は二階中央にあり、居間、書斎、寝室、食堂、台所を合せて九十平米ほどの広さ。ここに妻と娘（セルバンテスの連れ子）、姉とその娘、妹の六人で暮らしていたというから、かなり窮屈な思いをしていたと思う。

書斎にはもっともらしく立派な机と椅子が置かれているが、六人暮らしではとてもそんな贅沢はできなかっただろう。人の良さそうな館員に「これはセルバンテスが実際に使っていた机か」と尋ねると、「違います。残念ながらただの十六世紀の家具です」との答え。

パワースポットなる場所があるというが、セルバンテスの家もそれかもしれない。見学後、それまで一ページも読んでいなかった『ドン・キホーテ』を無性に読みたくなったのだ。セルバンテスの霊に憑かれたかのように、私は二週間をかけて岩波文庫全六巻を一気に読み終えた。

ロシアの作家フョードル・ドストエフスキー（一八二一―一八八一）の『白痴』の主人公ムイシュキン公爵は、イエス・キリストとドン・キホーテをモデルにしたことはよく知られている。彼は姪に宛てた手紙に《この長編は無条件に美しい人間を描くことです。これ以上に困難なことは、この世にありません。〔……〕この世にただひとり無条件に美しい人物がおります――それはキリストです。したがって、この無限に美しい人物の出現は、もういうまでもなく、永遠の奇蹟なのです。〔……〕キリスト教文学にあらわれた美しい人びとのなかで、最も完成されたものはドン・キホーテです》と記している。

この世界にあっては、悲しいかな無条件に美しい人間は、ムイシュキン公爵のように白痴、もしくはドン・キホーテのように狂人と見なされる。

荒唐無稽なユーモア小説の衣装をまとった『ドン・キホーテ』は、じつは、ドストエフスキーが手紙に書いたように「無条件に美しい人間を描」いた作品なのだ。もちろん、社会批判、文明批判の書と解釈することもできるが、それはこの偉大な作品のほんの一面であって、その本質は、無条件に美しい人間を描ききったものなのだ。

すっかり小利口になってしまった日本人が失ってしまった大切なものが、正気を失い不条理な情熱に突き動かされるドン・キホーテの中にあった。天は『ドン・キホーテ』を読ませるために、私をバリャドリードに導いたに違いない。私はそう確信した。

あれから二十年以上が経過した。日本と日本人に対する違和感がますます強くなっていった私は記者生活の締めくくりとして、ドン・キホーテとともに旅をしながら感じたことを正直に綴ったコラム「鈍機翁のため息」を、二〇一三年十二月から二〇一六年三月まで産経新聞に連載した。それはドン・キホーテの狂気に少しばかり感染した初老の男が、自分自身を含む日本人と日本に向けて石を投げ続ける行為でもあった。本書はその連載をおよそ半分に圧縮し、再構成したものである。

前口上はこのくらいにして、そろそろドン・キホーテとともに出立するとしようか。

前篇

第1章　初めての旅立ち

どこかの巨人に勝ち、そいつを屈服させた場合、そいつを捧げものとして献上すべき麗しい婦人がいれば、それはうれしいことではないだろうか？
（キホーテ）

その男、本名はアロンソ・キハーノという。年齢は六十歳前後。十六世紀中葉にスペインはラ・マンチャ地方の郷士の家に生まれ、善人としてつつましやかに生きてきた。「拙者は独り者で、今日にいたるまで結婚しようと考えたこともござらぬ」と本人が述べているように独身。家族は二十歳前の姪と四十過ぎの家政婦。家には雑用をこなす下男が出入りしている。

《どんなものを食べているか言ってみたまえ。君がどんな人間であるかを言いあててみせよう》とは、フランスの政治家ブリア＝サヴァラン（一七五五―一八二六）の言葉である。セルバンテスはさすがであった。アロンソ・キハーノが日頃何を食べていたか、きっちりと書いているのである。献立は次の通り。

《羊肉よりは牛肉の多く入った煮込み、たいていの夜に出される挽き肉の玉ねぎあえ、金曜日のレンズ豆、土曜日の塩豚と卵のいためもの、そして日曜日に添えられる子鳩といったところが通常の食事

で、彼の実入りの四分の三はこれで消えた》

収入の七五パーセントが食費。現代日本のエンゲル係数（二五パーセント程度）と比べるとずいぶん高く感じられるが、中世ならこんなものだろう。ラ・マンチャは内陸部ゆえに魚こそないが、羊、牛、豚、鳩と肉の種類は豊富である。ただ、高価な羊肉を存分に食べることはかなわなかったようだ。

ところで、土曜日の献立に謎めいた表記がある。岩波文庫の翻訳者である牛島信明氏はさらりと「塩豚と卵のいためもの」と訳しているが、原書では「ドゥエロス（悲痛）とケブラントス（苦悩）」と記されている。悲痛と苦悩？　いかなる料理であったのか。

スペインの詩人ロドリゲス・マリーン（一八五五―一九四三）は『ドン・キホーテ』刊行（一六〇五）の数年後に出たフランス語訳とイタリア語訳、さらに同時代の戯曲を調べ上げて、それが豚の三枚肉と卵を炒めたものであることを突き止めたという。手元にあるスペイン語版（エベレスト社）の註には「具体的にはどんな料理か分からない。おそらく畜類の屑肉（頭、手足、内臓）、または豚の三枚肉と卵を炒めたもの」とあった。

ただ、まだ大きな謎が残っている。その料理にどうして「悲痛と苦悩」という大仰な名前が付けられたのかということだ。荻内勝之氏は『ドン・キホーテの食卓』で面白半分に、スペイン人研究者の仮説を紹介している。《ラ・マンチャ地方では緬羊が事故などで死ぬと、塩をして干肉に加工し、自家用とした。四肢や砕けた骨のことをスペイン語でケブラントス、飼い主の傷心がドゥエロス。ここからドゥエロス・イ・ケブラントスという料理ができたという》。だから、どうして？……。

当時のスペイン王室にとってもっとも重要な財源は羊毛（メリノ種）の輸出であった。だから羊の群れにはさまざまな特権が付与されていた。それが事故で死ねば、それを管理する農民にとっても、ひいては王室にとっても大きな痛手となる。農民は傷心を抱えながら羊を解体し、その肉を卵と一緒にいためて食し、傷心を癒やしたというわけか。ならば、どうして羊が豚に代わったのか。

ほかにもさまざまな説が唱えられてきたが、もっとも説得力のあったのがセルバンテス研究の世界的権威であるアメリコ・カストロ（一八八五―一九七二）の説である。彼の『セルバンテスとスペイン生粋主義』を開いてみると「ハムと豚の脂身の歴史・文学的意味」という興味深い節があった。要約すると、当時のスペインには、キリスト教徒のほかにキリスト教に改宗した元イスラム教徒と元ユダヤ教徒が暮らしていた。「改宗か追放か」という厳しい選択を迫られ、いやいや改宗した人々である。イスラム教徒もユダヤ教徒も豚を口にしない。「悲痛と苦悩」とは、スペインでもっともありふれた料理である豚肉と卵のいためものを差し出された彼らの率直な感情ではないか、というのである。そして「悲痛と苦悩」を毎週土曜日に食すキホーテは、生粋のキリスト教徒であることが暗示されているというのだ。料理ひとつ取っても、セルバンテスはさまざまな仕掛けを施している。

キハーノの階級である郷士とは、最下層の貴族である。本来なら仕える領主のために「いざ鎌倉」という心構えと日常の鍛錬が必要だったはずだが、彼の時代には専業の軍人が台頭したため、戦士としての役割は薄れ、農民とさして変わらぬ暮らしをしていた。

ところが、キハーノは「五十にして天命を知る」。当時大流行していた血湧き肉躍る、言い換えれば荒唐無稽な騎士道物語に耽るあまり正気を失い、自分も物語の騎士のように、世のため人のために遍歴の旅に出ることを決意したのだ。フランスの哲学者アンリ・ベルクソン（一八五九―一九四一）の言う「エラン・ヴィタール」（生の跳躍）である。

騎士道物語が引き金となって生の跳躍を遂げた人物は現実にもいる。イエズス会を創設したイグナシオ・デ・ロヨラ（一四九一―一五五六）と、修道院改革に人生を捧げたアビラの聖テレサ（一五一五―一五八二）である。二人が騎士道物語に出会わなければ、世界の歴史は変わったかもしれない。また、騎士道物語に感化されて情熱を育んだ人々の一部は、一旗揚げようと新大陸へなだれ込んだ。コンキスタドール（征服者）と呼ばれた連中だ。エルナン・コルテス（一四八五―一五四七）は六百人でアステカ王国を、ゴンサロ・ピサロ（一五〇二―一五四八）は二百人でインカ帝国を滅ぼしてしまう。もちろん新大陸で野垂れ死にした連中も多かった。その善悪はここでは問わない。驚嘆すべきは、彼らの情熱の強靱さ、そしてそれを育んだ騎士道物語の影響力ではないか。

騎士道物語は数々あれど、もっとも人気を博したのはスペインのガルシ・ロドリゲス・デ・モンタルボ（一四五〇―一五〇五）が書いた『アマディス・デ・ガウラ』である。ガウラの王とイングランドの王女との間に生まれた不義の子アマディスの冒険と恋を描いた一種の貴種流離譚である。ガウラとはカエサルの『ガリア戦記』のガリア、つまり現在のフランスのこと。

キハーノにとっても、アマディスは理想の騎士であった。遍歴の旅に出るにあたり、キハーノは騎士らしい名前を一週間かけて考え、ついにドン・キホーテと名乗ることに決める。しかしどこか物足りない。しばらくして、アマディスが自身の祖国の名誉を高めようと、生まれ故郷である王国の名を添えてアマディス・デ・ガウラとしたことをキハーノは思い出す。ドン・キホーテ・デ・ラ・マンチャの誕生である。

騎士にとって絶対に必要なものは馬である。字を見ればわかるように馬に乗らなければ騎士ではない。レコンキスタ（国土回復戦争）期の英雄エル・シード（一〇四三？―一〇九九）は、バビエーカという駿馬を駆ってモーロ人を征伐した。チャールトン・ヘストンが主演した映画をごらんになった方も多いだろう。

スペイン文学最古の作品といわれる叙事詩『エル・シードの歌』の第二歌に、エル・シードとバビエーカの出会いが描かれている。

バビエーカと呼ばれる　その馬に打ちまたがって　一走りしてみれば　なんと見事な疾走ぶり！　一走りし終わったとき　人びとはみな驚嘆し　この日から以後バビエーカは　エスパーニャじゅうで称賛された

正気を失ったキハーノの目には、自宅で飼っていた痩せ馬がバビエーカに劣らぬ駿馬に映った。彼は四日間考え抜いて、ついにロシナンテという名前を思いつく。独身で子供のいないキハーノにとって、馬とはいえ命名という儀式はまことに重いものであったに違いない。セルバンテスはこう解説する。

この馬が以前（アンテス）は駄馬（ロシン）であったことを示すと同時に、現在は世にありとある駄馬の最高位（アンテス）にある逸物であることをも表しているのであった

知性と謙虚さと願いと諧謔の精神が感じられる命名ではないか。

痩せ馬に名をつけ、みずからをドン・キホーテと名乗ることとした彼は、錆びて黴だらけになって

いた曾祖父の鎧兜をきれいに磨き上げるが、遍歴の騎士に絶対に欠かせぬあるものに気づく。それは己の愛を捧げる貴婦人、つまり思い姫である。

セルバンテスは《およそ愛する婦人をもたない遍歴の騎士など、葉や実のない樹木か魂のない肉体に等しかった》と記し、キホーテは心の中でこう言うのである。《どこかの巨人に勝ち、そいつを屈服させた場合、そいつを捧げものとして献上すべき麗しい婦人がいれば、それはうれしいことではないだろうか？》

キホーテが思い当たったのは、かつて思いを寄せながらも打ちあけることをしなかった、エル・トボーソ村（マドリードの南西一五〇キロの地点に実在する）に住むアルドンサ・ロレンソという娘。彼は自分の名と釣り合いがとれるよう、その娘をドゥルシネーア・デル・トボーソと呼ぶことにするのである。

ここで思い出されるのは山本常朝（一六五九―一七一九）の『葉隠』の一節だ。《恋の至極は忍恋と見立て候。逢ひてからは恋のたけが低し、一生忍んで思ひ死する事こそ恋の本意なれ》。三島由紀夫は『葉隠入門』で解説する。《「葉隠」の恋愛は忍恋の一語に尽き、打ちあけた恋はすでに恋のたけが低く、もしほんとうの恋であるならば、一生打ちあけない恋が、もっともたけの高い恋である》

アルドンサへの思慕はまさに「忍ぶ恋」ではないか。打ちあけることをしなかったがゆえ、その気持ちは持続したのである。西欧の騎士道と日本の武士道は、ともに封建社会を基盤に成立したため、その価値観には驚くほど共通するところが多い。新渡戸稲造の『武士道』が欧米に広く受け入れた所以である。

三島はこうも書いている。《いま（昭和四十二年ごろ）の恋愛はピグミーの恋になってしまった。恋はみな背が低くなり、忍ぶことが少なければ少ないほど恋愛はイメージの広がりを失い、障害を乗り越える勇気を失い、社会の道徳を変革する革命的情熱を失い〔……〕かくて東京の町の隅々には、ピグミーたちの恋愛が氾濫している》

まことに辛辣。それから半世紀近くの時が流れたが、平成日本の恋愛事情はどうなのだろう。家畜の恋？

三島は自伝的作品といわれる『仮面の告白』で、主人公に《私の物の考え方にはドン・キホーテ風なところがあった。騎士物語の耽読者はドン・キホーテの時代には数多かった。しかしあれだけ徹底的に騎士物語に毒されるには、一人のドン・キホーテであることが必要だった。私の場合もこれと変りはない》と告白させている。その後の三島の人生を考えると、非常に意味深長である。

セルバンテスはロシナンテの意味するところについて書いてはいるが、キホーテとドゥルシネーアについては何も説明していない。牛島信明氏は、本名の「Quijano」の「Quij」に軽蔑の意味の込められた増大辞の「-ote」を付けたと説明している。「Don」という身分の高い男性にのみ許される敬称を付けたため、現実に身分の低いキハーノは、無意識のうちに自分を貶め、バランスを取ろうとしたのかもしれない。ドゥルシネーアについては、おそらく、当時の本を読める人々であれば、それが「ドゥルセ」（甘い、優しい）、教養人ならラテン語の「ドゥルキス」を元にしていることぐらいたやすく理解できると考え、説明を省いたと思われる。

いまでは「ドゥルシネーア」（英語ならダルシーニア）は、スペイン語でも英語でも「理想の恋人」を意味する普通名詞になっている。脇道にそれるが、日本人にはインドネシアやポリネシアという地名がなじみ深いせいか、ドゥルシネーアをドゥルネシアと誤記したり、発音したりする人をしばしば見かける。要注意である。

こんなことを書いたのには理由がある。独奏チェロがキホーテ、独奏ヴィオラがサンチョを表現するという趣向のリヒャルト・シュトラウスの交響詩『ドン・キホーテ』（演奏はカラヤン指揮のベルリン・フィル。録音は一九八六年一月）に付いていた解説を読んであきれ返ってしまったことがあったからだ。

著者は思い姫ドゥルシネーアをドルネシアと誤記し、おまけにキホーテをドンと表記しているのだ。ドンとは高貴な男性につける尊称であり、略するならキホーテであろう。さらに噴飯ものだったのは、『ドン・キホーテ』を《架空のドルネシア姫を救い出すため、武者修行に旅立つ》と解説している。思い違いも甚だしい。

著者は東京大学名誉教授。ドイツ方面が専門で、クラシック音楽の世界では権威のある方だが、どうやら『ドン・キホーテ』はお読みになっていないらしい。にもかかわらず、もっともらしく《『ドン・キホーテ』正篇と続篇は、共に何人にも一読をすすめたい面白い物語である》と書いているのである。故人ゆえ、騎士の情け、名前は出さないことにする。『ドン・キホーテ』は名前のみが流布し、実際に読まれていない小説の代表といわれるが、その通りなのだろう。演奏はというと、それは見事なもので、カラヤンとシュトラウスは抜群に相性がいいと思う。

ところで、キリスト教とその信徒を守ることを責務とする遍歴の騎士に、どうして思い姫が欠かせないのか。その背景には聖母マリア信仰がある。思い姫への愛は、聖母マリアへの思慕と重なるのだ。

だからその関係はあくまでプラトニックでなければならない。

キホーテは語る。《拙者は恋する者でござるが、それは遍歴の騎士にとって恋が不可欠であるがゆえにほかなりませぬ。それゆえ恋はするものの、拙者の恋はふしだらな肉欲におぼれるものではなく、プラトニックな清らかなものでござる》。彼はこの言葉を純粋に守りきるのだ。

第2章　娼婦の立つ宿屋

後世の記憶のため、青銅に彫り、大理石に刻み、画板に描かれるに値する、拙者の栄光に満ちた勲功が公表される時こそ、めでたき時代、幸いなる世紀と言うべきなり

（キホーテ）

準備万端整ったと考えたキホーテは七月某日、姪と家政婦に見とがめられないよう、まだ夜が明ける前、ロシナンテに跨がって裏庭のくぐり戸から野外に出る。文学の歴史に残る大ヒーローにしては、ひどく地味な出立である。まるで家出少年ではないか。

こんな出立ではあるが、天命に従って世直しの旅に出るわけだからキホーテは意気揚々、有頂天であった。彼は騎士道物語の主人公になった気分で自分に語りかける。《後世の記憶のため、青銅に彫り、大理石に刻み、画板に描かれるに値する、拙者の栄光に満ちた勲功が公表される時こそ、めでたき時代、幸いなる世紀と言うべきなり》。ところが、キホーテは致命的とも言える手抜かりに気がつく。詩人や評論家になりたいのなら名刺にそう刷り込むだけでいいが、騎士になるには、ある絶対条件と叙任式という荘重な儀式が必要なのだ。

スペイン語文学研究者、清水憲男氏の『ドン・キホーテの世紀』によると、ユダヤの血が混ざっていない昔からのキリスト教徒であることが絶対条件であり、任命できるのは騎士の地位にある男性に

限られるという。叙任式では、志願者は剣を手に信仰、主人、祖国のために死をも厭わないと宣誓し、担当騎士は志願者の首または肩に峰打ちをくらわせるそうだ。

先祖代々キリスト教徒であるキホーテは、まったく慌てることなく、能天気にも、最初に出くわした騎士に頼んで、正式の騎士に叙任してもらおうと決意する。

キホーテは、自分で手綱を操ることなく、ロシナンテにまかせて荒れ野を進んでいく。セルバンテスはこう記す。

自分の馬の望む道をたどること、そこにこそ冒険行の真骨頂があると信じていたからである

何気ない一文であるが、ここにこそ永遠のヒーロー、キホーテの真骨頂があると思う。生命保険会社の商売に水を差す気など毛頭ないが、われわれは「安全・安心」という悪魔のささやきに魂を奪われ、自分の運命を信じてやみくもに突進する勇気と情熱を失ってはいないだろうか。

二十世紀スペインを代表する哲学者ミゲル・デ・ウナムーノ（一八六四―一九三六）はさすがである。『ドン・キホーテとサンチョの生涯』で《馬まかせに旅をするということが、神の計画に対するもっとも深い謙遜と従順の行為の一つである〔……〕動物の本能はわれわれの自由意志よりもさらに直接的に神の意志に依存しているがゆえに、彼は馬の導きにおのれをまかせるのだ》と、キホーテの態度の本質を喝破している。

ロシナンテまかせの冒険行――。当たり前のことだが、そう簡単に冒険に遭遇することはない。季

節は真夏、それもラ・マンチャ地方である。太陽は朝夕こそ人間に微笑みかけるが、昼時ともなれば、人が変わったように獰猛になる。一時間も照らされれば、脳味噌がグツグツ煮えて溶けてしまい、鼻水となって流れ出てもおかしくはない。ラ・マンチャ地方は、マカロニ・ウエスタン（イタリア製西部劇）のロケ地としてよく使われているので、ジュリアーノ・ジェンマ主演の「夕陽の用心棒」を思い起こしていただければ、その土地の雰囲気がおわかりになると思う。

おまけに、キホーテは重い鎧兜を身につけている。痩せ馬ロシナンテもいい迷惑である。ひ弱なわれわれであれば熱中症であっと間に落馬してしまうだろう。とにかく終日歩き続けるものの、語るに値することは何ひとつ起こらない。人生とはそんなものだ。

キホーテとロシナンテは疲れと空腹で死なんばかりになる。陽も落ちたので、遍歴の騎士（まだ正式に叙任はしていないが）に宿を提供してくれそうな城か羊飼いの小屋を探すと、ほど遠くないところに一軒の宿屋を見つける。正気を失っているキホーテにとってそれは《四隅に銀色燦然たる尖塔のそびえた、跳ね橋もあれば深い濠もある立派な城》に見えたのである。いよいよ冒険の始まりである。

遍歴の旅に出たキホーテが初めて出会った人間は、宿屋の戸口に立つ二人の若い娼婦だった。ただし、宿屋を立派な城と思い込んだキホーテの目には、城門の前で憩う姫君もしくは貴婦人に映る。

鎧兜姿でロシナンテに跨がったキホーテが近づくと、二人は恐れをなして宿屋の中へ逃げ込もうとする。時代離れした奇妙な風体の男が忽然と現れたのだから当然の反応であろう。二人の恐怖心を察知したキホーテは、礼儀正しい物静かな調子で、自分は他人に危害を加えるような者ではない。ましてや《やんごとなき姫君方に対してはなおさらのことでござる》と語りかける。ところが二人は、思わず吹き出してしまうのだ。娼婦である自分たちが、時代離れした口調で姫君と呼ばれたのだから、これも当然の反応だ。

これをぶしつけと感じたキホーテが《佳人には礼節が似つかわしいもの、さしたる理由もなく哄笑に及ぶなど、はしたなさの極みでござろう》とたしなめると、二人の笑いはさらに大きくなってしまう。さすがのキホーテも腹を立てるが、そこへまるまると太った宿屋の主人が現れ、キホーテをとりなして場を収める。

ここは、単に読者の笑いを誘う場面のようにも見えるが、それほど浅いものではない。キホーテの無垢で本気の言葉は、娼婦たちにある変化を生じさせる。二人の奥に眠っていた無垢なる気持ちが、頭をもたげてくるのである。

では、キホーテを笑った二人の娼婦にどのような変化が生じたのか。以下の通りである。その宿屋に泊まることになったキホーテがロシナンテから降りると、二人はかいがいしく鎧を脱ぐのを手伝い始めたのである。ただ、緑色の組紐でしっかりと結びつけられていた面頬付きの兜だけはどうしても脱がすことはできなかったが……。

《生まれ故郷をあとにした時の／ドン・キホーテにいやまして／淑女らの下にも置かぬ歓待を／受けし騎士はよもやあるまじ》と、キホーテが喜びを古いロマンセを借用して伝えると、その意味をよく理解できない二人は、返事をする代わりに「何か食べたくはありませんか」と尋ねるのだ。

そして食事のさいには、兜をつけているため、自分一人で食べることができないキホーテの口に料理を運んでやるのだった。まるで母親のようではないか。人の心を本当に動かし変えることができるのは、キホーテのような無垢で本気の言葉と行動だけなのだ。

かいがいしくキホーテの世話を焼く二人の娼婦の姿は、マグダラのマリアを想起させる。彼女をめぐっては、かつて娼婦だったという伝説が流布しているが、ヤコブス・デ・ウォラギネ（一二三〇頃—一二九八）の『黄金伝説』には、彼女自身の言葉としてこう記されている。《あなたは、福音書に出てくるマグダラのマリアのことをご存じですか。世間から罪の女とよばれる身でありながら、主のおみ足を涙で洗い、髪の毛でぬぐって、罪の赦しにあずかった女です》。セルバンテスは、キホーテにイエスを投影させているように思えてならない。

娼婦の手を借りて夕食をとるキホーテだったが、ひどく気に病んでいることがあった。それは、自分がまだ正式に騎士に叙任されていないということだ。キホーテは夕食もそこそこに、宿屋の主人（キホーテにとっては城主）を呼び、彼の前に跪いて、《明日の朝にでも、拙者を正式の騎士に叙していただきたい》と頼み込むのである。

キホーテが正気を失っていると確信した宿屋の主人は、ひと夜の慰みものにするのも面白いと考え、その夜、中庭で甲冑の不寝番をすれば、翌朝、しかるべき儀式を滞りなく執り行う、とキホーテの申し出を受け入れる。

いよいよ叙任式である。キホーテは宿屋の庭に出ると、甲冑一式を井戸のそばにある水甕の上に置き、槍と盾を持って寝ずの番に入った。宿屋の主人と泊まり客は、月明かりに照らし出されるキホーテの挙動を楽しもうと窓辺に寄る。

ところが事件が起きる。自分の騾馬に水を飲ませようと庭に出た馬方が、水甕の上にあったキホーテの甲冑を遠くに投げ捨ててしまったのだ。単にじゃまだったからだ。キホーテは、天の一点を見据えて願をかけたのち、盾を投げ捨て、槍を馬方の脳天に打ち下ろす。セルバンテスは楽しそうに記す。《あれで、さらにもう一撃加えていたとしたら、怪我人の治療にあたる外科医を呼ぶ手間は省けていたことであろう》

甲冑を拾い集め元の場所に戻すと、キホーテは再び寝ずの番に入る。しばらくすると、事情を知らない別の馬方が同じことを企てた。キホーテは盾を投げ出し、両手で持った槍を馬方の頭に振り下ろす。これを見た馬方の仲間たちは、キホーテを遠巻き囲み、つぶての雨を降らせた。

しかし、ひるむキホーテではない。《おぬしらの無礼千万な愚行の報いがいかほどのものか、すぐに思い知らせてくれようぞ》と、猛烈なけんまくで一喝する。その迫力に馬方たちはみなおじけづき、宿屋の主人の取りなしもあってつぶての雨はやむ。遍歴の旅における最初の戦いでキホーテは見事に勝利を収めたのだ。まずは、めでたしめでたしと言っておこう。

馬方相手の流血騒動を目の当たりにした宿屋の主人は、このままキホーテを愚弄していたらろくなことにならないと思う。ならば、叙任の儀式を早々にすませ、キホーテを追い出すにしくはないと、すぐに実行に移る。

ロウソクを持たせた少年と二人の娼婦を従えてキホーテの前に立った主人は、キホーテに跪くよう命じる。そして、大福帳を手にでたらめな祈禱を唱えながら、キホーテの頸筋に平手打ちを食らわせ、キホーテの剣で肩に激しい峰打ちを加えた。これに続いて娼婦の一人がキホーテに剣を佩かせながら《神様のお力であなた様が武運めでたき騎士となり、合戦で勝利を収められますように》と言祝ぎ、もう一人の娼婦は、キホーテの靴に拍車をつけた。

晴れて騎士となったキホーテ。一方、できるだけ早く彼を宿から追い出したい主人は、宿代を請求することなく、キホーテをさっさと出発させたのである。東の空が白み始めるころだった。

ここで感動的なやりとりがある。母親のような無償の奉仕をしてくれた二人の娼婦に、キホーテは名を尋ねたうえで、高貴な女性の尊称である「ドニャ」を捧げ、これから先の奉仕と庇護を申し出たのである。

第3章　初めての敗北

わしは自分が何者であるか、よく存じておる　（キホーテ）

すがすがしい気分で出立したものの、キホーテは宿屋の主人の忠告を思い出す。彼はお金も着替えも、戦いで手傷を負ったときのための医薬品も持たず、遍歴の旅に出ていたのである。というのも、彼が読みふけった騎士道物語には、そのようなことはいっさい書かれていなかったからだ。

キホーテを愚弄して楽しもうとした性悪な俗人の主人ではあるが、何の用意もないことを知ると《あまりに当然すぎて、ことさら書きたてる必要もないと判断されたからだ……いにしえの騎士たちは、自分の従士にお金、および傷の治療のための膏薬や包帯用の布切れといった必需品を用意させるのを当然のことと考えていたのだ》と、まことに現実的な忠告をしたのである。

ロシアの作家イワン・ツルゲーネフ（一八一八―一八八三）は『ハムレットとドン・キホーテ』に《「人を笑っているとその人の召使になるぞ」という諺があだ言でないとすれば、それに付け加えて、人を笑えばもうその人を赦したどころか愛する気になっているのだということもできましょう》と書いている。なるほど、と思う。二人の娼婦と同様に、主人もキホーテを笑いながら、自分で気づかぬうちに愛するようになっていたのかもしれない。

正気を失っていながら、こういう局面では常識の働くキホーテは、主人の忠告を素直に受け入れ、ここはいったん家に引き返すがよかろう、と判断するのである。

自宅をめざして進み始めたキホーテの耳に、森の方から弱々しいうめき声が聞こえてくる。天が遍歴の騎士に与えてくれた機会と感謝し、森の中に分け入ってみると、木に縛られた少年を、筋骨隆々たる農夫が革ベルトで打ちすえているのであった。羊番の仕事をまっとうにこなせないにもかかわらず、給金がきちんと支払われていない、と不平を言う少年を懲らしめていたのだ。

隣の木には馬がつながれ、槍が立て掛けられていたため、農夫を不埒な騎士と思い込んだキホーテは、槍を突きつけ、少年を解放するよう命じる。恐れをなした農夫は平身低頭で、少年を解き放し、給金もきちんと支払うと約束してその場を収める。

しかし、あとがいけなかった。騎士たるもの、口にした言葉は命に代えても守るものと固く信じるキホーテは、農夫に約束を守るよう厳命してその場から去ってしまったのだ。気の毒なのは少年だ。再び木に縛り付けられ「倍返し」とばかりに打ちすえられ、半死半生の目に遭うのである。

遍歴の旅に出て二日。宿屋（キホーテの意識では城）では、貴婦人二人にかしずかれ、無礼な馬方二人を成敗し、無事に騎士に叙任された。その翌日には、不埒な騎士にいたぶられていた少年を助けたのだから、キホーテは上機嫌であった。しかし、こういうときにこそ落とし穴は待ち受けているものである。人生は怖い。

キホーテは商人の一行と行き会う。これを遍歴の騎士一行と思い込んだ彼は、彼らの前に立ちふさがり、ドゥルシネーアにまさる美しい乙女はこの世にいないと認めるまでは道を通さないと口上を述べるのである。

商人たちは、キホーテが正気を失っているのを見抜き、相手をしてからかってやろうと考えた。一人が、見たこともない女性についてとやかく言うことはできない。だから顔を拝ませてほしいと、もっともらしいことを言うと、キホーテはこう言い放つ。

　ここで肝腎なのは、あの方を見ることなく、その美しさを信じ、認め、主張し、誓い、擁護しなければならんということなのじゃ

まことに深い言葉である。ドゥルシネーアの代わりに神をおけば、キリストの言いそうな台詞ではないか。しかし商人は、キリストに対して神のしるしを求めたユダヤ人のように、米粒大のものでもよいからその絵姿を示すよう求める。ここまではよい。このあと、商人は聞き捨てならない言葉をキホーテに浴びせ、事件が起こるのである。

商人の言葉とは、こうである。《たといその絵姿に描かれた姫君の片目が斜視で、もう一方の目から朱色や硫黄色をしたやにが流れ出していようといっこうに構いやしません……》

思い姫ドゥルシネーアを冒瀆されたキホーテは烈火のごとく怒り、槍を低く構えて商人に突撃した。ところが、ロシナンテが何かに躓いて転倒し、キホーテは大地に投げ出されてしまう。起き上がろうとしても古い甲冑をつけているため、身動きがとれない。

キホーテはそのままの格好で《逃げるでないぞ、この臆病者めら〔……〕このように横たわっているのは、拙者のせいではなく、乗馬の不覚によるものだからじゃ》と、負け惜しみに似た声を上げる。その減らず口に我慢できなくなったのか、商人に随行していた騾馬引きが、キホーテの槍をひったくっていくつにも折り、そのひとつで力まかせに打擲したのだ。

セルバンテスは記す。《まるで挽臼にかけられた小麦のように、へなへなになってしまった》。それでもキホーテは、瞬時も口を閉ざすことなく、天と地に向かってののしり続ける。打擲は騾馬引きが疲れ果てるまで続いた。

遍歴の旅に出たキホーテにとって初めての敗北であった。が、横になったまま、これは遍歴の騎士に特有の災難であり、その災難に遭ったわが身を幸せとみなすのである。その思考はいいが大きな問題があった。どうあがいても起き上がれないのだ。

キホーテの愛読した騎士道物語ならば、窮地に陥った騎士には必ず救いの手が差しのべられる。キホーテは自分と同じような窮地に立たされた騎士の物語を思い出し、その中の台詞を弱々しく唱え出した。すると、幸運にもキホーテの近所に住む農夫が通りかかったのだ。信じる者は救われる……。

農夫の騾馬に乗せられ、キホーテは自分の村へ向かう。道中、騎士道物語と現実が区別できくなったキホーテの妄想を聞かされ続けた農夫は、ついに我慢できず《ああ、なんてこった。しっかりしてくださいよ、旦那様〔……〕（あなたは）立派な郷士のキハーナ様ですよ》と言う。すると、キホーテはこう応じるのである。

わしは自分が何者であるか、よく存じておる何気ないが、きわめて謎の深い言葉である。ウナムーノはこれを「自分がどういう者でありたいかを承知している」と解釈する。キホーテは、「天命に従って自分の生を生きききる者になりたい」と思い、そのことを承知しているということだろう。

加えて《まさに人間以上のものたらんと欲するときだけ、人間は本来的な人間なのである》というウナムーノの言葉に従えば、キホーテこそが本来的な人間であり、正気を失った彼を笑う人々は、人生の本質を知らぬ哀れな存在にすぎないのだ。

第4章　帰還そして二度目の旅立ち

ねえ、遍歴の騎士の旦那様、おいらに約束なさった島のこと、どうか忘れねえでくだせえよ。おいらは、どれほどでかい島でもちゃんと治めてみせるだからね　（サンチョ）

主人の突然の出奔で自宅は大騒ぎになっていた。事情通の家政婦は《もっとも、あたしにはちゃんと分かるんです。これは、あたしが死ぬために生まれてきたってことが真実であるのと同じほど間違いのないところですけどね……》と前置きして、騎士道物語が出奔の原因になったと、キホーテの友人の司祭と床屋にまくし立てるのである。

《あたしが死ぬために生まれてきた……》。さりげないが深い言葉だ。ヨーロッパ中世を生きる人々の根本には「メメント・モリ」という思想があった。日本語では「死を想え」。家政婦の言葉は、まさにそれではないか。私がこの言葉を初めて意識したのは三十年ほど前、藤原新也氏の写真集『メメント・モリ』に出会ったときだ。荒れ野に捨てられた人間の死体を野犬が貪り、カラスが遠巻きにその様子をうかがっている光景。そこには「ニンゲンは犬に食われるほど自由だ」との言葉が付されていた。それ以降、深い意味はつかめないながらも、常に気になる言葉として私の傍らにいた。

自分なりに「こういうことなのかもしれない」と思うようになったのは、著述家の執行草舟氏が『根源へ』で語った言葉によってである。いわく《死の一部こそが生であり、死について絶えず考えなければ本当の生はない》。われわれは本当の生を生きているのだろうか。

セルバンテスは特別に意識することなく、家政婦に言わせているのだと思う。それは当時、当たり前すぎる考えだったはずだ。いまだってそうだ。にもかかわらず、その言葉に引っかかってしまうのはどうしたことか。おそらく当たり前のことを考えないように生きてきた自分の愚かしさにやっと気づき始めたからだろう。年は取るものだ。少々遅きに失した感もあるが。

少し自分の体験を語りたい。「死ぬために生まれてきた」という事実を受け入れてしまうと、オセロゲームのように価値観の反転が起こる。「素敵な死」を死ぬことが人生の目標となり、そのためには、どう生きたらよいかと考えるようになる。「素敵な死」の内容は人それぞれだろう。それさえ決まれば、生き方もおのずと決まってくるのだ。そして、「素敵な死」のためにこそ健康が大切なのだという当たり前のことにも気づく。人生の価値は長短ではない。「素敵な死」を死ぬことができるかどうかである。こんなことを言うと、『ドン・キホーテ』に深入りしすぎて、彼の狂気に感染してしまったのではないか、と気の毒な目で見られそうだが、それでけっこう！

そんな人間の目には、現代のアンチ・エージングブームはとてつもなく醜悪に映る。人は「素敵な死」を死ぬために成熟していかなければならないはずなのに、多くの人が見かけも内面も成熟を拒否している。永遠に生き続けるつもりなのかしらん。

キホーテの自宅では、愛すべき善人アロンソ・キハーノを妄想の世界に引き込んだ憎き騎士道物語をどうするか？　姪、家政婦、そしてキホーテの友人である司祭、床屋は火刑に処することで一致する。火刑とは、いかにも異端審問が猛威をふるったスペインらしい、と思われる読者も多かろう。しかし、私はスペインを擁護したい。一五八八年に無敵艦隊がイギリスに敗れたのをきっかけにスペインは凋落の一途をたどる。とどめの一撃は一八九八年の米西戦争の敗北である。スペインに代わって世界を支配したのはアングロ・サクソンであり、正史は彼らによって書かれるようになった。彼らはみずからの正当性を強調したいがために、これでもかこれでもか、とスペインの悪行を誇張して書き連ねてきた。いわゆる「黒い伝説」だ。中南米の征服しかり、異端審問しかり。敗戦後の日本もアングロ・サクソンによって悪逆非道の国とされた。これに異論を唱えようものなら歴史修正主義と罵倒される。スペインは長きにわたりよく耐えてきたと思う。

騎士道物語を火刑にしようとしているところに、親切な農夫に連れられた満身創痍のキホーテが戻ってくる。一同から質問攻めにあうが、彼はそれにはいっさい答えず、何か食べさせてほしい、ゆっくり眠らせてほしいと言うだけであった。それからおよそ二週間、キホーテは旅に出るそぶりも見せず静かに過ごすのである。

キホーテはなかなかしたたかであった。遍歴の旅に出るそぶりを見せず、近所に住む善良で妻子持ちの農夫サンチョ・パンサに目を付け、自分の従士になれば島の領主になることも夢ではないと、さかんに口説いていたのである。さらに、路銀を捻出するため、家にあるなにやかやを二束三文で売り払った。

すべて準備が整ったある夜、ロシナンテに跨がったキホーテと驢馬に乗ったサンチョは、こっそりと村を抜け出す。世界にその名をとどろかす串団子コンビの誕生だ。言うまでもなく、串とは長身痩躯のキホーテ、団子とは短軀肥満のサンチョである。

サンチョの無謀ともいえる決断は、キホーテの無垢な情熱によって眠っていた情熱が揺り起こされた結果であろう。幸不幸は問題ではない。情熱に突き動かされぬ人生など本当の人生ではない。サンチョもエラン・ヴィタールをなしたのだ。

旅に出たサンチョは《おいらに約束しなさった島のこと、どうか忘れねえでくだせえよ》と約束の遵守を確認する。するとキホーテは《知っておくがよいぞ、友のサンチョ・パンサ》と応じ、《約束した以上のものを、苦もなく与えられそうな気がするのじゃ》と述べる。能天気なものだ。

注目すべきは、騎士と従士という関係でありながら、キホーテがサンチョを「友」と呼んだことだ。この関係の結び方が、サンチョに存分なる活躍の機会を与えるのである。

私は「串団子コンビの誕生」と書いたが、ふと素朴な疑問がわいてきた。本当にキホーテは長身痩躯で、サンチョは短躯肥満なのか。

改めて本文に当たってみると、キホーテについては《骨組はがっしりとしていたものの、やせて、頬のこけた》という描写がある。痩躯であることは間違いないが、果たして長身といえるのか。一方、サンチョ・パンサについては《善良な人間だが、ちょっとばかり脳味噌のたりない男》とあって、体形についての言及はない。ただ、スペイン語のパンサ（panza）には太鼓腹という意味があり、サンチョが肥満であることはほのめかされている。さらに、驢馬に乗ってキホーテに付き従うのだから、太鼓腹であったとしても巨漢力士のように大きくはないと考えることはできる。それでも短躯といえるかどうか……。

どうやら私は、岩波文庫にも使われているフランスの版画家ギュスターヴ・ドレ（一八三二―一八八三）の挿絵（キホーテはジャコメッティの彫刻のように天地に引き伸ばされ、サンチョはフェルナンド・ボテロの絵のように丸く豊満に描かれている）に強く支配されているらしい。ドレ以前に活躍したイギリスの画家ウィリアム・ホガース（一六九七―一七六四）の絵でも、キホーテはスマートでサンチョはでっぷりしているが、ドレが描くほど極端な体形はしていない。

文学作品中の人物がどんな体形をしているのかは、舞台や映画をつくるさい、悩ましい問題となる。作者がきちんと描いていない場合は、その性格を元に造形するよりない。

逆に作者が体形を描いているがゆえに、悩ましい問題となったケースもある。シェークスピアの『ハムレット』である。最終場でハムレットがオフィーリアの兄レアティーズとフェンシングの試合をするのを見ていた母ガートルードはこう言うのである。「ヒーズ・ファット・アンド・スカント・ブレス」。

あの悩めるデンマーク王子ハムレットはファット（fat）、つまりデブだったのだ。これを福田恆存はこう訳している。「あの子は汗かきで、すぐ息切れがするたちだから」。この台詞のすぐあとでガートルードはハムレットにハンカチを渡すので、すんなりと意味は通る。しかし、ハムレットがすぐ息切れするのはデブだったからだ。

第5章　風車の冒険

逃げるでないぞ、卑怯でさもしい鬼畜ども。おぬしらに立ち向かうは、たった一人の騎士なるを知れ　（キホーテ）

村を出て野原を進むキホーテとサンチョの前に、三十から四十の風車が姿を現す。キホーテの目にはこれらが醜怪な巨人の群れに映った。自分に冒険を与えてくれた運命の女神に感謝しつつ、キホーテは《拙者はこれから奴らと一戦をまじえ、奴らを皆殺しにし……》と決意する。サンチョが《風にまわされて石臼を動かす、あの風車ですよ》と懸命に制止するが、キホーテは耳を貸すことなくロシナンテに拍車を当て、《逃げるでないぞ、卑怯でさもしい鬼畜ども。おぬしらに立ち向かうは、たった一人の騎士なるを知れ》と叫びながら全速力で風車に突撃していく。風車の羽根に槍を突き立てるや、強風が羽根を激しく回転させたため、キホーテはロシナンテもろとも宙に舞い上げられ、次の瞬間、地面に叩きつけられてしまう――。風車の冒険は、かくのごとくあっけなく終わる。

セルバンテスの生きた時代（一五四七―一六一六）は、中世から近代へ移行する混沌期であった。イギリスの詩人ジョン・ダン（一五七二―一六三一）は《そして懐疑が、新しき哲学によってあまねく行きわたり、その故に、火と呼ばれし根元智はこの世を去りぬ》とその時代を嘆いた。長きにわたって神を信頼して生きてきた人々であったが、新しき哲学（科学思想）の台頭によって懐疑の精神を持ち始めたのだ。こうした時代背景を考慮すると、この場面は中世（キホーテ）と近代（風車）の激突、そして中世の敗北を暗示しているように読めなくもない。ちなみに合理主義哲学の祖ルネ・デカルトが生まれるのは一五九六年である。

現代では風車を原発のような科学文明に置きかえて、それに抗う自分をキホーテに見立てる人もいる。いい気なものだ。いや、傲慢でさえある。はっきり言おう、デカルト以降の世界でキホーテになれる人間などいるはずがないのだ。

人間の理性とやらが神を押しのけてその座についたのが近代である。そんな世界に生まれ育った人間が、不合理を忌避し、合理的であることに価値を求めるのは当然だ。その精神が科学を発展させてきたことは認めよう。しかし、それで人間の内面は豊かになっていったのか。逆であろう。二世紀のキリスト教神学者テルトゥリアヌスはこう言った。「不合理ゆえに吾信ず」。人間が宗教を生み、自分の内面を豊かにしていけたのは、この精神があったからだと私は考える。そして、キホーテこそ「不合理ゆえに吾信ず」を体現した人間であり、風車の冒険はそういう人間にしかなしえないものなのだ。

風車との対決で槍をへし折られ、ロシナンテもろとも宙に舞い上げられて大地に叩きつけられたキホーテだが、心は折れない。

遍歴の騎士たる者、いくら重傷を負おうと、よしんばその傷口から臓腑がとび出していようと、うめいたり嘆いたりすることは許されぬ幕末の一八六八年に起きた堺事件を思い起こさせる発言である。堺に上陸し街を徘徊するフランス水兵と、これを取り締まろうとした土佐藩士との間で銃撃戦が起こり、水兵十一人が死亡した。この事件で藩士十一人が切腹を命じられ、腹を切った藩士たちはみずからの腸を引きずり出し、立ち合っていたフランス士官に投げつけたという。

サンチョに助け起こされロシナンテの背に乗せられたキホーテは、次なる冒険を求め、交通の要衝であるプエルト・ラピセなる村へと進路を定める。主従はその夜をとある木立で過ごすことにする。キホーテがまずなしたのは、木々の中から槍の柄となりそうな枯れ枝をへし折り、そこに穂先をつけることだった。

第6章　ビスカヤ人との戦い

こりゃあ、風車以上にやっかいなことになりかねないぞ
（サンチョ）

翌日、主従は二頭の騾馬に跨がった黒衣の修道士一行と、騎乗の四、五人の男に付き添われた馬車に遭遇する。ここでキホーテにパチンとスイッチが入る。《あれに見える黒衣の連中は、かどわかしてきたどこかの姫君を馬車に乗せて連れ去らんとする妖術師たちに違いない》

サンチョは呟く。《こりゃあ、風車以上にやっかいなことになりかねないぞ》。事態はその通りとなる。キホーテは騾馬に乗った二人の修道士の前に立ちふさがり、悪魔に憑かれた異形の化け物ども、すぐさま馬車に閉じ込めた姫君を解放せよ、さもなくば死を覚悟せよ、と大声を張り上げる。言いがかりも甚だしい。そもそも馬車の一行と彼らは無縁であったのだから。

修道士の説明を聞く耳など持たぬキホーテは槍を低く構え、ロシナンテに拍車を当てて修道士に襲いかかる。幸いなことに修道士が騾馬からずり落ちたため、串刺しにされるという悲劇は起こらなかった。もう一人の修道士は恐れをなし、その場から逃げ去る。

するとを何を思ったか、サンチョは驢馬から飛び降り、落馬した修道士の衣服を剥ぎ取りにかかった

のである。主人の戦利品の分け前に与ろうとしたのだ。戦いに勝ったキホーテはというと、馬車の中の婦人に何やら話しかけていた。これはチャンスと見た修道士の騾馬引き二人は、サンチョを殴り倒したうえ、顎の髭を一本残らずむしり取り、さんざんに踏みつけた。そうこうするうちに、倒れていた修道士は騾馬の背にはい上がり遁走した。

この場面で驚かされるのは、サンチョの行動である。島の領主になるという物質的欲望によって従士となった人物ゆえ、戦利品を求めるのは理解できる。だが、ここの相手は修道士だ。自分で着ることのできぬ僧衣を強奪して何になるというのだ。

風車の冒険と同様、キホーテが修道士に襲いかかる前に、サンチョは《ようくごらんなさいよ、旦那様、あの二人はサン・ベニート修道会の坊様たちじゃねえですか》と忠告しているのだ。この時点でサンチョは間違いなく現実世界を生きていた。

こうは考えられないか。キホーテと行動をともにすることで、サンチョはキホーテの狂気に徐々に感染していったのだ。第2章にも書いたが、無垢の情熱ほど他者に強い影響を与えるものはない。善良で無学な農夫であるサンチョなど、もっとも感染しやすいタイプの人間であろう。

こういう言い方もできると思う。スギ花粉症は、昨年までは何ともなかったのに、今年突然、発症してしまう。閾値を超えたためだ。これと同じで、キホーテの狂気の花粉をたえず浴びながらも、現実の世界にとどまっていたサンチョだったが、修道士に突進するキホーテの行動によってついに狂気の世界に入り込んでしまったのだ。もはやサンチョの目には、キホーテに打ち負かされた修道士は、悪魔に憑かれた異形の化け物にしか映らなかった。

しかし、狂気の世界に入り込み、その世界を支配する原理で行動を起こせば、ほとんどの場合、現実に復讐されることになる。キホーテが風車に叩きのめされたように、サンチョは修道士の騾馬引き二人によって袋だたきにされるのである。

サンチョの不可解な行動は、まったく別の視角からも読み解くことができると思う。『ドン・キホーテ』の舞台は十六世紀末期である。つまりは、宗教改革の時代の空気が、主従の行動に大きな影響を与えているのではないか、という視角だ。

宗教改革というと、すぐにドイツのルター（一四八三―一五四六）やフランスのカルヴァン（一五〇九―一五六四）を思い起こしてしまうが、セルバンテスの場合は、ネーデルランドの人文主義者エラスムス（一四六六―一五三六）の影響がきわめて大きいように、私には感じられる。

エラスムスは一五〇四年、『キリスト教兵士提要』を発表し、ローマ教会の外形的儀式や教理を批判、イエスの精神と生き方を模倣すべきだと訴え、一五一一年に刊行した『痴愚神礼讃』では、庶民の無知につけ込む聖職者をユーモアたっぷりにこきおろした。それゆえ、没後の一五五八年、ローマ教皇によって第一級の異端者とされ、その全著作は禁断書となった。

じつは、若きセルバンテスが師事した人文主義者ロペス・デ・オヨス（一五一一―一五八三）は、エラスムスの影響下にあった人物なのだ。禁断書とされた『痴愚神礼讃』をセルバンテスが読んだ可能性は低いだろうが、師を通じてエラスムスの精神を学んだことは間違いない。諧謔の精神が同質なのだ。そう考えると、サンチョの行動は、庶民（まさにサンチョのことだ）の無知につけ込んで偽善をなす聖職者に対する怒りの発露、と読むこともできるのである。

修道士の騾馬引きがサンチョを痛めつけている間、キホーテは馬車の中の貴婦人にある願い事をしていた。魔の手から救い出した返礼に、これからエル・トボーソ村に赴き、思い姫ドゥルシネーアに自分の手柄を報告してほしいというのだ。なんとも勝手な言い分だ。これを脇で聞いていたビスカヤ人の従者はついに我慢ならなくなり、《やい、このへボ騎士、とっとと消え失せろ》と言い放つ。

ビスカヤとは、スペイン北部、大西洋に面するバスク人の土地である。第二次世界大戦でドイツの無差別爆撃を受けたゲルニカはここにある。バスク人は誇り高く、頑丈な身体と強靱な精神力を持つことで知られる。イエズス会のロヨラとザビエルはその典型であろう。この従者はいかにもバスク人らしく、武装したキホーテに敢然と挑む。

キホーテは従者が騎士でないのを見て取り、《もし騎士であったなら、そのほうの無礼な振舞いをとっくに懲らしめているところだぞ、この哀れな下郎めが》と怒鳴りつける。誇り高いビスカヤ人が黙っているはずがない。戦いの始まりである。

槍を投げ捨てて剣を抜いたキホーテは盾を構え、騾馬に乗った従者に襲いかかる。従者は剣を抜き馬車の中のクッションを盾代わりに持ってキホーテに応じる。周囲の者は制止しようとするが無駄だった。貴婦人は御者に命じて馬車を遠ざけ、戦いを見守ることにするのであった。

戦いはビスカヤ人の従者の強烈な一撃で幕を切った。うなりをあげて肩口に振り落とされる剣。これをかろうじて盾で受け止めたキホーテは、思い姫ドゥルシネーアに向かって《かかる窮地におちいりたるあなたの僕《しもべ》を救いたまえ！》と叫び、敵を一刀両断せんとして剣を上段に振りかぶって従者に迫った……。まさに手に汗握る場面である。ところが、物語はここでプツンと途切れてしまうのである。

読者は驚くだろうが、『ドン・キホーテ』の原作者はセルバンテスではないのである。じつはアラビア人史家シデ・ハメーテ・ベネンヘーリなる人物がアラビア語で書いたものを、バイリンガルのモーロ人がスペイン語に翻訳し、それをセルバンテスが編集しているのである。最高に緊迫する場面で物語が途切れてしまう事態についてセルバンテスはこう説明する。《物語の作者（ベネンヘーリ）がこの戦いの場面を中断してしまい、ドン・キホーテの武勲に関しては、すでに述べたところ以上の記録を見つけることができなかったので書くわけにはいかないという言いわけで終らせているのである》

へえ、と思った読者の方々よ、ごめんなさい。これはすべてセルバンテスのでっち上げです。ベネンヘーリなど実在しない。『ドン・キホーテ』を書くにあたって、セルバンテスはこうした作法を持ち込み、読者をたぶらかすのである。近代小説の父と呼ばれるゆえんである。

さて、キホーテとビスカヤ人従者の戦いはどうなってしまったのか。『ドン・キホーテ』の「編集者」たるセルバンテスは、《この物語の熱心な読者がゆうに二時間ほどは味わえるに違いない喜びと気ばらしが、この世から永久に失われたであろうことは、わたしとしても十分承知している》ともったいぶったうえで、幸いなことに物語の続きが偶然にも発見されたことを報告する。

ことの次第は以下の通り。セルバンテスがトレドの商店街をぶらついていると、絹商人のところへ一人の少年が何冊ものノートと古い紙の束を売りにきた。紙に書かれた文字を読むのが三度の飯より好きなセルバンテスは、そのノートを手に取って見たが、アラビア語で内容は分からない。そこで、スペイン語に通じたモーロ人を探し出し（当時、知識の都であったトレドでは可能なのだ）、訳させてみると、果たして失われていた物語の続きがつづられていたのである。驚喜したセルバンテスだが、冷静を装ってすべてのノートを少年から安く買い取り、くだんのモーロ人を自宅に缶詰にして、翻訳にいそしませたのだ。

ここで私は読者におわびをしなければならない。第4章で、私はハムレットまで巻き込んで主従の体形を問題にした。じつはその回答が買い取ったノートにあったのだ。ノートには挿絵がつけられており、そこには太鼓腹で短い身のたけ、ひょろ長い脚をしたサンチョがいたのである。

ところで、アラビア人史家シーデ・ハメーテ・ベネンヘーリの原作をバイリンガルのモーロ人が翻訳し、それをセルバンテスが編集するという虚構の目的はいったいどこにあるのか。牛島信明氏はその著書『反＝ドン・キホーテ論』で《セルバンテスは架空の作者を設定し、みずからを「第二の作者」と位置づけることにより、絶えざる自己批評を自然な形で可能にしているのだ》と指摘する。

その通りだと思う。ハメーテの原作を、モーロ人はただ忠実に翻訳するのではなく、時に疑問を呈し、自分の意見を平気で書き込み、編集者であるセルバンテスも、原作者と翻訳者に対して批判的な目を注ぎ、みずからの意見を平然と差し挟むのである。

かくのごとく『ドン・キホーテ』は三人の視点によって重層的につづられた物語なのだ。そしてその三人とは、かつてスペインを支配していた回教徒である原作者、回教からキリスト教に改宗したモーロ人、純粋なキリスト教徒であるセルバンテスなのだ。それは当時のスペイン社会、ひいてはヨーロッパ世界を客観的にとらえるために欠かせぬ三つの視点ではないか。いまさらながら、セルバンテスとはすごい作家だと思う。

戦いの続きである。憤怒の形相でビスカヤ人従者に斬りかからんとするキホーテであったが、従者のほうが機敏であった。先に振り下ろされた従者の剣は、キホーテの兜をくだき耳の一部を削ぎ落として肩口を直撃する。その衝撃で鎧は割れ、地面に落ちた。

何とか体勢を立て直したキホーテは剣を両手でしっかりと握りしめ、従者の頭めがけて降り下ろす。従者は盾代わりに持っていたクッションで防御したが、こんなものが役に立つはずがない。頭を直撃された従者は鼻、口、耳から血を噴き出しながら落馬する。キホーテは従者に剣先を突きつけ、「降参、さもなくば死」と告げる。戦いを見守っていた馬車の貴婦人はキホーテにとりすがり、命だけは助けてやってくれと哀願するのである。

修道士の僧衣を奪おうとして、お供の騾馬引き二人に袋だたきにされたサンチョだったが、二人が去るとすぐに立ち直り、キホーテとビスカヤ人従者の戦いを見守っていた。そうして、キホーテが勝ったと見るや、主人の前に跪き、手に口づけしながら島（領地）を要求するのであった。しかしキホーテは、いまの戦いは四つ辻での小競り合いにすぎず、島が手に入るようなものではないと教え諭す。

第7章　山中の演説

その昔の、あの幸せな時代、あれらの幸福な世紀に、古人が黄金時代という名をつけたのは、なにもあの時代、われわれのこの鉄の時代において高い評価を得ている黄金が労せずして手に入ったからというわけではない　（キホーテ）

主従はプエルト・ラピセを目指して旅を続ける。現実を完全に取り戻していたサンチョは、しばらくして重大なことに気づく。主人のなしたことは犯罪ではないか、このまま旅を続けていたら、聖同胞会（地方警察組織）に捕まってしまう可能性がある、と。

そこで、ほとぼりが冷めるまで教会に身を寄せたほうがよいと主人に進言する。ところがキホーテときたら、自分が読んだ騎士道物語に、人を殺した騎士が司直の前に立たされた例などないと、これを拒絶してしまう。おめでたい人である。大けがを負わされたビスカヤ人従者が司直に訴え出たなら、異様な風体のキホーテなどすぐに発見され、捕縛されてしまうだろうに。

ちなみに聖同胞会とは、イサベル女王が山賊取り締まりのために一四七六年に創設したもの。著述家中丸明氏の『丸かじりドン・キホーテ』によれば、あらゆる町村は、世帯主百人につき一人の騎兵を提供するよう義務づけられたうえ、組織を維持するための新たな税金が課せられたという。

せっかくの進言をキホーテに拒絶されたサンチョであるが、主人の耳から血が流れていることに気づくや、持参してきた膏薬と布で傷の手当てをしようと言い出す。従士の鏡である。ところが、キホーテはここでもとんでもないことを口にする。《わしがあのフィエラブラスの霊薬を一瓶つくってきておったら、（薬は）すべて不要になっていたものを》と。戦いで体がまっぷたつに切り裂かれても、血が乾かぬうちに両方をぴったりと合わせ、霊薬をふた口飲ませてもらえれば、傷はたちどころに癒えるというのだ。まるでガマの油売りの口上ではないか。

フィエラブラスとは、十二世紀のフランスの武勲詩に登場する架空の人物。スペインを支配していたイスラム王の息子で勇敢な戦士でもある。この武勲詩は、八四六年に実際に起こったイスラム勢のローマ侵攻という史実を元に創作されたもので、フィエラブラスが強奪したサン・ピエトロ寺院の秘宝の中に霊薬があったのである。キホーテは、十六世紀になってスペイン語に翻訳されたものを読んでいたのであろう。

霊薬の作り方は次の通り。オリーブ油、ワイン、塩、ローズマリーを鍋にほうり込み、長時間コトコト煮立てる。そうしてでき上った混合液に向かって、複雑な作法をともなった祈りを捧げる。以上である。

初めて耳にする霊薬の存在に、現実主義者のサンチョの胸は一気にときめく。なぜなら、これを作って売れば大金が手に入るからだ。サンチョは考えた。フィエラブラスの霊薬を作って売れるのなら、島の領主になる必要などない。霊薬の処方を教えてもらうにしくはない――。早速主人に元手がどれほどかかるかキホーテに尋ねみると、《三レアルもあれば、六リットルはできるだろう》との返事。一五一六年に、八七・五パーセントの金〇・二グラムが一レアルに相当したというから、三レアルの価値は現在では二千五百円程度となる。これならサンチョにも用意できる。

《そんなに安くできるんなら、なんでまたお前様は、それを作りも、おいらに教えもしねえで、ぐずぐずしていなさるんです？》とサンチョが叫ぶと、キホーテはこう返したのである。《黙らっしゃい、サンチョ。わしはお前に、それよりはるかに重要な秘伝を授け、もっと大きな恩恵を施してやりたいと思っているのだから》

室町末期の連歌師山崎宗鑑の逸話を思い出す。古歌の上の句に付ければ、どんな歌も風雅な味わいにしてしまう下の句がある、それは「と言ひし昔のしのばるゝかな」である、とのたまわった公家に対して、宗鑑は衣食住に事足りているあなた方はともかく、貧しい庶民にふさわしいのは「それにつけても金の欲しさよ」という下の句です、と皮肉った。

今も昔も庶民にとって金を得ることは、人生の願いのひとつではあろう。が、それがすべてではない。能天気に聞こえるが、私はキホーテのこの言葉が大好きだ。

削がれた耳の治療にかかろうとしたキホーテは突如、狂わんばかりに激高する。ビスカヤ人従者に砕かれた兜を目にしたためだ。この兜、元は頭の上を覆うだけの単純な形状だったが、工夫に工夫を重ねて面頬付きに仕立て上げたのだ。怒りに突き動かされたキホーテは、下手人であるビスカヤ人に復讐を果たすまでは禁欲生活をする、と宣誓する。が、戦いに敗れたビスカヤ人がエル・トボーソ村に赴き、ドゥルシネーアの前にひれ伏して「己の処分はあなたに任せる」と宣誓することを条件に、彼を赦していたのではなかったか。

サンチョはそのことを忘れてはいなかった。すかさず「話が違う」と忠告すると、キホーテは思いのほか素直に前言を翻し、《拙者の腕力によってどこかの騎士から、これに劣らぬ立派な兜を奪い取るまでは、先に申した禁欲生活をおくることを、ここにあらためて確認し、誓い直すぞ》と言い放つ。

キホーテの言う禁欲生活とは、食卓に座ってパンを食べないこと、妻と同衾しないことなどである。愛読した騎士道物語にならってのことだ。それはいいが、そもそもキホーテは独身である。同衾する妻などいないのだ。


願掛けで断ち物をするのは、洋の東西を問わないようだ。キホーテの同時代人である上杉謙信（一五三〇—一五七八）は、みずからを武神・毘沙門天の生まれ変わりと信じ、戦の勝利を祈って「生涯不犯」の誓いを立ててこれを守ったという。


《遍歴の騎士たる者、いくら重傷を負おうと、うめいたり嘆いたりすることは許されぬ》と啖呵を切るキホーテだが、耳の痛みは限度を超え、サンチョに弱音を吐く始末。こうなったら、一刻も早くフィエラブラスの霊薬を自分で作り飲み干したい、と思うのであった。

腹の減った主従は、タマネギ、チーズ、パンのかけらをそそくさと食べ、日の暮れる前に霊薬の材料を入手できる人里に着こうと道を急いだ。だが、主従の歩みよりも太陽の落下の速度のほうが早く、山羊飼いたちの小屋の近くまで来たところで、日はとっぷり暮れてしまった。小屋のそばでは六人の山羊飼いたちが薪をくべて夕食の用意をしていた。あたりには山羊の肉の入った大鍋から流れ出る旨そうな匂いが漂っていた。

純朴な山羊飼いたちは主従をあたたかく迎え、山羊の肉、ドングリの実、チーズ、ワインを振る舞う。十分に腹を満たしたキホーテは手に取ったドングリの実をじっと見つめ、おもむろに演説を始める。出だしはこうだ。

その昔の、あの幸せな時代、あれらの幸福な世紀に、古人が黄金時代という名をつけたのは、なにもあの時代、われわれのこの鉄の時代において高い評価を得ている黄金が労せずして手に入ったからというわけではない

黄金時代とは農耕の始まる前、つまり文明以前、鉄の時代とは農耕が始まってから、つまりは文明以後の時代のことである。キホーテの長広舌を要約すれば次のようになる。

黄金時代に比べて堕落した鉄の時代にあって、正義は蹂躙され、乙女の貞操は危機にさらされるようになった。そこで、遍歴の騎士という階級が制定され、生娘を守り、寡婦を庇護し、孤児や貧窮にあえぐ者を救済することを任務とするようになった。それゆえ、この世の人間はすべて遍歴の騎士に援助を与えるよう義務づけられている。その義務を知ることなく、自分をあたたかく援助してくれたあなた方（山羊飼いたち）には大いに感謝する。

だが、学のない山羊飼いたちは、ただただ呆然とするほかなかった。サンチョは黙ったまま飲み食いに集中し、その一方で、振る舞われたワインをちゃっかり自分の革袋につめ、樫の木に吊して冷やしていたのである。

第8章　マルセーラの物語

わたしは自由な人間として生まれてきました。そして、自由に生きるために人気のない山野を選んだのです
（マルセーラ）

キホーテが長広舌を終えたころ、村へ食糧の調達に出かけていた山羊飼いの若者が戻り、興奮気味に村で仕入れてきたニュースを話し始める。グリソストモという若者がマルセーラという娘に求愛したが受け入れられず、焦がれ死にしたという。

富裕な農家に生まれたマルセーラは両親が亡くなったため、司祭の叔父によって大切に育てられた。何よりも自由を尊び、束縛のともなう結婚など望んでいなかったが、端麗な容姿のために多くの男から求愛されていた。そこで彼女は羊飼いとなり、山野で奔放に生きる人生を選んだ。グリソストモはサラマンカ大学の学生（超エリート）で、人品骨柄とも申し分のない好青年だった。マルセーラに一目ぼれした彼は、羊飼いに身をやつして彼女を追っていたのである。

だが、《わたしは自由な人間として生まれてきました。そして、自由に生きるために人気のない山野を選んだのです》と主張するマルセーラは、彼の求愛を袖にする。

十六世紀後半という時代に山里に生まれ育った十代の娘が「自由」という言葉を自在に操ることに

驚いてしまう。時代は確実に中世から近代に移りつつあった。調べてみると、セルバンテスの同時代人である神学者スアレス（一五四八―一六一七）は、スコラ哲学から半歩抜け出して、人間の自然権としての「自由」を論じているのであった。マルセーラは当時のモダンガール（モガ）だったのだ。

モダンガールに袖にされたモダンボーイが焦がれ死にした――という話を、いまだ中世のど真ん中を生きるキホーテはどう聞いたのか。セルバンテスはこう記すだけだ。《ドン・キホーテは、その夜の残りを、マルセーラの恋人たちに倣って、思い姫ドゥルシネーアのことをしのびながら、まんじりともせずに過ごした》。さりげないがまことに奥行きのある記述である。

風車の冒険を中世（キホーテ）と近代（風車）の激突と私は書いたが、グリソストモとマルセーラの話も、中世と近代の激突ではなかろうか。前回は近代に叩きのめされたキホーテであったが、今回はキホーテの勝利が暗示されているように感じるのだ。

日本有数のセルバンテス学者、本田誠二氏は『「ドン・キホーテ」事典』でこんな見方を披露している。恋に死ぬ自由も、恋を拒絶する自由も《人間的な自由に見えて、じつはアモール（愛欲）という名の自然界の専制君主（欲望）に屈服した肉体的奴隷状態にすぎない》。それに対してキホーテの自由とは《いかなる困難にもかかわらず、自己の信念を守る魂の自由である》というのである。卓見だと思う。

現代人は、欲望に屈服した肉体的奴隷状態を自由と思い込んでいる。食事をしながら、歩きながら、スマホに興じている人を見ると、私は「欲望の奴隷」とつぶやいてしまう。

翌朝、キホーテとサンチョは山羊飼いたちとともに埋葬の見物に出かける。グリソストモがマルセーラを見初めた場所にある大岩の根本に墓穴を掘るあいだ、彼の残した詩「絶望の歌」が披露されていると、突然、大岩の頂にマルセーラが姿を現すのである。

グリソストモの友人が、怒りを込めて《何のためにやってきたのか、いったい何が望みなのか》と問うと、《自分自身を弁護するために》とマルセーラは応じ、こう続けた。《美しきがゆえに愛されている者が、愛されているがゆえに、自分を愛している相手を愛さねばならないという理屈には、どうにも合点がいきません〔……〕あの人を殺したのはわたしのつれなさでは決してなく、むしろあの人自身の理不尽な執拗さであったと言うほうがよほど理にかなっていましょう》

マルセーラは思いの丈を語りきると返事などいっさい聞こうとせず、さっと背を向けて森の茂みの中に姿を消してしまう。彼女の理に適った説明に感銘を受けたキホーテは、何人かが彼女を追おうとしたのを見て取るや、剣の柄に手をかけて大声でこう言うのであった。《いかなる身分の者であれ、拙者の逆鱗に触れたくなければ、あの美しきマルセーラのあとを追うことはお控えなされ》。このように周りの者を制しておきながら、キホーテ自身はマルセーラを探し出し、自分が騎士として奉仕することを申し出ようと心に決めるのであった。

キホーテはグリソストモの埋葬に参列した人々に別れを告げると、サンチョをともなって森の中に分け入っていった。主従は二時間ほどさまようものの、彼女の姿を見つけることはできない。読者としては少々残念である。もし二人が出会ったら、どのような化学反応が生じたか、ぜひ読んでみたかったからだ。はっきりしているのは、近代的精神を持つマルセーラのこと、宿屋の冒険に登場した二人の娼婦のように、キホーテの無垢で本気の言葉にも容易に感化されることはまずないだろう、ということだ。

マルセーラの自己弁護の演説は、岩波文庫で六ページ（四百字詰め原稿用紙およそ九枚）に及ぶ堂々たるもので、ここにフェミニズムの萌芽を見る研究者もいるほどだ。確かに《わたしは自由な性格に生まれついていますから、人に従属することを望みません。私は誰をも愛しませんが、そのかわり人を憎むこともありません》というくだりなどは、現代の女性が口にしてもまったく違和感がない。一方で、《今のわたしにそなわっているこの美しさは、別に私が選んだものではないんです〔……〕神様が無償でこのような美しさをお与えくださった》というくだりには、彼女が中世を引きずっていることがうかがえる。私が彼女の言葉から感ずるのは、近代的自我の発見によって神から離れつつある人間の痛ましさである。セルバンテスが描きたかったのはそこではなかったか。

第9章　宿屋の大立ち回り

いかにつらい記憶であっても時間とともに消えぬものはなく、また、いかなる苦痛であっても死が癒やしてくれぬものはない

（キホーテ）

マルセーラを探して森の中を歩き回った主従は偶然、青々とした草が生え、傍らに小川の流れる一画に出くわす。二人はロシナンテと驢馬をつなぐことなく草を食むにまかせ、自分たちも食事をすることにする。そこから少し離れた場所では、ガリシア人の馬方たちが所有する若い牝馬の群れが草を食んでいた。

ここでロシナンテに異変が起こる。若い牝馬が発する匂いに発情してしまうのだ。ロシナンテは足早に群れに近づき、己の欲望を満足させようと試みる。だが、色気よりも食い気の牝馬は激しく抵抗するばかり。これを目にしたガリシア人の馬方たちは「うちの大事な娘に何をしやがる」とばかりに、めいめい棍棒を持ち、ロシナンテを打ちのめしたのである。

スペインの北西部、ガリシア地方の村々には、素手の人間が野生の馬と格闘する行事がある。野山で気ままに暮らす馬を管理するため、群れを囲いのある場所に追い込み、腕自慢の男たちが暴れる馬

を組伏せ、伸びたてがみを切り、焼き印を押すのである。その名を「ラパ・ダス・ベスタス」といい、四百年以上の伝統があるという。パンプローナの牛追い祭りに引けをとらぬ、なんとも乱暴で侠気が感じられる行事である。ロシナンテを打ちのめしたガリシア人の馬方たちは、腕自慢の男たちのご先祖さまなのだ。

乱暴狼藉に気づいたキホーテは、剣の柄に手をかけ馬方たち目がけて突進する。主人の勢いにつられてサンチョもあとに続く。しかし、多勢に無勢であった。キホーテの最初の一撃が馬方の革の上着の背中を切り裂いたはいいが、すぐに馬方たちは主従を取り囲み、棍棒で滅多打ちにする。やがて、いささかやりすぎたことを悟った馬方たちは、二人を放置したまま立ち去っていったのである。

『ドン・キホーテ』を徹底的に解体して、「世界的名作」という評価を相対化しようとしたロシア出身の作家ウラジーミル・ナボコフ（一八九九―一九七七）は、みずからの『ドン・キホーテ講義』で『ドン・キホーテ』は残酷行為の百科全書が一冊出来上がる作品であり、その見地からするとこれまで書かれた中で最もむごい、残忍な書物のひとつであるが、その残酷さは芸術的である、と指摘している。この場面などは、ナボコフの指摘する通りではないか。

半殺しの目に遭った主従はどうなったか。目を覚ましたキホーテは、サンチョにこう話しかける。《このたびの災難はすべてわしのせいである》と。つまり、正式に叙任された騎士でもない者を相手に剣を抜いてしまったため、戦の神がキホーテに罰を下したというのである。

《あの痛さだけは、おいらの背中だけでなく記憶の底にもしっかり刻みこまれ、いつまでも残るに違いありませんや》とサンチョが愚痴ると、キホーテは刮目に値する言葉で応じる。

いかにつらい記憶であっても時間とともに消えぬものはなく、また、いかなる苦痛であっても
死が癒やしてくれぬものはない

キホーテの言葉は残念ながら豚に真珠、サンチョには通じない。従士の関心事は、現在の痛みを一刻も早く解消することなのだ。それも当然と言えば当然だ。キホーテが《いいかげんに愚痴をこぼすのはやめて、元気を出すのじゃ》とたしなめると、さすがに従士、自身も相当の打撲傷を負っているにもかかわらず、無傷だった自分の驢馬にキホーテを押し上げ、かろうじて歩けそうなロシナンテを綱でつなぐと、驢馬の端綱をとって歩き始めるのであった。

しばらくして目指す街道に出ると、彼方に宿屋が見えた。ここでまたしてもキホーテに妄想のスイッチが入る。サンチョがいくらあれは宿屋であると諭しても、キホーテは城と言って譲らない。論争にけりがつかぬうちに主従は宿屋にたどり着くのであった。

驢馬の背に無様に横たわったキホーテを目にするや、美しく気立ての良い宿屋の女将は、自分の娘に手伝わせてキホーテの介抱を始める。その間に女中は先客のいる屋根裏部屋に粗末なベッドをしつらえる。そうして、女中がかざす灯火のもとで、母娘はベッドに横たえたキホーテの体じゅうに膏薬を貼り付ける。三人の女性にかしずかれるとは、なかなか幸福な男である。しかしこのあと、とんでもない珍事が出来するのである。

屋根裏部屋に先客がいると書いた。それは屈強な馬方である。これまでもたびたび馬方とトラブルを起こしてきたキホーテのこと、何も起こらないはずがない。じつはこの馬方と女中は、みなが寝静まったあとで楽しく過ごす約束を交わしていた。かたや妄想の世界に浸っているキホーテは、自分に一目惚れしたに違いない城主の姫君が、必ずやしばしの逢瀬を楽しみにやってくると信じ、思い姫ドゥルシネーアに対する自分の忠節（純潔）をどう守るべきか、思い悩み始めていた。

深夜。果たして、シュミーズ姿の女中が真っ暗な屋根裏部屋へ忍び込んでくる。これに気づいたキホーテは、女中を引き寄せてベッドに腰掛けさせ、自分が据え膳を食わぬ理由を整然と説明するのである。人違いに気づいた女中は逃れようとするが、キホーテは放そうとしない。二人の様子を息をひそめてうかがっていた馬方は、キホーテが女中を手籠めにしようとしていると勘違いして、拳骨を顎に食らわす。闇討ちである。それだけでは収まらぬ馬方は、口の中を血だらけにして倒れたキホーテの背中に飛び乗り、走るように踏みつける。この猛攻で粗末なベッドはつぶれ、床に落ちて大きな音を立ててしまう。異変に気づいた宿屋の主人がランプを手にやってくる。「見つかったら万事休す」とばかりに、女中は素早くサンチョのベッドに潜り込む……。この悲喜劇、まるでスラプスティック（ドタバタ）、バスター・キートンの映画のようである。

夜更けのドタバタはいよいよ佳境に入る。熟睡しているところにいきなり何者かにのしかかられたサンチョは、襲われたと勘違いしてやみくもに拳骨を振り回し、女中も負けじと応戦する。それを目にした馬方はキホーテを打ち捨てて女中に加勢し、宿屋の主人は放縦な女中を懲らしめようと参戦する。この大騒動は、たまたま宿泊していた聖同胞会（地方警察組織）の警吏によって何とか収められるが、そのとき主従は気を失っていた。キホーテに重傷を負わされたビスカヤ人従者は司直に訴えていなかったようで、キホーテはこのとき捕縛されることはなかった。

　後刻、目を覚ましたキホーテは、あのフィエラブラスの霊薬の材料を仕入れてくるようサンチョに命じる。ここまでひどい痛手を負ってしまっては、霊薬に頼るほかないと思ったのだ。キホーテは宿屋の主人からもらい受けたオリーブ油、ワイン、塩、ローズマリーを鍋にほうり込み、長い時間煮立て、でき上った混合液に向かい、霊験のありそうな祈りを捧げて十字を切った。まるで錬金術師である。

　材料から察するに、霊薬はそう悪いものではなさそうである。こうして完成した霊薬を、キホーテは何の疑いもなく一リットルばかり飲み干す。間をおかず、猛烈な吐き気に襲われたキホーテは、胃に入っているものをすべて吐き出し、苦しみのために汗まみれになり三時間ばかり眠り込んでしまう。ところがである、目を覚ましたキホーテは、自分の体が軽くなっているのを感じ、霊薬の製造に見事成功したと思い込む。主人の回復ぶりに目を見張ったサンチョは、許可を得て同じほどの分量を胃に流し込む。ほどなく猛烈な不快感、胸苦しさ、めまいに襲われ、あぶら汗をしたたらせながらのたうち回るはめになる。

　苦しみながらろくでもない霊薬を作った主人に悪態の限りをつくサンチョに、キホーテはしれっと言う。《たしかこの霊薬が効くのは正式の騎士に限られていたはずだからじゃ》。ふざけるな！　である。そうこうするうち、サンチョは上と下から吐いたり下したりし始め、何度も発作を起こし、気を失いかける。修羅場は二時間も続き、サンチョはげっそりとして、身を起こすこともできない状態となる。

　かたや、すっかり元気を回復したキホーテは、すぐにでも冒険を求めて出立したい気分になっていた。善は急げとばかり、自分と従士の支度を調え、死に体となっている従士を驢馬の背に押し上げ、宿の主人に礼を言って出てゆこうとする。だがちょっと待て！　何か忘れていないか。

忘れ物とは宿賃である。そもそも遍歴の騎士であるキホーテの頭の中に、宿賃を支払うという発想がない。騎士道物語で遍歴の騎士が宿賃を払う場面などないからだ。だが、宿屋の主人は当然の請求をする。《してみると、これは旅宿か？》とキホーテが尋ねると、《そのとおり、しかも、れっきとした》と主人。ここにおいてキホーテは、そこが城ではなく宿屋であることを理解するが、支払いを免じるよう高飛車に要求する。その理由は、遍歴の騎士道の掟に背くわけにいかないというもの。議論してもらちが明かないと見るや、キホーテはロシナンテに拍車をあて、サンチョを置き去りにしたまま走り去ってしまう。宿屋の主人は残されたサンチョに支払いを求めるが、キホーテと同じ理屈で断固拒否する。

二人のやりとりを見ていた質のよくない宿泊客の男たちが、ここで悪ふざけを思いつく。部屋から持ち出した毛布の上にサンチョを乗せて弄び始めるのである。強制トランポリンだ。フランシスコ・デ・ゴヤ（一七四六―一八二八）に『わら人形遊び』（プラド美術館蔵）という絵がある。あでやかな服装の婦人四人が、大きな布を使って男の服を着せた人間大の藁人形を宙に舞わせて楽しんでいる。サンチョはこの代わりにされたのだ。

繰り返し宙を舞わされるサンチョは大声で助けを求める。その声を聞いたキホーテは宿屋にとって返すが、ロシナンテから降りるだけの体力もなく、乗馬したまま、男たちに罵詈雑言を浴びせるのが精いっぱいだった。霊薬の効果はなかったようだ。

第10章　羊の冒険

それはともかくとして、善良なサンチョよ、お前の驢馬に乗ってわしについてくるがよい
（キホーテ）

強制トランポリン地獄から解放されたサンチョは、這々の体で宿屋を後にする。抜け目のない宿屋の主人は、宿賃の代わりに驢馬にかけられていた食糧や日常必需品の詰まった振り分け袋をくすねていた。それに気づかぬサンチョは内心ほくほくだった。

主従が平原を進むと、前方と後方からもうもうたる砂煙が近づいてきた。キホーテにはこれが二つの軍勢、つまりキリスト教徒と異教徒の合戦に見えた。戦況を把握しようと、主従は両軍が一望できる丘に上ったが、砂煙のために何ひとつ見えない。だが、キホーテの目には、美しい甲冑を身にまとった名だたる騎士たちの姿が見えるのであった。そうして、何も見えない、聞こえるのはやかましい無数の羊の鳴き声だけ、とぼやくサンチョを《おぬしは怯えるあまり、物事を正しく見たり聞いたりすることができなくなっておるのじゃ》と叱咤し、従士の諫言に耳を貸すことなく、キリスト教徒の軍勢に加勢するため、羊の大群に突進していくのである。

中世スペイン王室にとっては羊毛の輸出が主要財源で、十六世紀前半には三百万頭以上の羊が放牧されていたという。牧羊関係者は移動牧羊組合（メスタ）を結成、牧草地の利用や羊の移動に関する特権を王室から受けていた。それを利用して北部で夏を過ごした羊は、秋になると千頭単位で南下して冬を越し、春になると移動路を北上したのである。羊は「お羊さま」だったのだ。

ロシナンテに跨がり、羊の大群に突撃したキホーテは、鬼神のごとく槍をふるい始める。大切な羊を串刺しにされるのを目の当たりにした羊飼いたちは必死に制止するが、聞く耳を持つ相手ではない。彼らは使い慣れた投石紐を取り出し、キホーテめがけてこぶし大の石を飛ばす。その一つが脇腹に当たり、あばら骨二本をへし折る。激痛で心が折れそうになったキホーテが油差しに入った霊薬を取り出して飲み始めるや、次の石が油差しを持った手に命中してしまう。石は指二本をつぶし、油差しを粉砕し、何本もの歯を砕く。あえなくキホーテは落馬する。羊飼いたちは相手を殺してしまったと思い込み、さっさと羊を誘導してその場から立ち去ってしまう。

この冒険譚をどう読むか。中世スペインでは羊を大切にするあまり、種をまき育て収穫する農業が軽視されたという。王室にとっては、農作物よりも金を生む羊毛が大事だったからだ。それゆえ、農民が丹精込めて農作物を育てていても、そこを羊が通りたければ通すしかない。千頭もの大群が通過したあとの農地がどうなるかは推して知るべし。イナゴの大群に襲われるようなものだ。

そこから、この冒険譚は、当時の農民の「羊憎し」という感情をキホーテに代弁させたもの、という解釈が可能となる。確かに説得力がある。ちなみに、さまざまな特権を持っていた移動牧羊組合が廃止されるのは一八三六年のことである。

丘の上から一部始終を見ていたサンチョは、羊飼いたちが立ち去るとすぐに主人のもとへ飛んでいく。まだ意識のあったキホーテは、今回の敗北も悪辣な魔法使いのせいである、と解説したうえで、口の中がどうなっているか見てほしいと頼む。口をのぞくや、胃袋の霊薬が逆流して吹き出し、従士の顔を洗う。それを血と勘違いした従士は、主人が死に瀕していると嘆く。ところが、しばらくして血と思っていたものが霊薬であることがわかるや、今度は従士が腹の中のものをすべて主人の顔に吹きかけてしまう。

それでもサンチョは実直な従士であった。主人の手当てをしようと、振り分け袋を求めて驢馬のもとへ走る。ところが肝腎の袋が見当たらない。そう、宿屋の主人がくすねたあの袋だ。強制トランポリンでいたぶられ、大切な振り分け袋まで失ってしまった。ここでサンチョは決心する。主人と交わした約束などもうどうでもいい、今度こそ主人を見捨てて村に帰ろう、と。

やっと起き上がったキホーテは、物思わしげな様子のサンチョにこう語りかける。《今われらの身に、たてつづきに降りかかっている嵐は、まもなく荒天がしずまって、われらが順調に帆を上げるようになる前兆じゃて》

振り分け袋がないということは、その日に食べるものもないということである。そのことを聞いて、キホーテはサンチョに言う。《それはともかくとして、善良なサンチョよ、お前の驢馬に乗ってわしについてくるがよい》。まるでイエスの言葉「私に従え。私はあなたたちを人をすなどるものにしよう」（「マルコによる福音書」第一章十七節）のようではないか。瀕死の重傷を負いながら、従士のためにこんな言葉が吐けるものではない。

キホーテは続ける。《あらゆるものを与えたまう神がわしらのことを、ましてや、遍歴の旅をしながら神への奉仕に明け暮れておるわしらのことをお見捨てになるはずはない》。するとサンチョが返す。《どうやらお前様は、遍歴の騎士よりも説教師のほうがお似合いだね》。絶妙な会話である。これでサンチョの憂いは晴れ、主従の旅は無事に続くこととなる。

ここまでは非常にダンディーなキホーテではあったが、口の中が気になって仕方ない。歯が何本残っているか、指で探ってくれるよう従士に頼む。果たして、上顎の歯はすべてなくなり、下顎には奥歯が二本と半分残っているだけ。キホーテの落胆ぶりは気の毒なほどだった。これなら、利き腕ではない腕をもがれたほうがましだった、と嘆くのである。先導を任された従士は、主人を気遣いながらゆっくりと街道をたどってゆく。《わしについてくるがよい》という言葉をキホーテは忘れてしまったようだ。

第11章　葬列の冒険

松明の明かりで旦那様のことをじっと見ていたら、旦那様が、これまでおいらも見た覚えのないほどの、おそろしく侘びしげな顔をしていなさったからですよ　（サンチョ）

街道を進みながらサンチョはこう考えた。自分が強制トランポリンでいたぶられたのも、主人が投石によって重傷を負ったのも、マンブリーノの兜を手に入れるまでは、食卓について食事をしない、妻と同衾しないという誓いを立てながら、主人がこれを守らなかったからではないか、と。サンチョが文句を言うと、《とんと失念しておったわ》とキホーテは素直に認める。やはり初老の男である。昔読んだ騎士道物語の細部は覚えていても、直近のこととなると、するりと抜けてゆく。

そうこうするうちに日はとっぷりと暮れる。すきっ腹を抱えた主従が夜道をたどってゆくと、前方から無数の火影が近づいてくる。「物の怪か」と主従はおじけづくが、その正体は亡骸を故人の故郷の街に運ぶ葬列であった。そんな事情を知らぬキホーテは、この遭遇を神から与えられた冒険と受け取り、道をふさいで先頭の僧侶に事情を尋ねる。返ってきたのは「急いでいますから」というつれない言葉。腹を立てたキホーテは、槍をふるって葬列を蹴散らしてしまうのである。相手は武器など持っていない。勝って当然だ。かたやサンチョは、主人の剛勇ぶりを見て調子づき、一行が残していった荷物からせっせと食糧を抜き始める。まるで新大陸で暴虐の限りを尽くしたコンキスタドールのようではないか。キホーテの冒険は数々あれど、この冒険だけはどうしても好きになれない。

戦いに完勝したキホーテは、騾馬の下敷きとなった僧侶に改めて事情を聴き、自分の早とちりを知るが、厚かましく《拙者の責務を果たすために、あなた方に襲いかからずにはいられなかった》と理解を求める。痛い目に遭わず、食糧も確保できたサンチョは上機嫌、連れの人々から無礼をはたらいた勇士の名前を問われたら、《あれこそはその名も高けえドン・キホーテ・デ・ラ・マンチャ、またの名を「愁い顔の騎士」というお方だと、教えてやっておくんなさい》と僧侶に言う。

気の毒な僧侶が去り、なぜ「愁い顔の騎士」なる呼び名を使う気になったのか、とキホーテに問われたサンチョはこう答える。《松明の明かりで旦那様のことをじっと見ていたら、旦那様が、これまでおいらも見た覚えのないほどの、おそろしく侘びしげな顔をしていなさったからですよ》

サンチョは主人の本質をついにつかみ取った。常に孤独な戦いに挑み、その大半で絶望的な敗北を喫するキホーテを表すのに、これ以上的確な言葉はない。ユダヤ人宗教哲学者のマルティン・ブーバー（一八七八―一九六五）の言葉を借りれば、サンチョにとってキホーテとの関係は〈我―それ〉から〈我―汝〉へと転化しつつある。ちなみに、自分のために相手を利用する関係を〈我―それ〉、相手を全人格的に受け入れ、魂の交流が認められる関係を〈我―汝〉と、私は理解している。そして現代は、〈我―それ〉の関係に覆われた時代である。

ここから主従の会話はずいぶん豊かなものになっていく。サンチョは得意の諺を駆使して主人をうまく導きさえするようになるのだ。フランスのモラリスト、モンテーニュ（一五三三―一五九二）は

『エセー』第一巻第二十八章「友情について」で《もしも人から、なぜ彼（ラ・ボエシーのこと）を愛したのかと問いつめられたら、「それは彼であったから、それは私であったから」と答える以外には、何とも言いようがないように思う》と書いている。サンチョとキホーテの関係も、この域に達しつつある。

葬列の冒険を終えた主従は、一行からかすめ取った食糧を見境なく食べたため、猛烈な渇きに襲われていた。手元にワインはおろか水もなかったからだ。星も見えぬ深夜、うっそうとした森の中である。だが、天は主従を見捨てない。どこからともなく、滝の音が聞こえてくる。水の落下音を頼りに進む主従。まもなく二人の耳に、一定間隔で何かを打ちつける轟音が飛び込んでくる。

キホーテは《この世のもろもろの危険、輝かしい武勲、勇ましい偉業といったものはすべて拙者のためにとっておかれているのじゃ》と言って戦闘準備を整え、おじけづく従士に命ずる。《お前はここにとどまって神様におすがりするのじゃ。そして三日のあいだ待っていてくれ。三日たってもわしが戻らなかったら、お前は村に帰るがよい》

悲壮な覚悟で冒険に乗り出そうとするキホーテ。誰も見ているわけではないから、ここは道を変えて危険を避けるべき、とサンチョは引き留める。主人の命も心配だが、闇夜の中で一人残されるのもいやなのだ。だが、キホーテは聞く耳を持たない。そこでサンチョは、闇に紛れてロシナンテの前脚をひもで縛るという奇策を弄し、主人の出撃を止めてしまう。

いくら拍車を当てても前に進まぬロシナンテ。理由のさっぱりわからぬキホーテはついに諦め、東の空が白むまで待つことに決めるが、こう愚痴をこぼす。《もっとも、わしは夜明けまでの時間を心

で泣くことになるのだが》

東の空が白み始めるのをみとめたサンチョは、ロシナンテの前脚を縛っていたひもを解く。解放された前脚で勢いよく地面を掻くロシナンテの姿を吉兆とみなしたキホーテは、出撃を見守るサンチョに、三日待って戻ってこなければ、代わりに思い姫ドゥルシネーアを訪ね、主人が彼女にふさわしい武勲をたてようとして命を落とした、と伝えるよう命じ、さらに、従士としての給金を支払うよう記した遺言書を家に残しているから、何の心配もいらない、と付け加えた。また、もし自分が生還するようなことがあれば、島の領主にしてやるという約束は果たされたも同然、と伝えるのである。まるで講談の名調子を聞くようではないか。

主人の情のこもった覚悟の言葉を聞いたサンチョは、涙をこぼしながら、今回の冒険の決着がつくまで主人を見捨てるようなことはすまい、主人に付き従おうと心に誓う。ここにいたって主従は完全に〈我—汝〉の関係となる。キホーテとサンチョの「対話の書」とも言うべき『ドン・キホーテ』の醍醐味が味わえるのは、じつはここからなのだ。

主従は不気味な轟音の発生源を目指して歩き始める。うっそうとした木立の間をかなり進むと、主従の目の前に高く切り立った岩壁と水量豊かな滝、そしてあばら家が姿を現す。止むことのないすさまじい音は、このあばら家から発していた。キホーテはドゥルシネーアと神に、身の安全を祈念しながら、轟音の発生源に近づいていった。

果たして、主従をひと晩中不安に陥れていた轟音の正体は、滝の水を利用して動く六個の巨大な木槌であった。それらが交互に打ち下ろされてあの音を立てていたのである。これは縮絨機というもので、毛織物を木槌で打ちつけることによって密度を高めフェルト状にするのである。「幽霊の正体見たり枯れ尾花」とはこのことだ。
極度の緊張状態にあったキホーテはその瞬間、全身をこわばらせ立ち尽くすが、笑いを必死にこらえるサンチョの顔を見るや思わず笑い出す。するとサンチョは堰を切ったように、それまで押さえ込んでいたものを思い切り発散させた。
だが、この先がいけない。轟音を初めて耳にしたときにキホーテが口にした仰々しい言葉《この世のもろもろの危険、輝かしい武勲、勇ましい偉業といったものはすべて拙者のためにとっておかれているのじゃ》を、サンチョはからかい気味に口調までまねて繰り返したのである。激怒したキホーテは、殺さんばかりの勢いで二度までサンチョに槍を振り下ろす。

やりすぎではないか。だが、ウナムーノは『ドン・キホーテとサンチョの生涯』で、《今日、実証主義、自然主義、経験主義などと呼ばれているサンチョ・パンサ主義はかくのごときのものであり、恐怖が過ぎさるや否や、ドン・キホーテ的理想主義を嘲笑するといったものなのである》とキホーテを擁護する。なるほど、「やりすぎ」と感じるのは、私自身がサンチョ・パンサ主義者だからであろう。

轟音の冒険で自分をあざけったサンチョを殺さんばかりに槍で叩いたキホーテだったが、落ち着きを取り戻すと《わしに対する敬意の欠如がお前の落度なら、お前にもっと尊敬されるようにしないのがわしの落度というわけよ》と殊勝な言葉を吐く。まことにキホーテは謙虚な善人である。

第12章　マンブリーノの兜と漕刑囚の解放

一方の扉が閉まれば、もう一方の扉が開く　（キホーテ）

関係を修復した主従は小雨が降り出す中、街道に戻り歩み始める。余談だが、『ドン・キホーテ』で唯一の雨の描写である。それほどラ・マンチャ地方に雨は降らない。雨の描写が大好きな黒澤明監督に『ドン・キホーテ』の映画化は無理だろう。

しばらく進むと、頭にピカピカ光るものをのせた男が驢馬に乗ってやってくるのが見えた。それを目にするやキホーテはサンチョに《一方の扉が閉まれば、もう一方の扉が開く》という諺を口にして喜びをあらわにする。轟音の冒険が扉を閉ざしたからこそ、新たな冒険の扉が開いたというのである。前向きだ。

で、何がキホーテをそれほど喜ばせたのか。ビスカヤ人との戦いを思い起こしてほしい。キホーテがその戦いで手作りの兜を割られていたことを。

向こうからやって来る男は、近隣の村の床屋であった。彼は瀉血を必要とする病人と髭を剃りたいという客が重なったため、真鍮の金盥を持ち、驢馬に乗って出かけたのだが、新調したばかりの帽子を小雨がぬらしてしまうのをきらって金盥を頭にかぶっていた。この金盥がキホーテにはマンブリーノの兜に見えたのである。

マンブリーノの兜とは何か。イタリアの詩人ボイアルド（一四三四頃―一四九四）の叙事詩『恋するオルランド』に登場する黄金の兜である。もともとモーロ人の王マンブリーノの持ち物であったが、騎士レイナルドスがマンブリーノを殺しこれを奪った。ビスカヤ人に兜を割られたキホーテは、どんなに鋭く強靱な剣もはね返すこの兜を所望していた。

キホーテは近づいてくる床屋に低く槍を構え、ロシナンテを全速力で突進させる。いい迷惑である。いきなり襲撃された床屋は、驢馬から転げ落ちるや、一目散に野原を突っ切って逃げていった。あとには金盥が残された。

念願の兜を手に入れたキホーテは、早速これをかぶり感想を漏らす。《この大きさからすると、この音に聞こえし面頬付き兜をはじめてつくらせたモーロ人は、よほどの大頭だったとみえるな。だが、何よりも残念なのは、下半分がそっくり欠けていることじゃ》。そもそも金盥である、下半分などもとから存在しない。脇にいたサンチョは先ほどの主人の忠告を守り、必死に笑いをこらえていた。

マンブリーノの兜を頭に乗せて街道をゆくキホーテの前方に、鎖につながれ数珠つなぎになった十数人の男たちが姿を現す。彼らは四人の役人に見張られ、重い足を引きずっている。罪を犯したためにガレー船の漕ぎ手（漕刑囚）にされる連中だ。世間智に富むサンチョは彼らの事情を説明するが、その中の《王様に無理強いされて》という言葉がキホーテをいたく刺激してしまう。キホーテいわく《事情はどうあろうとも、あの者たちは無理やり引かれていくのであって、決してみずからの意志でまいるのではないのだな……今こそ、抑圧と屈辱を取り除き、弱きを助けることを任務といたす拙者が力を発揮すべき時じゃ》。キホーテにとってもっとも大事なのは神に仕える騎士道であり、王権はその下位にあるものなのだ。時は黄金世紀、王はフェリペ二世である。

セルバンテスの人生を色濃く反映した言葉ではないか。一五七一年のレパントの海戦で左腕の自由を失い、帰国時にトルコの海賊に襲われてアルジェで五年半の虜囚生活を余儀なくされる。祖国とカトリックの大義のために奮闘したが、帰国後の彼に対する宮廷の対応は冷たいものだった。やっと無敵艦隊の食糧徴発係の職を得たものの、一五八八年に無敵艦隊がイギリスに敗れその職を失う。彼は新大陸の官職を求めるが、これも却下される。その後、滞納税金の徴税吏となるが、徴収した金を預けていた銀行が倒産、埋め合わせができなかったため、セビリアで下獄するという憂き目に遭っているのである。

漕刑囚を解放することが自分の務めであると信じるキホーテは、いかなる理由で彼らはこんなみじめな格好で引き立てられているのか、役人に尋ねてみる。役人は《そばに寄って、じかに尋ねたらいいでしょう》と、キホーテの好きにさせた。鎖の列に近づき、次々と事情を聴いていくキホーテ。ここでのやりとりは、当時の社会の底辺が垣間見えてまことに興味深い。

女性の下着に恋した泥棒、家畜泥棒の疑いで拷問にかけられ自白した者、検事の機嫌を取るための袖の下がなかった者、二人の従姉妹と身内でない二人の姉妹を相手にふしだら三昧に耽り、悪魔でも解きほぐせぬ姻戚関係を出来させ、それを繕う金もコネもなかった者……。その中に人品いやしからぬ顔つきの老人がいた。職業は取りもち屋（女衒）。妖術を使ったとの濡れ衣を着せられたという。

ここでキホーテは《その妖術師めいたところさえなければ》とした上で、取りもち屋について好意的な持論を大々的に展開する。《およそ思慮に富んだ者たちだけに可能な、しかも秩序の整った国家にあっては必要この上ない業》であるというのだ。

話は脱線するが、アルジェで虜囚となったセルバンテスの身代金の一部は、家族の女性たちが体を売って用立て、後年『ドン・キホーテ』を執筆していた彼の生活を支えていたのも、家族の同様の行為だったといわれる。キホーテの大演説は、セルバンテスの真率な意見表明ではないか。

キホーテが最後に尋ねたのはヒネス・デ・パサモンテという肝のすわった大泥棒であった。すでに自伝を書いている才人でもある。本人によれば、それまで書かれたあらゆるピカレスク（悪漢）小説の影が薄くなってしまう傑作であるという。大した自信だ。

キホーテが《それは完結いたしておるのかな？》と訊くと、《わしがまだ生きているというのに、完結しているわけなどないでしょう》と答える。もっともだ。《なかなかの才人でござるな》。キホーテが感心すると、《それに運の悪い男ですよ。すぐれた才知は不運によって迫害されると相場が決まっていますからね》と返す。

《迫害されるのはならず者だよ》。脇にいた護送隊長が口を挟むと、《口のきき方に気をつけてもらいたい》とパサモンテ。カッとなった隊長が警棒を振り上げると、すかさずキホーテは間に入り、大目に見てやってもらいたいとねんごろに頼むのであった。

漕刑囚全員の事情を聴き終わったキホーテは、護送の役人たちを説得しようと大演説を始める。

神と自然がもともと自由なものとしてお創りになった人間を奴隷にするというのは、いかにも

酷いことに思われる〔……〕人が犯した罪というものは、めいめいがあの世で償えばよいのじゃ

あきれた隊長は《冗談にもほどがある……騎士の旦那、頭にのせた洗面器をまっすぐにして自分の道を行ったが身のためだよ》と言い放ってしまう。この瞬間、カッとなったキホーテは、相手が身構える暇も与えぬ早業で槍を突く。深手を負った隊長は地面に崩れ落ちる。しばし呆然としていた他の役人たちは、われに返るや剣や投げ槍を手にキホーテを取り囲む。ところがこの騒動に乗じて、漕刑囚たちが鎖を断ち切ろうと暴れ始め、いちはやく自由の身になったパサモンテは、倒れている隊長の鉄砲を奪い役人に狙いをつける。他の漕刑囚たちも次々と鎖を解き、役人に石を投げつけ始めたからたまらない。役人たちは這々の体で現場から逃げ出してしまう。

勝利に気をよくしたキホーテは、自由の身になった漕刑囚を前にこう演説を始める。

諸君、受けた恩恵に感謝するのが、生まれのよい人間の当然なすべきところであり、神の怒りを招く大罪のひとつは忘恩である

つまり、エル・トボーソ村へ赴き、ドゥルシネーアに自分の活躍を報告してほしい、というのである。これをパサモンテがにべもなく断ると（当たり前だ）、キホーテは《何をぬかすか、このうつけ者！》と罵倒する。

ご覧のようにキホーテはとんと場の空気が読めない。だが、それがどうだと言うのだ。いかなる状

況にあっても信念の揺らぐことのないキホーテの強さこそ、われわれが取り戻すべきものではないだろうか。「絶対」なるものを見失い、もっともらしい状況論しか語れない者を日和見主義者、風見鶏、卑怯者と言うのである。

キホーテから罵倒されてもパサモンテは落ち着いたもの。さすが大泥棒だ。彼が目で合図を送ると、漕刑囚たちはいっせいに石を拾って主従に投げつけ始める。いったい何度目の石の雨であろうか。激痛のあまりキホーテは落馬して地面にへたばってしまう。すると、漕刑囚の一人がマンブリーノの兜を奪い、それでキホーテを何度も打ちすえた。せっかく獲得した魔法の兜は、見る影もなくなる。驢馬の陰に隠れて石の雨をしのいでいたサンチョも身ぐるみ剥がされてしまう。

漕刑囚たちが四方八方に逃げ去ったあと、キホーテはぼやく。《サンチョよ、下賤な連中に恩恵をほどこすは大海に水を注ぐようなもの、とはよく言うたものじゃのう》。その通り、理想はたいてい現実に裏切られるものなのだ。現実主義者のサンチョはそんなことよりも、聖同胞会の動向が気になって仕方がない。それも当然だ。主人は護送隊長に深手を負わせ、漕刑囚を解放してしまったのだから、必ず自分たちを追ってくるはずだ。街道を外れ山中に逃げ込むにしくはない、と主人に進言する。《お前は根っからの臆病者だな》と叱る主人にサンチョは《退却するのは逃げることじゃねえし、危険が希望よりずっと大きい時にそれを待ち受けるなんて、決して利口なことじゃありませんよ》と返す。キホーテはそれ以上何も言わず、サンチョに先導されてラ・マンチャとアンダルシアを隔てるシエラ・モレーナの山中に分け入っていくのであった。

第13章　カルデニオの物語

あなたの不幸に救済の手段があるものならばさっそく手を打ち、それがなければ、ともに不幸を泣くことによってお慰めしようとの所存でござる
（キホーテ）

聖同胞会から身を隠すべき、とのサンチョの進言に従ってモレーナ山脈の奥深くまで分け入った主従。その夜を野宿して過ごすのだが、ここで事件が起こる。キホーテが解放してやった大泥棒ヒネス・デ・パサモンテが現れ、寝入った主従の脇にいたサンチョの驢馬を盗んでしまうのだ。目利きのパサモンテは、ロシナンテより驢馬の方が価値があると判断したのである。悪党らしく見事に恩を仇で返したわけだ。翌朝、サンチョの嘆きようは痛々しいほどだった。キホーテはひたすら従士を慰め、自分が家に所有する驢馬五頭のうち三頭をくれてやる、と約束する。大盤振る舞いである。現実主義者のサンチョはこれでやっと気を取り直し、ロシナンテに乗った主人に徒歩で付き従っていく。

しばらく山道を進むと、主従はボロボロになった旅行カバンに出くわす。サンチョが中を改めると、上等な衣服とかなりの額の金貨、それに手帳が入っていた。どうしてこんなものが……。キホーテは金貨をサンチョに与え、手帳にそのヒントを求める。そこに綴られていたのは、恋の嘆きを主題にしたソネットと手紙の下書きだった。

新たな冒険の予感を抱きながらさらに奥へ分け入ると、上半身裸で髭ぼうぼうの男が驚くほどの身軽さで岩から岩へと跳び移っていく姿が主従の目に入った。キホーテは確信する。あの男がカバンの持ち主に違いない、と。そうして、何としてでも男を探し出そうと心に決めるのであった。

謎の男を探して山中をさまよう主従の耳に笛の音が聞こえ、山羊の群れが姿を現す。何か事情を知っているに違いないと、主従は山羊飼いに男のことを尋ねる。その内容は以下の通り。

男は半年ほど前に例のカバンを手にひょっこりと現れ、険しい山中に住み着いた。普段は上品な物腰の若者だが、時折狂気にとらわれ、山羊飼いを襲撃しては食べ物を奪うことを繰り返していた。そんな状況を何とかしようと、山羊飼いたちが若者に事情を聴く機会を持ったものの、若者は突如発作に襲われ《おお、裏切り者のフェルナンド！　今こそ、貴様が俺にはたらいた非道の仕返しをしてやるぞ！》と叫び暴れ出した。つまり、若者はフェルナンドという者に煮え湯を飲まされた結果、精神に異常をきたしたらしいのだ。

山羊飼いの話を聞いたキホーテは何としてでも若者を探し出し、何か役に立つことができないかと思う。ところがまさにその時、件の若者が三人の前に姿を現し礼儀正しい言葉遣いで三人に挨拶をする。キホーテはロシナンテから降り、まるで古くからの知己ででもあるかのように両腕でひしと抱きしめ、こう声をかける。

あなたの不幸に救済の手段があるものならばさっそく手を打ち、それがなければ、ともに不幸を泣くことによってお慰めしようとの所存でござるよほど腹が減っていたのであろう、若者はまず食べ物を求め、差し出されたものを食べ終えるとやっと身の上を語り始めた。

辛い話ゆえ一気に語りたい。だから途中で話の腰を折るようなことはしないでもらいたい――そう前置きして若者は身の上話を始めた。

彼の名前はカルデニオ。裕福な貴族の息子である。彼には結婚を考えていたルシンダという恋人がいた。ところが、ルシンダの美しさに目を奪われたフェルナンドという公爵家の次男が二人の間に割って入ろうと画策を始めた。女癖の悪いフェルナンドはその直前には、結婚を餌に裕福な農家の美しい娘ドロテーアの貞操を奪っていた。

彼の話は順調に進んでいたが、ルシンダが騎士道物語を好み、『アマディス・デ・ガウラ』を貸してほしいとカルデニオに所望した、というところで、キホーテが思わず口を挟んでしまう。アマディスこそキホーテが範とする騎士だったからだ。《ただその趣味をおうかがいしただけで、その方がこの世で一番の美女にして才媛であると認定できますのでな》。おいおい、どうしたキホーテよ。一番の美女はドゥルシネーアではなかったのか。

悪いことに『アマディス・デ・ガウラ』の解釈をめぐってキホーテとカルデニオの間で口論が起こり、狂気の発作に襲われたカルデニオは石ころをキホーテの胸に食らわせてしまう。すぐにサンチョが助太刀に入るが、強烈な拳骨を浴びて倒れてしまう。サンチョを助けようとした羊飼いも同じ憂き目に遭う。カルデニオは三人を叩きのめし、悠揚迫らぬ足取りで山の中に姿を消してしまうのである。

モレーナ山脈の奥で、恋のために狂気にとらわれたカルデニオと出会い、範とする騎士道物語『アマディス・デ・ガウラ』を思い出したキホーテは、途方もない考えにとらわれていた。思い姫オリアーナにすげなくされ、悲観のあまりペーニャ・ポブレという岩山の中で苦行に打ち込んだアマディスの真似をしようというのである。

キホーテは言う。《ここで絶望のあまり激情の狂乱状態におちいった男を演じるつもりじゃ》。《お前様には、狂人にならなきゃならねえどんな理由があるというんだね？》とサンチョがもっともな質問をする。キホーテは返す。《重要なのは原因もなく狂態を演ずることであり、わしの思い姫に、理由もなくこれだけのことをするなら、理由があったらどんなことになるだろうと思わせるところにあるのじゃ》。つまりは、ドゥルシネーアの関心を引こうという魂胆である。

キホーテはサンチョに、ロシナンテに乗ってドゥルシネーアを訪ね、恋文を渡し、自分が狂態を演じていることをつぶさに報告するよう命じる。ドゥルシネーアの正体を知らされたサンチョは仰天する。高貴な婦人とばかり思っていたら、知り合いの娘で、体格がよく、力持ちで、声が大きく、頼りがいのある、胸毛の生えていそうなアルドンサ・ロレンソだったからだ。大いに納得したサンチョは口走る。《お前様もあの娘のためなら狂気沙汰をしても構わねえどころか、むしろしなきゃいけねえ》

キホーテは恋文をしたため始める。それは《おお、美しくもつれなき姫よ、わが愛しき恋の仇よ！》といった時代がかった大仰な調子で《命果てるまで君の僕なる愁い顔の騎士》と結ばれる。字が読めぬためキホーテに手紙を読んでもらったサンチョは、その内容を絶賛したうえで、自分にくれてやると約束した驢馬三頭の引替証を手紙の裏に書くよう頼み込む。なかなかしたたかな男である。

さて、いよいよ見たくもないショーの始まりだ。サンチョはこれを見ずに出発しようとしたが、見ないことにはドゥルシネーアに報告できない。キホーテはサンチョの目の前でやおらズボンを脱ぎ捨てて下半身をあらわにし、バレエダンサーのように舞い始める。主人のあられもない姿をいやいや目に焼き付けたサンチョは逃げるように出立する。このときサンチョは、せっかく裏書きを入れてもらった恋文を受け取っていなかった。

一人残されたキホーテはふと冷静になって反芻する。範とするアマディスが山中でなしたのは、このような狂態を演じることではなく、隠者に告解を聞いてもらい、ひたすら祈ることではなかったか、と。残念ながらキホーテのそばに隠者はいない。しからばと、彼は樹皮や砂岩に数多くの詩句を掘り始めるのである。それはわが国の道因法師（一〇九〇―一一八二）の《思ひわびさても命はあるものを憂きに堪へぬは涙なりけり》を想起させるものばかりであった。恋する男の気持ちは古今東西変わりない。

第14章　ドロテーアの物語

正式な夫となる方でない限り、なんぴとといえどわたくしから何も得ることはできないと思い知っていただきたい
（ドロテーア）

山を下り街道に出たサンチョは、一路エル・トボーソ村を目指した。翌日のお昼時、強制トランポリン地獄を味わった宿が見えてきた。腹はペコペコだが、入りたくはない……。ためらっていると、宿から出てきた二人の男がサンチョに気づく。キホーテの友人であり、焚書の実行犯である司祭と床屋である。

司祭が単刀直入に出奔したキホーテの消息を尋ねる。《明かすわけにいかない》とサンチョが従士らしく返答すると、すかさず床屋が脅す。《わしらはお前さんがあの人を殺して持物を奪ったのではないか、と想像してしまうよ》。そう、サンチョが騎乗しているのは驢馬ではなくキホーテの愛馬ロシナンテだからだ。日頃から床屋談義で鍛えられているのだろう、純朴な従士の口を割らせることなど、赤子の手をひねるようなものなのだ。

サンチョはすぐに《おいらの御主人は、今あの山の奥で好き勝手な難行苦行の真っ最中さね》と吐いてしまう。あとは堤防が決壊したようなもの。これまでの経緯を一切合切二人に話してしまうので

ある。そして、ドゥルシネーアにキホーテの恋文を届けにいくところだと言い添えると、二人はそれを見せてほしいと言い出す。サンチョは懐から恋文を出そうとするが、どう探しても見当たらない。それも当然である、キホーテは従士に恋文を渡し忘れていたのだ。

サンチョからこれまでの経緯を聞き出した司祭と床屋は、裏に驢馬三頭を与えるという証文の書かれたドゥルシネーア宛ての恋文をなくしたと勘違いして真っ青になっているサンチョを慰めたうえで、山中で苦行に打ち込むキホーテをどうやって自宅に連れ戻すか、頭をひねった。

しばらくして司祭は妙案を思いつく。司祭が放浪の乙女、床屋がその従者になりすましてキホーテのもとを訪ね、恩恵を施してくれるよう頼む、というのである。確かにキホーテは不幸な乙女に目がない。なかなかの慧眼である。床屋もすぐに同意し、二人は早速実行に移る。

しかし、である。キホーテを助けたいという二人の気持ちに嘘はなかろうが、そこに、狂気の騎士を弄びたいという気分が少しばかり紛れ込んではいないか。そうでもなければ、謹厳実直を建前とする司祭が女装しようなどと思いつくはずがないではないか。二人は、うきうきしながら扮装に興じたに違いない。見事に変装した二人は意気揚々、騾馬に乗って宿屋を後にする。が、司祭は不意に、聖職にある者が女装をするなどもってのほかではないか、という思いにとらわれるのだ。当然であろう。

司祭は床屋に衣装の交換を要求する。その台詞がすごい。もし床屋が同意しないのなら、《キホーテが悪魔にさらわれるようなことになろうと構わない、この場で芝居を中止するつもりだ》というのである。ちょうどそのとき、追いついたサンチョが二人の姿を見て思わず吹き出してしまう。床屋は司祭の恫喝めいた申し入れを受け入れ衣装を交換する。

キホーテの居場所を目指して山奥へ分け入りながらサンチョは、公爵の次男フェルナンドに恋人を奪われて気の触れたカルデニオのことを二人に話して聞かせた。いよいよキホーテの居場所に近付いたとき、二人は、変装した自分たちの素性をけっして明かさないこと、さらに、ドゥルシネーア宛ての恋文は確かに届け、彼女の返事は「一刻も早く会いにくるように」であった、とキホーテに伝えるよう、サンチョに言い含める。だが、キホーテを連れ戻すには、ドゥルシネーアの返事だけで十分と考えたサンチョは、その場に残るよう二人を説得し、自分一人で主人の元を目指すのである。

残された二人が木陰でくつろいでいると、甘美な歌声が響いてくる。その歌声はいつしか嗚咽に変わった。声の主を確認しようと歩き出した二人は、先ほどサンチョが話したカルデニオそっくりの風貌の男を発見する。話題の男に相違ないと思った司祭はそばに寄り、情理を尽くした言葉で、このようなみじめな暮らしをやめるよう説得するのである。

嗚咽をもらしていた男は、いかにもカルデニオであった。彼は説得を試みる司祭に対して《立派な言葉で説得にかかる前に、どうかお願いですから、終りのないわたしの不運の話をお聞きください》と嘆願する。もちろん、ゴシップの好きな司祭と床屋の二人に異論のあろうはずがない。

ここからセルバンテスはキホーテを放置して、カルデニオ、ルシンダ、フェルナンド、ドロテーアの不幸にねじれた恋の物語を長々とつづり始める。要約しよう。

公爵家の次男で女たらしのフェルナンドは、富農の娘ドロテーアに目を付け、結婚を約束して貞操を奪う。ところが目的を果たすや行方をくらましてしまう。ドロテーアは彼を待ち続けるが、その耳に入ってきたのは、彼が貴族の娘ルシンダと結婚したという話であった。ドロテーアはいたたまれず家を出る。一方のルシンダはカルデニオと相思相愛の関係にあったが、フェルナンドがルシンダの父親を籠絡して結婚の手はずを整えてしまう。結婚式当日、式場に忍び込んだカルデニオの目の前で、ルシンダは弱々しい声で結婚の宣誓をするが、その直後に失神してしまう。絶望したカルデニオは混乱する式場を出て山に向かった――以上である。

カルデニオの話が終わるや、三人の耳に悲しげな声が飛び込んでくる。声の主は男装の乙女。彼女こそドロテーアであった。フェルナンドに名誉を踏みにじられた彼女は山に逃げ込み、身を守るため男装して羊の番をしながら暮らしていたのである。

ドロテーアの身の上話を聞いたカルデニオは仰天し、《運命はわたしから正気を取り去るだけで満足し、わたしの命を奪おうとはしませんでした。あなたにお会いするという幸運をわたしにもたらすため、命をとっておいてくれたのでしょう》と叫ぶ。この出会いによって、カルデニオはルシンダを取り戻し、ドロテーアはフェルナンドと元の鞘に収まる可能性が見えてきたのである。つまりドロテーアはまだフェルナンドとの結婚を望んでいたのだ。

話は遡る。フェルナンドはドロテーアの部屋に忍び込み、暴力的に彼女の貞操を奪おうとした。彼女が《正式な夫となる方でない限り、なんぴとといえどわたくしから何も得ることはできないと思い知っていただきたい》と、拒絶とも受諾とも取れる言葉を投げかけると、フェルナンドは《何の問題もないさ。今ここで、僕は君の夫になるという約束をするからね》と答え、自分の欲望を満足させる。そうして、自分の指輪を彼女に与え逃げるように立ち去り、行方をくらましたのである。

こんな男とよりを戻したいとは。それは愛なのか。スペイン文化史研究者、芝紘子著『地中海世界の〈名誉〉観念』にこうある。《この〈名誉〉の最大の特徴は、家族の女性の性的貞潔性のうえに立脚していることである》《伝統的スペインの道徳律・〈名誉〉観念によれば、女性の貞潔性は家族の男によって守られなければならない》。愛よりも家の名誉。それがドロテーアの生きていた時代の価値観だったのだ。

第15章　司祭の策略

しからば、その願いをお引き受けいたそう。ただし、拙者のお仕えする国王と祖国、それに拙者の心と自由の鍵を握っておられるあの方に、決して損害や不名誉をもたらさぬことという条件つきでござる
（キホーテ）

フェルナンドに翻弄されたドロテーアの身の上話を聞かされた司祭と床屋は、彼女とカルデニオのために一肌脱ぐ気持ちのあることを伝え、自分たちが山中にいる理由を説明する。そこへキホーテを探しに出たサンチョが戻ってくる。

サンチョによると、キホーテは張り切っており、哀れなことに下半身むき出しのままであった。「一刻も早く会いにくるように」とのドゥルシネーアの返事を伝えても、「姫に会いにいけるような武勲をまだたてていない」とこれを断ったという。サンチョのあては外れてしまったのだ。

ならば当初の計画通り、床屋を女装させて猿芝居を打つしかない。司祭がキホーテ救出計画をドロテーアに説明すると、その役は床屋より自分の方がうまくこなせるはずだと言い出す。渡りに船とはこのことだ。彼女は持っていた包みから豪華な衣装と装身具を取り出し、あっという間にきらびやかな貴婦人に変身してしまう。

驚いたのは事情を知らぬサンチョである。これほど美しい生きものを見たことがなかった彼が、ド

ロテーアの素性を尋ねると、司祭はこんな説明をする。彼女は邪悪な巨人に国を奪われたミコミコン大王国のミコミコーナ姫。キホーテの名声を耳にして、巨人を倒してもらおうと、アフリカからわざわざ訪ねてきたのだと。これを真に受けたサンチョは糠喜びする。主人が見事に巨人を倒し、ミコミコーナ姫と結ばれて国王となれば、従士の自分も大きな余録に与れるに違いないと。

さて、ドロテーアを主役に迎えたキホーテ救出作戦はどうなったか。策士である司祭は、ドロテーア、従者に変装した床屋、サンチョの三人を訪ねさせることにする。自分はさしあたりすることはなく、カルデニオはキホーテとけんかをしたばかりで、顔を合わせると何が起こるかわかったものではないからだ。ロシナンテに騎乗したサンチョに案内されて騾馬に乗ったドロテーアと床屋はキホーテのもとをめざし、三、四キロ進んだあたりで、キホーテを発見する。幸いなことに彼はズボンをはいていた。

ドロテーアは軽快に騾馬から飛び降りて騎士の足もとに跪き、《おお、勇猛果敢な騎士様！　わたくしは篤実にして律義なあなた様がわたくしの切なる願いをお聞きいれくださるまでは、ここから立ち上がりはいたしません》と大芝居を打ち始める。ドロテーアが芝居にひと役買ったのは、もちろん善意からであろう。だが、そこには芥子粒ほどでも、狂気の騎士を弄んで楽しみたいという気分はなかっただろうか。あったからこそ彼女は軽快な行動を取ってしまったのだ。人間の善意とは一筋縄ではいかない。

ウナムーノは《ここでドン・キホーテの道中の悲しい場面が始まる。彼のもっとも美しく、また自然発生的な冒険はすでに過ぎ去ったのである》と書く。そうなのだ、風車や羊を相手にしたような美しい冒険は終わり、騎士は悪意ある人々や閑人が仕組んだ嘲笑の罠にはめ込まれてゆく。

自分の願いを聞き入れてほしいと懇願するドロテーアに対して、キホーテは先ほどまで下半身丸出しだった人間とは思えぬ言葉を吐く。

　しからば、その願いをお引き受けいたそう。ただし、拙者のお仕えする国王と祖国、それに拙者の心と自由の鍵を握っておられるあの方に、決して損害や不名誉をもたらさぬことという条件つきでござる

私は感動しつつ、キホーテの爪の垢を煎じて飲ませてやりたい輩のなんと多いことか、と溜息をつく。猿芝居に対してあまりにも真率な言葉を返すキホーテ。鋭敏な読者はここで、『ドン・キホーテ』とは喜劇などではなく、悲劇であることに気づくであろう。ところが、欲に目のくらんだサンチョが場の空気をひっくり返す。主人に近寄り、ただの貴婦人ではなく、ミコミコン大王国のお姫様の頼みごとなのだから、聞いてあげたほうが得だ、と耳打ちするのである。しかし動じるキホーテではない。毅然とこう言い放つ。《どこのどなたであろうと、拙者は自分が信条として掲げている騎士道に従って、任務と心得ること、および良心が命ずるところを行うだけじゃ》。まさに騎士の鑑である。
　その言葉を聞いたドロテーアは、もうひと押しする。王国を奪った巨人を倒すまでは、どんな冒険にも手を出さないことを約束してほしい、というのである。何事も起こさず村に連れて帰りたいからだ。キホーテは素直に応じ、かくして四人はミコミコン大王国を目指して山を下り始めるのである。

第16章　サンチョの妄想

おいらの家来どもが黒人であっても、それがどうしたっていうのかね？　連中を船に積みこんでスペインに運び、売りとばすまでのことよ
（サンチョ）

騎乗してきたロシナンテをキホーテに返したため、徒歩で付き従っていたサンチョは山道を下りながら、こう考えた。智に働けば角が立つ……もとへ、主人がミコミコン大王国の王様になれば、自分もそれなりの地位に就き、家来を持つ身分になるはずだ。しかし、かの国はアフリカの黒人の住む地にあるわけだから、自分の家来も黒人になってしまう。サンチョは空想力を働かせてある解決策にたどりつく。こうだ。《おいらの家来どもが黒人であっても、それがどうしたっていうのかね？　連中を船に積みこんでスペインに運び、売りとばすまでのことよ。喜んで現金で買ってくれるだろうからその金で、貴族の位か何か役職を買いとればいい》

サンチョの生きていた時代はフェリペ二世（一五二七―一五九八）の治世下である。当時のスペインがもっとも力を入れていたのが新大陸の金銀鉱山の開発だ。最初は現地のインディオを使役していたが、酷使によって人口が激減したため、アフリカから黒人奴隷を大量に「輸入」して使うようにな

った。黒人は人間ではなくモノだったのだ。一方、日本との関係を見ると、一五八四年に天正少年遣欧使節を受け入れ、一六一四年には支倉常長の慶長遣欧使節を歓待している。この時、使節の何人かがセビリアのすぐ南にあるコリア・デル・リオという町に居残り、現地女性と一緒になったらしい。その子孫がハポン（日本）姓の人々であるといわれる。西欧人にはない蒙古斑がその証拠という。

アンダルシアを流れる大河グアダルキビール川に隣接するコリア・デル・リオは、慶長遣欧使節が上陸し、帰国直前の九カ月間を過ごした町でもある。一行は日本でキリシタンの弾圧が始まったことを知っていた。世界に散らばったイエズス会宣教師による情報網はＣＩＡ（米国中央情報局）なみで、世界中のニュースを素早くバチカンに報告していたのだ。「帰国してもろくなことはないだろう」と誰もが考えたはずだ。一六一七年七月、帰国の船がメキシコに向けて出帆するが、一行の何人かは乗船を拒否し、異国の地で生きることを選ぶ。覚悟を決めて帰国した支倉常長を待ち受けていたのは、予想通り過酷な運命だった。フィクションではあるが、遠藤周作の名作『侍』が帰国後の支倉の真実（事実ではない）を描いていると思う。

では、残った者はどうだったのか。子孫を残しているから、現地女性と結婚してそれなりの人生を送ったと信じたいが、果たして「平たい顔の種族」が現地にすんなりと受け入れられたのか。実のところ、使節は往路こそ歓迎されたが、日本でキリシタンの弾圧が始まったというニュースが伝えられるや、ひどく冷酷な扱いを受けるようになっていたのである。

現地に残った日本人の運命をめぐって、スペインの歴史学者フアン・ヒルが『イダルゴとサムライ』で貴重な史料を紹介している。それは支倉常長の護衛隊長を務めたと思われるドン・トーマス・フェリーペ（日本名不詳）の嘆願書である。

彼はマドリードのフェリペ三世の宮廷で受洗し、髷を切り、刀を捨て、修道者として生きる決意を固める。しかし後になって、この決意は精神的錯乱状態の中でなされたとして還俗し、ディエゴ・ハラミーリョという人物の使用人となった。ところが、この主人が冷酷な人間で、労働報酬の支払いを拒んだだけでなく、彼を奴隷のように扱い、焼き印まで押したのである。

彼は時の国王フェリペ四世に次のように訴え出た。《ドン・トーマス・フェリーペは、日本の使節と共にこの宮廷に来た日本の武士で、キリスト教徒になった。〔……〕サフラ在のディエゴ・ハラミーリョは、トーマスが彼に仕えていた時、奴隷身分ではないにもかかわらず焼き印を押した。トーマスが給与の支払いを求めたからである。この侮辱に対して正義が行われるよう陛下に嘆願申し上げる。また日本への帰国の自由と許可を下さるよう陛下にお願い申し上げる》

インディアス枢機会議は《彼に帰国の許可を与えるべし》として、一六二三年に彼をヌエバ・エスパーニャ（メキシコ）艦隊に乗せてメキシコへ送り出したのである。その後、彼がどうなったかは分からない。

ドン・トーマス・フェリーペが単に運が悪かったとは思えない。キリスト教に改宗したとはいえ、「平たい顔の種族」は、その外見で差別されたように思う。自分の体験で恐縮だが、スペインで暮らしていたころ、人さし指で両目をつり上げ「チーノ（中国人）」とはやしたてる子供に何度か行きあったことがある。

コリア・デル・リオに残ったサムライも、奴隷とは言わないまでも、農家の使用人として働かざるを得なかったはずだ。だが、勤勉さを発揮しながら日本人の智恵と技術を伝えることで、徐々に認められ、その地位を向上させていったのではないか。

興味深いことがある。スペインでも盛んに稲作が行われているが、籾を直接田んぼにばらまくやり方がほとんどである。ところが、コリア・デル・リオ周辺では、近年まで日本と同じようにまず苗床を作り、そこから田んぼに植え替えていた。おそらく「このやり方の方が品質のよい米がより多く収穫できる」とサムライが指導し受け継がれていったのだろう。

そうして、この町のエストレージャ教会に残る洗礼台帳に初めて「ハポン（日本）」の名前が登場するのは、支倉常長が帰国してから五十年後の一六六七年のことである。サムライとサムライの子孫が完全に「仲間」と認められるには、それだけの時間が必要だったのだ。

第17章　屋根裏部屋の戦い

そうさ、旦那も、この世に生まれた遍歴の騎士という騎士もみんな神様に呪われるがいいんだ
（少年）

モレーナ山脈に戻ろう。ミコミコーナ姫の願いを聞き入れたキホーテは、巨人を退治するためアフリカにあるミコミコン大王国を目指して山を下り始める。しばらく進むと一行（キホーテ、サンチョ、ミコミコーナ姫に扮したドロテーア、従者に扮した床屋）は、先回りしていた司祭とカルデニオに出くわす。カルデニオは長い髭を切り、司祭の上着を着て本来のハンサムな青年に戻っていたため、キホーテは彼と気づかない。合流した一行は、サンチョが強制トランポリンで弄ばれたあの宿屋を目指す。

その道中、一行は驢馬に乗ったジプシーらしい男に行き会う。それが盗まれた自分の驢馬だとすぐに分かったサンチョが、いきなり罵声を浴びせると、驚いた男は驢馬から飛び降りて逃げ去ってしまう。男はジプシーに変装していた悪党ヒネス・デ・パサモンテだったのだ。こうして相棒の驢馬を無事に取り戻し喜ぶサンチョとは対照的に、キホーテには悲しい出来事が待っていた。

泉で休憩をとっていると、旅姿の少年が通りかかる。読者は覚えておいでだろうか、木に縛り付け

られて親方に鞭打たれていた少年を。善意のキホーテが介入し、事の成り行きを見届けぬまま立ち去ってしまったため、腹を立てた親方によりひどい目に遭わされた少年である。そんなことを知るよしもないキホーテに、少年はありったけの皮肉を込めた言葉をぶつけ、逃げるように去っていったのだ。

少年の言葉とはこうだ。《遍歴の騎士さん、かりにおいらが八つ裂きにされているところを見たとしてもおいらを助けたり救ったりしねえで、どうかそのまま見殺しにしておくんなさい。旦那に手出しされてこうむるはずの不幸に比べたら軽いはずだからね。そうさ、旦那も、この世に生まれた遍歴の騎士という騎士もみんな神様に呪われるがいいんだ》。少年が逃げ去ったあと、己の至らなさを恥じ入るばかりのキホーテであった。

「良心が命ずるところを行うだけ」と言ってはばからないキホーテは、またしても現実によって嘲笑・罵倒されたのである。だが愁い顔の騎士よ、だからこそ、人間の悪を徹底的に描いたドストエフスキーは《キリスト教文学にあらわれた美しい人びとのなかで、最も完成されたものはドン・キホーテです》と、お前を称賛するのである。

さて、その後は特筆すべきこともなく、一行は宿屋にたどり着く。山中の苦行ですっかり衰弱していたキホーテは、屋根裏部屋に寝台をしつらえてもらい、すぐに深い眠りに落ちてしまう。残りの者は食事をすませると、宿屋の主人や他の泊まり客とともに、キホーテの狂気と騎士道物語を肴に雑談の花を咲かせる。しばらくすると、いつの間にか雑談の輪から外れていたサンチョが、キホーテの寝ていた屋根裏部屋から慌てふためいて飛び降りてきて大声を張り上げる。《さあ皆さん、早く、早くおいらの主人の助太刀に来ておくんなさい！》

屋根裏部屋でいったい何が起こっていたのか――。キホーテは夢の中で早くもミコミコン大王国に到着し、巨人相手に戦っていたのだ。彼は寝台の周りに積まれていたワインの革袋を巨人と思い込み、剣で何度も切りつけ、その結果、部屋の床はワインの海と化していた。切り落とされた革袋が巨人の首、ワインが血に見えたサンチョは大喜びする。この手柄できっと主人はミコミコーナ姫と結ばれ、従士の自分も伯爵ぐらいにはなれるだろうと。

一方、この光景を見て逆上した宿屋の主人は、やおらキホーテに飛びかかり、拳を固めていやというほど殴りつける。カルデニオと司祭が二人の間に割って入らなければ、キホーテは間違いなく殺されていただろう。ナボコフは『ドン・キホーテ』を「気の狂った初老の男を周囲の者が総がかりでいたぶる残酷で粗野な物語」と評したが、このあたりを読むと、むべなるかなと思う。

床屋が水を大鍋に汲んできて頭からぶっかけ、キホーテはやっと目を覚ますが、まだ正気と言うにはほど遠い状態だった。手を押さえていた司祭をミコミコーナ姫と思い込み、その足もとに跪くと《やんごとなくも名高き姫よ、今日からあなた様は、あの性悪な、おぞましき巨人からなんら被害をこうむる憂いもなくお過ごしになれますぞ》と報告するのである。念願の巨人退治は、夢の中ではあったが、見事に完遂されたのだ。

一行が宿屋に滞在した二日間に、ドロテーアの貞操を奪ったフェルナンドがカルデニオの恋人だったルシンダを伴って姿を現すは、漕刑囚を解放したキホーテを追う聖同胞会の捕吏がやってくるは、キホーテに金盥を奪われた気の毒な床屋が入ってくるは、これでもか、というぐらいに関係者が宿屋へ吸い寄せられてくる。ここで、二組のカップルは無事に元の鞘に収まり、聖同胞会の捕吏はキホーテが狂人であることを認めて捕縛を見送り、気の毒な床屋は司祭に代金を支払ってもらい納得する。

第18章　捕囚の恥辱

頼む、わしをこの窮地から救い出してくれ、もうあんまり綺麗というわけではないのでな！
（キホーテ）

数々の問題が片付くと、司祭はキホーテを村に連れ戻すため、計画を練り直す。キホーテを檻に閉じ込め、牛車に乗せて連れ帰ろうというのだ。宿屋にいた面々は丸太を格子状に組み合わせて檻を作ると、覆面をしたうえで思い思いの格好に変装して、呆気にとられるサンチョの目の前で、眠っているキホーテの手足を固く縛り上げ檻に押し入れたのだ。

かくして檻の中のキホーテは見せ物のように牛車で曳かれていく。まるで死罪を宣告された罪人の市中引き回しである。遍歴の騎士に対するかくも凡庸で屈辱的な仕打ちは、どの騎士道物語にも書かれていないはずだ。深読みかもしれないが、この場面でセルバンテスは、十字架を背負いゴルゴタの丘に向かって歩かされるキリストとキホーテを重ね合わせようとしたのかもしれない。どうだろうか。

この凡庸で屈辱的な場面をめぐり、ウナムーノは《愛徳の仮面をかぶった羨望、英雄的狂気に我慢することができない正気の者たちの羨望、常識というものを専横な平等主義者に祭りあげた羨望が、キホーテを檻に押しこめたのである》と、強い憤りを感じさせる筆致で、キホーテを辱める司祭たちを指弾する。

キリストの教えは、彼の生きた時代の常識を超えた危険思想だった。彼を磔刑にかけたのは、ウナムーノが指摘する《英雄的狂気に我慢することができない正気の者たちの羨望》と《常識というものを専横な平等主義者に祭りあげた羨望》ではなかったか。

だが、そんな状況に置かれてもキホーテは悲観しない。《わしが今の世における新たな騎士として、すでに忘れ去られていた冒険の騎士道をよみがえらせ、実践に移した最初の騎士であってみれば、また新たな種類の魔法と、魔法にかけられた者を運ぶ新たな手段が編み出されたのかも知れぬ》。自分こそが新しい時代の騎士の規範ではないか、と自負するのである。

道中、サンチョはキホーテのあることが気になってくる。意を決して《下世話に言うところの小さい水か、あるいは大きい水をする気、したい気になりゃしなかったかね？》と尋ねると、キホーテはこう叫ぶ。《頼む、わしをこの窮地から救い出してくれ、もうあんまり綺麗というわけではないのでな！》。愁い顔の騎士は、少しだけそうそうをしていたのである。

手足を縛られ、檻に監禁されたまま牛車で運ばれるという辱めは、魔法にかけられたためだとキホーテは信じていた。覆面をした面々に寝込みを襲われたのだから、そう思うのも致し方ないだろう。一方サンチョは、自分の尊敬する主人がこんな苦境に陥っているのは、魔法によるものなのか、骨と肉の人間によるものなのか計りかねていた。そこで思いついたのが、遠回しに「便意を催さないか」と尋ねることだった。キホーテの返事を聞いたサンチョは思わず《ああ、やっとつかまえた！》と快哉を叫ぶ。主人が魔法にかけられているのなら、便意など催すはずがない、これは現実なのだと。日常の暮らしの中で、われわれが肉体の奴隷であることをはっきり意識させられるのは便意を催すときではないか。痛みは精神力によってなんとか我慢することができるが、便意だけはどうしようもない。さすがの遍歴の騎士も《頼む、わしをこの窮地から救い出してくれ》と叫んでしまう。

糞尿といえば、セルバンテスの祖父の世代であるフランスの作家フランソワ・ラブレー（一四八三？—一五五三）が書いた『ガルガンチュアとパンタグリュエル』である。数々の糞尿譚を盛り込んだこの長大な物語でラブレーが言いたかったのは、つまるところ「永遠を志向する魂を失った人間などただの糞袋にすぎない」ということだと私は理解している。ラブレー流に言うなら、キホーテこそが永遠を志向する魂を持った高貴なる糞袋なのだ。

己の便意は認めたものの、キホーテは自分が魔法にかけられているという考えを撤回しない。《（魔法にかけられていないにもかかわらず）今この瞬間にもわしの助けと庇護を緊急に必要としておる者たちに援助の手をさしのべることができずにいると考えたとしたら、わしの良心の呵責はさぞかし大きなものになっていることであろうて》というのである。少しばかり虫のいい思考ではあるが、遍歴の騎士としての志にいっさいブレはない。

サンチョのはからいで檻から解放されたキホーテは無事に用を足す。すると、たまたま出会った牛車のキホーテに興味を抱き同道していたトレド聖堂参事会員（もっとも格式の高い大司教座のメンバー）は、豊かな教養を持ちながら珍妙な振る舞いをするキホーテを憐れに思い、《ドン・キホーテ殿、ご自身をもっといとおしんで、良識の懐にお戻りなさい》と話しかけ、騎士道物語ではなく聖書の「士師記」を読んでみるといいと忠告する。「士師記」とは、他民族の侵略を受けたイスラエルの民を、「士師」と呼ばれる歴代の英雄たちが救済する物語。つまり、絵空事ではなく「真実」に基づいた物語を読むべきというのである。

キホーテは反論する。《(騎士道物語を読み)遍歴の騎士になってからというもの、自分が勇敢で慎み深い、寛大で育ちのよい、気前がよくて礼儀正しい、大胆不敵にして穏やかな、辛抱強い、そして艱難にも束縛にも魔法にも耐え得る人間になった》。これ以上強い反論があろうか。

第19章　聖体行列の冒険

ああ旦那様、騎士道の華だったお前様が、棒打ちをたった一発くらっただけで、これまでのあんなに見事な生涯を終えちまうなんて！
（サンチョ）

聖堂参事会員とキホーテのかみ合わない論争を描いたあと、セルバンテスは、恋に破れ山羊飼いとなって山で暮らす青年を一行に遭遇させ、彼に身の上話を語らせる。こんな話である。

青年の愛した美貌の娘レアンドラは十六歳。派手な軍服姿でイタリアから帰郷した男に口説かれた彼女は簡単に恋に落ち、家にあった宝石類を持って駆け落ちする。ところが、男の目的は彼女ではなく宝石だった。山中の洞窟で男は彼女の身ぐるみをはぎ、宝石を奪って逃走してしまうのである。彼女の父親は娘の貞操が奪われなかったことに安堵するものの、その不名誉を償わせるため修道院に入れてしまう。修道院は矯正施設としての機能も有していたのである。こうして娘を見ることさえできなくなった青年は絶望して山に入る……。この青年のことなどどうでもいい。勝手に生きろ、と思う。私はレアンドラの運命に思いを馳せてしまうのだ。

映画好きな方なら二〇〇二年ベネチア国際映画祭で金獅子賞を獲得した『マグダレンの祈り』（ピ

ーター・マラン監督）をご存じであろう。舞台はアイルランドに実在したカトリック教会が運営するマグダレン洗濯所。一九六四年のある日、三人の女性（従兄弟にレイプされた者、未婚の母となった者、その美貌が男を惑わすとみなされた孤児）が入所してくる。彼女たちは私語を禁じられたうえ、洗濯をはじめとする重労働に従事させられる。洗濯にはもちろん罪を洗い流すという意味が込められているのだ。

『マグダレンの祈り』は実話に基づいており、それがわずか半世紀前の話であることに驚かされる。キリストによって改悛したマグダラのマリアにちなんで命名されたマグダレン洗濯所が閉鎖されたのは一九九六年のことだった。十六世紀後半に修道院に入れられたレアンドラも毎日、洗濯をさせられたのであろうか。

青年の身の上話を聞いたキホーテは、自分にかけられている魔法が解けたなら、修道院に乗り込んで、有無を言わせずにレアンドラを救い出して青年に引き渡して進ぜよう、と約束する。これでは修道院襲撃ではないか。神に仕えるキホーテではあるが、修道院の実態について知るところがあったのだ。

ところが、青年はキホーテの身なりと顔つきがあまりに異形だったため、そばにいた床屋に《ねえ、あんな格好をして、あのような口のきき方をなさるのは、どこのどなたですか》と尋ねる。調子にのった床屋が《あの方こそ世の恥辱を濯ぎ、不正を正し、乙女たちを庇護し、巨人たちの度肝を抜く歴戦の勇士、その名も高きドン・キホーテ・デ・ラ・マンチャ殿よ》と講談師のような調子で返答する。

通常の理性を持ち合わせている青年は不信感を募らせ、《あなたがふざけておいでか、さもなければこの変った格好の方のおつむが空っぽであるかのどっちかに違いありませんね》と、暴言を吐くのである。

《おつむが空っぽ》と侮辱され激怒したキホーテは、石のように硬いパンを青年の顔に投げつける。あとは推して知るべし。逆上した青年に顔面をこれでもかというほど殴りつけられ、血まみれとなるのである。セルバンテスよ、キホーテの帰還も間近だというのに、まだいじめ足らぬというのか、と言いたくなってくる。ここまでくるとユーモアなど雲散霧消し、ナボコフが『ドン・キホーテ講義』で指摘するように、物語はいじめのカタログの様相を呈してくる。

さらにだ、あろうことか聖職者である聖堂参事会員と司祭、さらに犯罪を取り締まるべき聖同胞会の捕吏たちはこの乱闘を大喜びし、いがみあっている犬をけしかけるように、両者にハッパをかけるのだ。周囲の者で制止しようとするのはキホーテの狂気に感染したサンチョのみ、という逆転現象が生じるのである。だがサンチョは聖堂参事会員の召使いに押さえつけられて身動きがとれない……。

古代ローマの詩人ユウェナリス（六〇―一三〇）は、権力者から無償で与えられる「パンとサーカス」により、ローマ市民が政治的盲目に置かれていると警告したが、それは人間がパンだけでは満足できず、娯楽も要求する欲深い存在であるということも意味している。その娯楽も戦車レースから奴隷が猛獣と戦う残酷なショーへとエスカレートしていった。聖職者と捕吏の姿は、コロッセオで歓声をあげるローマ市民と重なってしまう。

キホーテが血まみれとなり、それを見た聖職者と捕吏が大喜びするという残酷な場面を読み、映画『マグダレンの祈り』のある場面がよみがえってきた。「堕落」の烙印を押され、マグダレン洗濯所に収容された女性たちは、修道女による陰湿ないじめ、つまり修道女にとっての娯楽によって、心をズタズタに引き裂かれていった。

修道女は全裸にした女性を並ばせ、まじまじと体を観察しながら、乳房と尻の大きさ、陰毛の濃さについて侮辱的な言葉を投げつけたうえで、誰がチャンピオンか裁定するのである。ここで陰毛の濃さのチャンピオンに認定された少しばかりオツムの弱い女性が、顔をくしゃくしゃにして涙をぼろぼろ流す。その反応にたじろぎ不機嫌となった修道女は「ゲームよ、ゲーム。さあ、服を着なさい」と言って娯楽を終了する。このあと、女性は首を吊って自殺を図る。心が痛む場面であった。

顔面を殴りつけられていたキホーテを救ったのは、聖職者でも捕吏でもなく、悲しげなラッパの音であった。キホーテは青年にこう言うのである。《頼む、ほんの一時間ほど休戦ということにしてはもらえまいか。聞こえてきた喇叭のあの悲痛な響きが、どうやら拙者を新たな冒険へと招いているようなのでな》。殴り疲れていた青年はこれに同意して手を離す。だが、キホーテを待ち受けていたのは、冒険などではなく、新たな残酷ショーであった。

悲しげなラッパの音は、雨乞いの聖体行列から発せられたものだった。白装束に身を包んだ村の男たちが、黒いベールに包まれた聖母マリアの像を載せた輦台《れんだい》を担いで礼拝堂に向かっていたのである。キホーテの目には、これが貴婦人を無理やり拉致した悪党の一群に見えた。こうなると誰の忠告も耳に入らなくなるのは、読者もご存じの通り。

ロシナンテに跨がったキホーテは行列の前に立ちはだかり《さあ、今すぐこの場で、その美しい御婦人を自由の身にしてさしあげるのだ》と叫ぶ。男たちが笑ったものだから、キホーテは剣を抜き輦台目がけて襲いかかる。男の一人が輦台を支えておく棒をキホーテの肩口に思い切り叩き込む。哀れキホーテは落馬して地面に叩きつけられ、ぴくりともしなくなる。

主人のあとを息せき切って追ってきたサンチョは、キホーテにすがりついて、涙にくれながら感極まった声をあげる。《ああ旦那様、騎士道の華だったお前様が、棒打ちをたった一発くらっただけで、これまでのあんなに見事な生涯を終えちまうなんて！》。サンチョよ、お前こそ従士の華である。だが、キホーテは死んではいなかった。サンチョの声に反応するかのように意識を取り戻し、《さあ、友のサンチョよ、わしを助け起こして、いま一度魔法の牛車に乗せてくれ》と頼むのである。棒の一撃で肩の骨が砕け、ロシナンテの鞍の上で身を支えることができなくなっていたのだ。

第20章　牛車での帰還

正直な男にとって、冒険を求める遍歴の騎士の従士になるほど楽しいことは、まずこの世にねえってことよ
（サンチョ）

かくして再び牛車に乗せられたキホーテは、六日目に故郷の村に帰還する。サンチョの妻は亭主と顔を合わせるや、何よりも先に驢馬の無事を確認したうえで、《お前さん、この従士奉公でどんな実入りがあったのかえ？　あたしに上等のスカートの一枚でも持ってきてくれたかい？》と尋ねるのだ。女性と物質主義というやつは、いつの時代も添い寝する関係にあるようだ。現代を生きる夫たちよ、妻の物質主義的傾向をいまさら嘆いても始まらない。

モレーナ山脈で拾った金貨という土産があったものの、サンチョはそのことには触れることなく、本当にうれしそうに旅の感想を妻に話す。《正直な男にとって、冒険を求める遍歴の騎士の従士になるほど楽しいことは、まずこの世にねえってことよ》

一方のキホーテは、家政婦と姪によって身につけていたものを着替えさせられ、ベッドに寝かされる。この間、彼は口を開くこともなく、二人を眺めるだけで、自分がどこにいるのかもわからない様子だった。

サンチョの成長という収穫はあるものの、『ドン・キホーテ前篇』はかくのごとく寂しい結末を迎える。ただ救いはある。セルバンテスが《二人の女は、彼が少しでも回復するとすぐにもまた姿を消してしまうのではないかと恐れて、当惑していたのであるが、結局のところ、事態は彼女たちが想像していたとおりになったのである》と書いていることだ。ただし、後篇の登場まで十年を要するのだが……。

セルバンテスが『ドン・キホーテ前篇』を書き終えたのは一六〇四年。彼は五十七歳になっていた。翌一六〇五年一月にマドリードの出版社から刊行されるや、面白いように版を重ねていく。版権を出版社に売り渡していたため、いくら売れようが直接収入に結びつくわけではなかったが、名声を得ることはできた。が、好事魔多し。同年六月末に「エスペレータ事件」と呼ばれる殺人事件に巻き込まれてしまうのだ。

当時セルバンテスは、宮廷の置かれたバリャドリードの場末に建つアパート（現セルバンテスの家）に住んでいた。同居人は一五八四年に結婚した妻のほかに、姉とその私生児である姪、妹、結婚前に不倫相手との間にできた娘の五人。この女性たちは、普段から不純異性交遊にいそしんでいたようで、近隣住民から疎まれていたらしい。そのアパートの前で、ガスパール・デ・エスペレータという無頼の騎士が刺殺されるのである。

エスペレータという男は、王室書記官（要するに政府高官）の妻の愛人で、それは世間周知のことであった。おそらくはそのことが真相の究明を困難にする。当局は関係者や周辺住民の証言から、セルバンテス、娘、姉、姉の娘を逮捕・投獄する。妹はどういうわけか逮捕を免れ、妻は実家の問題を処理する用事でマドリード近郊のエスキビアスに出向いていたため、この難を逃れることができた。家族六人のうち四人までが殺人の嫌疑をかけられるという、人生最大の危機をセルバンテスは迎えるのである。

セルバンテス研究の第一人者であるフランスのジャン・カナヴァジオはゴンクール賞を受賞した『セルバンテス』の中で、《確かなことは、彼（バリャドリード市長）が、自分のイニシャティヴによってにせよ、上司の権力を借りてにせよ、故意に追及を困難にして、真犯人を逮捕しないために、自分の権限を全面的に発動したことである》と記している。いつの時代にも、権力による意図的な冤罪事件は起こる。この観点に立つと、死刑制度はどうなのか、と考え込んでしまう。

いずれにせよ、セルバンテスが有罪となれば、『ドン・キホーテ後篇』が書かれることはなかった。だが、新たな証言によって、セルバンテス一家は事件発生から二十日後、晴れて自由の身となる。それほど無理のある逮捕劇だったともいえる。

したたかな作家であるセルバンテスはのちに、この体験を遺作となる『ペルシーレスとシヒスムンダの苦難』の挿話として活用する。また、このときの供述調書は、セルバンテスの娘が読み書き不能だったという意外な事実を伝えている。世界的文豪の父娘関係がどのようなものだったのか、想像をたくましくしてしまう。

自由の身になった一家だが、世間は好奇の目に満ちていた。カナヴァジオは書く。《いかがわしい山師、賭博場の常連、非行娘の色事の共犯者とみなされて、公衆の悪意にさらされていると感じた彼は、もはやバリャドリードの舗道を歩く意欲を完全に喪失してしまった》

セルバンテスは人目を避けるように場末のアパートにこもって、中短篇小説の執筆に専念する。それらは『模範小説集』（全八話）を構成する重要な作品となる。『模範小説集』は国書刊行会の「スペイン中世・黄金世紀文学選集」の一冊として出版されている。本人が「模範」と付けるだけあって、いずれもがユニークな発想と見事な技巧が融合した逸品だ。

事件の翌年の一六〇六年、王室は王宮をマドリードに戻すことを決める。王宮が移れば人も移動し、仕事も去っていく。その年の秋、セルバンテス一家は妻の待つマドリード近郊のエスキビアスへ転居し、娘は名門の紳士と結婚する。おそらくセルバンテスの名声あっての縁談だったのだろう。そして一六〇七年、一家は首都マドリードに移り、初孫が生まれる。セルバンテスは六十歳になっていた。しかし、平穏な生活は続かない。翌年に娘婿、二年後には姉と初孫が亡くなる。夫を失った娘はすぐに五十歳代の資産家の愛人となり、その庇護を受けたまま別の男と再婚する。結婚にあたって莫大な持参金の約束を交わしていたが、セルバンテスに支払い能力がなかったため裁判沙汰となり、資産家の愛人が肩代わりすることになる。同じころ、おそらくは婚約不履行という不名誉を味わわされた姪が訴訟を起こし、一六一一年には妹が亡くなる。セルバンテスはこのごたごたの中で『ドン・キホーテ後篇』の構想を練っていたのである。

後篇

第1章　サンソン・カラスコ登場

あなた様こそ、かつてこの地上に存在した、そして今後も存在するであろう最も有名な遍歴の騎士のひとりであられると断言いたしますぞ
（サンソン）

前篇の出版から十年後に刊行された後篇には、前代未聞の仕掛けが施されている。前篇はモーロ人史家シデ・ハメーテ・ベネンヘーリがアラビア語で書いたものをバイリンガルのモーロ人がスペイン語に翻訳、セルバンテスがそれに突っ込みを入れながら編集したという体裁をとっていた。それは後篇も同様なのだが、ここでは登場人物が出版されていた前篇を読み、主従の冒険をすべて知っていることが物語の前提となっているのである。

連れ戻されたときは廃人のようだったが、十分な栄養とおよそ一カ月の休息によって気力と体力を回復しつつあったキホーテのもとにサンチョが登場してこう述べる。《学士さんがお前様の伝記が『機知に富んだ郷士ドン・キホーテ・デ・ラ・マンチャ』という題の本になって、とっくに出まわっていると教えてくれましてね》

学士さんとは、後篇において策士として暗躍するサラマンカ大学を出たばかりのサンソン・カラス

コという男である。
現実には前篇と後篇の間には十年もの時間が横たわっているが、物語ではわずか一カ月。その間に主従の冒険が本になって世に出まわっているというのである。《われわれの伝記の作者は、どこかの魔法使いの賢者に違いない》と推測するキホーテに、サンチョはこう反論する。《とんでもねえよ。学士のサンソン・カラスコの話だと、伝記の作者はシデ・ハメーテ・ベネンヘーリという名前なんだから》
詳しい事情を話してもらおうと、サンチョはサンソンを迎えにいく。サンソンを待つ間、キホーテは思案に暮れる。自分の伝記にどのようなことが書かれているか、気になって仕方ないのだ。それには理由がある。著者がモーロ人だからだ。キホーテのモーロ人観はこうだ。《モーロ人からはいかなる真実をも期待することはできない。なんとなれば、彼らはいずれも嘘つきで、いかさま師で、策士だからである》
キホーテの想像は悪い方悪い方へと傾斜していく。そこにサンチョとサンソンがやってくる。サンソンとは旧約聖書に登場する怪力の持ち主サムソンに由来する名。だが周囲を見てもお分かりのように、「名は体を表す」なんてまれなこと。目の前のサンソンは小柄で丸顔、顔色は黄ばんでさえず、鼻は低く大きな口をした男だった。セルバンテスは意地悪くこう記す。《こうした顔の特徴はすべて、底意地が悪くて、人を愚弄したり洒落のめしたりするのが大好きという性格を表していた》
キホーテと顔を合わせるや、サンソンはさっと跪き、《あなた様こそ、かつてこの地上に存在した、そして今後も存在するであろう最も有名な遍歴の騎士のひとりであられると断言いたしますぞ》と芝居がかった調子でおべんちゃらを言う。キホーテはサンソンを立たせ、さっそく気になって仕方のない伝記の内容について、質問を浴びせていく。

サンソンは《名声、あるいは高き誉れに関して言えば、ドン・キホーテ殿は、世にある遍歴の騎士方すべての栄誉をひとり占めしておられますよ》とキホーテを安心させたうえで、《記述は平明そのもので、理解に苦しむようなところなどまったくないんですからね。ですから、子供たちでさえページを繰り、若者は読み、大人は納得してうなずき、老人は称賛するといった具合です……それこそ路上で痩せ馬に出くわそうものなら、誰もが即座に、「ほら、ロシナンテが行くよ」と言うほどなんですよ》と作品の人気がどれほど高いかを力説する。物語の登場人物がその物語を批評し、小説の中に現実が紛れ込んでくる。これはもうメタ・フィクションではないか。

書物の初版にはミスがつきものである。『ドン・キホーテ前篇』にも途中で登場人物の名前が変わったり、筋そのものが矛盾をきたしたりしている点が見いだせる。出版後、不始末に気づいたセルバンテスは、後篇の中でサンソンに前篇がはらむミスや矛盾を指摘させ、サンチョに《それにはなんて答えたものか、おいらには分からねえ。恐らく歴史家の先生の思い違いか、印刷屋の不注意という以外にはね》と責任転嫁させたり、キホーテに《わしの伝記の作者は、賢者どころか無知なおしゃべりで、いっさい筋道を立てることもなく、出たとこ勝負で、やみくもに書き始めたに違いない》とベネンヘーリを批判させたりするのである。なんと自在な精神であることよ。

第2章　説得

女の忠告なんぞ取るに足らねえ、だけどそれに耳を貸さないやつは、ひどい阿呆だと思うんですよ　（サンチョ）

キホーテとサンソン、サンチョが前篇の矛盾や後篇の出版の可能性について、ああだこうだと議論していると、三人の耳にロシナンテのいななきが聞こえてくる。これを幸運の前触れとみなしたキホーテは、三、四日後に新たな旅に出ることを決意する。馬のいななきは、洋の東西を問わず人を奮い立たせるものらしい。

どこを目指すべきか。相談を受けたサンソンは、アラゴン王国の首都サラゴサへ赴いてはどうかと提案する。近々聖ホルヘ（サン・ジョルディ）の祭日を祝って大々的な馬上槍試合が催されるからだ。この祭日は四月二十三日。奇しくもセルバンテスの命日である。馬上槍試合は全国民を熱狂させる、今で言うならリーガ・エスパニョーラの国王杯に匹敵するような催しだろう。ここで活躍すれば、この上ない名誉を手にすることができる。キホーテに異論があろうはずがない。

サンソンはキホーテの決意を誉めそやす。そうして、キホーテの生命はキホーテ一人のものではなく、救助と庇護を必要とする者たちのものでもあるので、危険に立ち向かうに際してもっと慎重であってほしいと、おだてながら忠告することも忘れない。なかなかの策士である。

サンチョはというと、前回の旅でたびたび痛い目に遭いながら、島の領主になる夢を捨てきれない。そこで、戦や争いごとはキホーテが一手に引き受けるという条件ならば、再びお供をすると言い出し、キホーテはこの条件を快諾する。

再びキホーテとともに旅に出ることを決めたサンチョは、わくわくした様子で家に戻る。そうして妻のテレサに、島の領主になる望みがかなったら、娘を高い身分の家に嫁がせてみせると夢を語る。それで娘が幸せになれるはずがない――そう直感したテレサは《身のほどをわきまえなさいよ》と、浮かれるサンチョに冷水を浴びせる。サンチョはムキになって反論するが、テレサはいっさい取り合わず突き放す。《お前さんはお仲間のドン・キホーテといっしょに運でも冒険でも探しにいくがいいさ、そして、あたしたちをこのまま不運のなかにほっといてくれ》。これこそ分を知った人間の強さである。

《お前の体にはなにか悪魔がとりついているに違いねえ》とサンチョは悪魔まで持ち出して毒づくが、テレサは微動だにせず、亭主の計画に反対する理由を説明する。《世間の人は貧乏人のことはあまり気にかけないくせに、金持には鋭い視線をじっと注ぐものでね。それで、もしその金持がかつて貧乏だったとしてごらん、すぐさま陰口や中傷がとびかうってわけさ》

追い詰められたサンチョは、教会で耳にした神父の言葉を意味もわからぬまま口に出してテレサを煙に巻く。とうとうテレサは《しょせん女ってものは、その亭主に、それがどんなに間抜けであろうとも、亭主の命令に従うという重荷を背負って生まれてきたんだから》とつぶやき、さめざめと泣き出すのであった。どうやらサンチョの粘り勝ちである。

サンチョ夫妻が激しい口論をしているとき、キホーテの家でも騒動が勃発していた。主人が家出を計画していることを察知した家政婦と姪は、考えうるあらゆる手をつくしてキホーテの説得にかかっていた。

島の領主となって娘を高い身分の家に嫁がせたいという物質的な欲望に取りつかれているサンチョなら説得するすべはあるだろう。だが、自分の命を惜しむことなく、遍歴の騎士道、つまり狭く苦難に満ちた美徳の道を歩むことで「永遠の命」にたどり着きたいと願うキホーテを説得する言葉など、同じキリスト教徒の二人が持ち合わせているはずがない。二人はキホーテの敵ではなかった。

ただ、前篇の遍歴で肉体にひどいダメージを受けたキホーテは、《お年寄りのくせに勇士だと、また持病があるのに力持ちだと思いこんだり、年齢のせいで御自分の腰が曲がっているのに曲がったものをまっすぐにしようとなさったり、おまけに何よりも困ったことに、騎士でもないのに騎士だと思いこんでいるんですからね》と姪に畳みかけられ、つい弱気になって《なるほど、お前の言うとおりじゃな、姪よ》と答えてしまう。ご愛敬である。

それでもすぐに気を取り直し、カスティーリャの大詩人ガルシラーソ・デ・ラ・ベーガ（一四九六？——一五三六）の詩の一節をそらんずるのである。《足踏みはずしては登る術なき／険阻なるこの道たどりて／永遠の不滅の高処にいたる》

姪はあきらめ、溜息をつくことしかできない。

家政婦と姪の説得が不調に終わったところへやって来たサンチョを、キホーテは両腕を大きく広げて迎え入れる。主人とサンチョが部屋に閉じこもったのを見た家政婦は、急いでサンソン・カラスコのもとへ出向き、主人の企てを断念させてくれるよう頼む。放火犯に火を消してくれ、というようなものである。調子よく請け負ったサンソンはすぐに司祭のもとに赴く。ここで何が話し合われたかは後々明らかになる。

部屋に入ったサンチョは、旅に出るにあたって妻のテレサが出した条件をキホーテに報告する。カネの問題を口にするのがためらわれたのだろう、サンチョは《女の忠告なんぞ取るに足らねえ、だけどそれに耳を貸さないやつは、ひどい阿呆だと思うんですよ》と言い訳をし、《おいらが奉公した時間に応じて月々いくらといった一定の給料を定めてもらい、その金額を旦那様の家の財産からきちんと支払ってもらいたいってことですよ》と要求する。

ところが騎士道物語を読む限り、従士に一定の給金を約束した騎士など存在しない。それゆえキホーテはテレサの出した条件を拒否する。サンチョが呆然としていると、サンソン、次いで家政婦、姪が姿を現す。何を企んでいるのか、サンソンは芝居がかった調子で《さあ、凛々しくも勇敢なる、わが敬愛するドン・キホーテよ、貴殿は明日といわず今日すぐにでも雄途につかれるがよい》と、旅立ちを促すのである。

第3章　三度目の旅立ち

われわれカトリックのキリスト教徒たる遍歴の騎士は、この限りある現世において手にし得る虚しい名声よりも、来世の、つまり天上界における永久に続く栄光を求めねばならぬ
（キホーテ）

いよいよ三度目の旅立ちであるが、解決すべき問題がひとつ残っていた。サンチョの処遇である。どの騎士道物語にもそのような条件で従士を雇った騎士はいないとして、固定給にしてほしいというサンチョの妻の要求をキホーテがはねつけたため、二人は気詰まりな状態になっていた。そこにサンソンが結果的に助け舟となる言葉を吐く。調子に乗った彼は《もし貴殿に従士としてお仕えする機会でもあれば、僕はそれをこの上ない幸運とみなすでしょう》と言ったのである。

強制トランポリン地獄をはじめさんざんな目に遭ったものの、百姓の暮らしでは決して味わうことのできぬ刺激的な日々を覚えていたサンチョは、サンソンごときに従士の座を奪われてたまるかとばかり、慌てふためいてこう言い出すのである。

いや、まいります、まいりますってば……おいらが給金にこだわって、あんなことを言い出したのは、うちの女房を喜ばしてやりたかったからだよ……とはいえ、結局のところ、男は男、女

は女でなくちゃいけねえ

サンチョが現代人ならきっとこう叫んだに違いない。「男は船、女は港ってことよ」と。この瞬間、サンチョはベルクソンの言う「エラン・ヴィタール」を成し遂げ、情熱に突き動かされる人生に向かって旅立ったのである。こんなことを書くと、フェミニストは「男の身勝手」と顔をゆがめるだろうが。

サンチョはこう言葉を接ぐ。《おいらはここであらためて、昔と今日びの遍歴の騎士に仕えたどんな従士にも負けねえどころか、その上をいくほど忠実に、そして誠意をつくしてお仕えすると、お前様に約束しますよ》。これぞブーバーの言う〈我―汝〉の関係を結んだ人間にしか吐けない赤心の言葉ではないか。

頭でっかちで他者と〈我―それ〉の関係しか結べぬサンソンに、サンチョの言葉の深さなど理解できるはずもない。彼は心の中でつぶやく。《この主従のごとき一対の狂人はまさに前代未聞、かつてこの世に存在したためしはなかろう》

人を疑うことを知らぬ主従は、サンソンに感謝すると同時に助言を受け入れ、三日後に出発することを決める。三日のうちに主従は旅に必要と思われるものをすべて調え、サンチョは妻を、キホーテは姪と家政婦をなんとかなだめて家を後にする。夕暮れどきであった。ロシナンテと驢馬に跨がって村を出る主従を見送るのはサンソン一人。主従が最初にめざすのは、キホーテの思い姫ドゥルシネーアの住まうエル・トボーソである。

道中の主従の会話がすこぶる面白い。世に出まわっている自分たちの冒険譚（前篇のこと）の中で、自分がどう描かれているか気になってしかたのない様子のキホーテに、字の読めないサンチョも、きっと豚のように描かれているに違いないが、熱心なカトリック教徒である自分に、作家が慈悲をかけてくれるべきではなかったかと不満を漏らす。だが、その直後に素晴らしい言葉を放つ。

おいらは裸で生まれて、今でも裸一貫、だから損もしなけりゃ得もしねえ

サンチョはこう開き直り、《人になんと言われようとおいらは痛くもかゆくもありゃしねえ》と強がってみせる。名誉など腹の足しにもならないと考える庶民の強さだ。

キホーテはいくつかの故事を引きながら、《わしの言いたいのは名声を得たい、名を残したいという願望はいかにも強烈なものだということじゃ［……］カエサルにルビコン川を渡らせたのは何者じゃ？》と、名声にこだわる理由を説明する。ところが舌の根の乾かぬうちにこう軌道修正する。

われわれカトリックのキリスト教徒たる遍歴の騎士は、この限りある現世において手にし得る虚しい名声よりも、来世の、つまり天上界における永久に続く栄光を求めねばならぬ

こう反応してしまったキホーテにサンチョは、愚鈍さを装いながら、じつは用意周到に本質的な質問を次々にぶつけていくのである。まるで手練れのインタビュアーである。現世の名声より天上の栄光のほうが価値がある、と答えたキホーテに、サンチョはこんな質問をぶつける。《そのカエサルだ

とか、なんとかティウスだとか、お前様の話しなすった、ああいうすごい手柄をたてた騎士がたはもうみんな死んでるとして、今はどこにいなさるんだね》

キホーテは自信たっぷりに答える。《異教徒の騎士たちは、疑いの余地なく地獄に落ちておるな。だがキリスト教徒なら、もし善良なキリスト教徒だったとすれば、煉獄か天国のどちらかにおるはずじゃ》

キリストの誕生以前に生きた人々はキリスト教徒ではありえないから、たとえカエサルであろうと地獄行きなのである。『神曲』の中でダンテの案内役を務めたのは古代ローマ最高の詩人と称されるウェルギリウス（前七〇—前一九）だった。しかし異教徒であるウェルギリウスに案内できるのは地獄と煉獄までで、天国を前にして、ダンテ初恋の女性で二十四歳の若さで亡くなったベアトリーチェにバトンを渡す。

サンチョが次に繰り出した質問はこうだ。《死人をよみがえらせるのと、巨人を殺めるのと、どっちが偉いですかね？》。キホーテいわく。《答えは明らかじゃ。死人をよみがえらせるほうが偉いな》。するとサンチョは《そら、言葉質をつかまえたぞ》と叫ぶ。キホーテはサンチョの罠にまんまとかかってしまったのだ。いったいサンチョは何を企んでいるのか。

サンチョの回りくどい質問に《お前はいったい何が言いたいのだ？》とキホーテは問い返す。するとサンチョは《わしらも聖人になるよう努めたほうがいいんじゃねえかってことですよ》と答える。つまり《苦行の鞭を二ダース受けるほうが、巨人や妖怪変化に対して二千回槍を突き立てるより、神様にはずっと効き目があるってことですよ》というのである。

なるほど、天上界の栄光に浴するには、僧侶になるが早いということなのだ。計算高いサンチョがいかにも考えそうなことだ。ただ、そうすると島の領主になるという夢も捨てなければならないはずなのだが……。

《それはすべてお前の言うとおりじゃ》。キホーテはサンチョの意見を認めながらも、《われわれがみな僧侶になるわけにはまいらぬ》と慎重に述べる。その通りである。われわれがみな僧侶になり、真面目に決まりを守るなら、百年たたずして人類はこの地上から消えてしまう。神はそんなことは望んでいないはずだ。

キホーテは続ける。《それにまた、神がその選ばれし者を天国へお導きになる道も数多くあるのじゃ。騎士道も一種の宗教であり、現に、天上の栄光に浴している聖なる騎士もおられる》

そう、日本の武士道が一種の宗教であるように、騎士道も一種の宗教なのだ。キホーテはサンチョとの会話によって、騎士道を通して天国へ導かれよう、命を惜しまず奮闘することを改めて確認するのである。

ところで、主従の会話に「煉獄」という言葉が登場した。恥ずかしながら私はダンテの『神曲』を読むまで、地獄に似たようなところだと思っていた。カトリック教会は一二七四年の第二回リヨン公会議で「犯した罪の贖いを生前に完遂できなかった者の魂が浄罪のために行く場所」という公式見解を発表している。天国とも地獄とも異なる第三の場所なのだ。さらに、煉獄における責め苦は生きている者の祈りや喜捨によって軽減され、浄罪が完遂されれば、その者は天国に行けるとされる。

ところが、プロテスタントはこれを否定する。生きているうちに買えば天国に行けるという贖宥状の発行が教会の堕落を生み、それが宗教改革の発端となったことを考えれば、死んでのちも生きている者の祈りと喜捨、特に喜捨次第で責め苦が軽減されるという発想を、プロテスタントが捨てるのは当然だ。

そもそも煉獄という観念は、旧約聖書続篇「マカバイ記の下」第十二章にある《彼（紀元前二世紀のユダヤ民族独立闘争の指導者ユダ）は敬虔に眠りに入った人たちにすばらしい報いが準備されていると考えていた。これは聖い信心深い考えである。そのために彼は死者のための償いのいけにえをささげ、罪から解き放とうとした》という記述にその淵源がある。そして一二五四年、教皇インノケンティウス四世が初めてこの言葉を使い、トマス・アクィナス（一二二五―一二七四）によって体系化されたという。

第4章　サンチョの嘘

よく考えてみりゃ、誰もが一生の終りに、いやでも応でも迎えなきゃならねえ死ってやつを除けば、どんなことにも救いの手だてはあるもんだ
（サンチョ）

主従がエル・トボーソに着いたのは深夜であった。ここでキホーテは思い姫ドゥルシネーアと面会し、冒険の許しと祝福をもらうつもりなのだ。キホーテは言う。《さあ、サンチョよ、ドゥルシネーアの館へ案内してもらおうか》

読者は覚えておいでだろうか、山中で奇怪な修行に打ち込んでいたキホーテが、ドゥルシネーアに手紙を届けるようサンチョに命じたことを。そして、下山の途中司祭と床屋に遭遇したサンチョがミッションを放棄し、主人に嘘の報告をしてしまったことを。

ドゥルシネーアの居場所など知るはずもないサンチョは青くなるが、一計を案じ、明け方まで町外れの森で待機し、太陽が顔を出したところで自分一人が用件を伝えに行く、ということで主人を納得させる。前篇でセルバンテスは、サンチョがドゥルシネーアことアルドンサ・ロレンソを知っていると書いていたが、忘れてしまったらしい。

日が昇り出立したサンチョは、キホーテの姿が見えなくなったところで驢馬を降り、木の根元に腰

をおろして思案に暮れる。どうやってドゥルシネーアを探し出すか。従士のたどり着いた解決策は大胆なものであった。風車が巨人、羊の群れが軍勢に見える主人のこと、百姓女をドゥルシネーアと思い込ませることなどわけもないはず、そうサンチョは考えたのである。

妙案が浮かび、すっかり気が楽になったサンチョが驢馬に乗ろうとしたちょうどそのとき、エル・トボーソの方から驢馬に乗った三人の百姓女がこちらに向かってやってきたのである。おあつらえ向きとはこのことだ。

妙案にたどり着くまでのサンチョの自問自答が興味深い。本で身につけた教養など厳しい暮らしの中で身につけた知恵の敵ではないと思う。最初は《これは悪魔の仕業よ》と自分のミッションを呪っていたサンチョだが、しばらくして《よく考えてみりゃ、誰もが一生の終りに、いやでも応でも迎えなきゃならねえ死ってやつを除けば、どんなことにも救いの手だてはあるもんだ》とつぶやき、こんな諺を口にする。《お前が誰といっしょにいるか言ってみな、そうしたらお前がどんな人間かを言ってやる》。『美味礼讃』を書いたブリア＝サヴァランの箴言「どんなものを食べているか言ってみたまえ。君がどんな人間であるかを言いあててみせよう」は、おそらくこの諺を元にしたものなのだ。

サンチョは何に気づいたのか。自分が口にした諺が本当なら、狂人の主人に仕えている自分は、主人のさらに上をいく阿呆であるということだ。こういう自覚に達すると人間は強い。もしもキホーテが百姓女をドゥルシネーアと認めなければ、風車を巨人と主人が言い立てたように、今度は自分が百姓女をドゥルシネーアだと言い立てればよいのだ。

三人の百姓女を発見したサンチョは大急ぎでキホーテの元に戻り、いけしゃあしゃあと報告する。《お姫様が二人の侍女を連れてお前様に会いにきなさったんですよ》。喜んだキホーテは、褒美に最初の冒険で手に入れるはずの戦利品の中でもっともよいもの、もしくは自宅で飼っている牝馬が今年生む子馬をくれてやろうという。サンチョは子馬を望み、こう付け足す。《最初の冒険の戦利品がいいものだって保証はありませんからね》。いかにもサンチョらしい。

急いで森を出た主従は三人の百姓女を目にするが、キホーテはひどくうろたえてしまう。そんなことはお構いなしにサンチョは驢馬から飛び降りて女たちの驢馬の端綱を取って地面に跪き、口上を述べ始めるのである。《お前様の囚われの騎士を、どうか、お前様の御好意とお情けで受け入れてやってくださいまし》

キホーテもつられるようにサンチョのかたわらに跪き、両目を皿のようにして女の顔を見据えるが、いくら眺めても丸顔で鼻ぺちゃの百姓女にしか見えない。最初は呆気にとられて沈黙していた女だったが、ついに我慢できなくなった調子で言い放つ。《さあ、いいかげんに道をあけて通しておくれよ。あたしら先を急いでるんだからさ》

ここでキホーテは、邪悪な魔法使いがドゥシネーアに魔法をかけてその姿を変えてしまったか、はたまた自分が魔法にかかり、見えるべきはずのものが見えなくなっていると考えるのである。

うろたえながらも目の前の醜い女をドゥルシネーアと信じようとするキホーテは《どうか、おん身の変わりはてたる美しさに対してひれ伏す拙者の恭順さをお認めになって、おん身のやさしき情愛に満ちた眼差しを拙者の上に注ぎたまえ》と懇願する。

女は《まあ、あきれてものも言えやしない！》と叫び、金具のついた棒で驢馬の尻を叩く。痛がった驢馬はぴょんぴょんと跳ね、女を地面に振り落としてしまう。キホーテはすかさず助け起こそうとするが、女はその手を借りることなく跳ね起き、驢馬に飛び乗って走り去ってしまう。連れの女二人も振り向きもせず彼女を追う。

騎士道物語の貴婦人は、竜涎香と花の香りに包まれていると相場は決まっているが、その女が放出していたのは生ニンニクの強烈な臭いだった。キホーテはその一撃で魂まで毒され、手を取ることすらできなかったのだ。

残されたキホーテは嘆く。《サンチョよ、わしが魔法使いどもに、いかに憎悪されておるか、お前には分かったかな？〔……〕わしこそこの世に生を受けた者のなかで最も幸うすき者じゃ》。サンチョは、こみ上げてくる笑いを必死にかみ殺す。だが因果応報、この先でドゥルシネーアにかけられた魔法を解くため、サンチョ自身が肉体を犠牲にすることを求められるのだ。思い姫との苦い面会を果たしたキホーテはかくして、馬上槍試合の行われるサラゴサをめざして旅を続けるのである。

第5章 「死の宮廷」一座

人から辱めを受けたからといって、その復讐をしようってのは善良なキリスト教徒のすることじゃねえ（サンチョ）

ドゥルシネーアとの面会のショックからなかなか立ち直れないキホーテを見かね、サンチョはこんな言葉をかける。キホーテの目にドゥルシネーアは醜く映ったのかもしれないが、元気であることがわかったのだから、ひとまずそれでよしとすべきである。ここはひとつ《なんとかやりくりしながらわしらの冒険を探し、あとのことはすべて「時間」におまかせすることにしましょう》と。

キホーテを落ち込ませる原因を作った張本人ではあるが、言っていることは正論である。かくなる事態となった原因が、キホーテかドゥルシネーアにかけられた魔法であるとすれば、これから遭遇する冒険に打ち勝つことで、その魔法は解けるかもしれないというわけだ。

キホーテがサンチョに返事をしようとしたそのとき、主従の前を横切るように荷馬車が現れる。荷台には《およそ想像しうる限りの雑多にして異様な人物、および姿形》がいっぱいに積まれ、御者を見ると、それは醜怪な悪魔だった。

さすがのキホーテもうろたえたが、すぐに気を取り直し、みずからを鼓舞するように大声で御者に

呼ばわった。《そちが何者で、どこへ参るのか、またそのおんぼろ車に乗せているのはいかなる連中か、さっさと申せ》
するとと悪魔はもの静かな口調で、自分たちはアングーロ・エル・マーロ一座の役者であると答える。あちこちで聖体神秘劇を上演してまわっているため、舞台衣装のまま移動しているというのだ。納得したキホーテはここで興味深いことを口にする。《拙者は幼いころから仮面劇が大好きで、若い頃には役者稼業に憧れたほどですから》

じつは近年、世界のセルバンテス研究家たちによって、キホーテは狂気にとらわれているふりをしているだけだ、という解釈が唱えられている。牛島信明氏は『ドン・キホーテの旅』の中で、その証拠となるキホーテの言葉をいくつか紹介している。決定的なのがモレーナ山中で苦行するキホーテの次の発言だ。《わしは狂人じゃ。いま、ドゥルシネーア姫のもとに届けてもらおうと思っている手紙の返事を持ってお前（サンチョ）が帰ってくるまでは、なんとしても狂人でいるのじゃ。（もしも返事が意に沿わないものなら）わしは本当の狂人になるだろう》
アロンソ・キハーノが意識的にドン・キホーテという仮面をつけ、命懸けの芝居に興じている？セルバンテスならやりそうなことだ。

悪魔の格好をした御者とキホーテがなごやかに話をしていると、意味不明の事態が出来する。鈴のついたけばけばしい色合いの衣装に身を包み、先端に風船のように膨らませた牛の膀胱を三つ付けた棒を持った道化が現れ、何を思ったのか、キホーテに近付くや棒の先の膀胱を地面に激しく叩きつけ、飛び跳ねてけたたましく鈴を鳴らし始めたのだ。

驚いたロシナンテは猛スピードで野原を走り出し、キホーテを振り落としてしまう。サンチョは驢馬から飛び降り、主人のもとに走り寄る。これを見た道化は素早くサンチョの驢馬に飛び乗り、棒に付けた膀胱でひっぱたく。驢馬は叩かれた痛さよりも、恐怖心と鈴の音に煽られて猛然と走り出す。

この道化にいったいどんな目的があったのだろう……。セルバンテスは起こった出来事を描くだけで、何の説明も加えようとしない。だが、平成日本を生きる私は、道化の意味不明の行動が気になってしようがない。意味を求めるのは近代人の悪癖とは思いつつ、ここで道草を食うことにする。

調べてみると、道化が膀胱の風船で人を叩く光景は、現代でも欧州の謝肉祭で見ることができるようだ。南ドイツのエルツァッハでは、道化の一団が水を入れた膀胱で地面や逃げ惑う見物人を叩きながら行進し、同様にベルギーのスタブロでは　人参のような赤い鼻の仮面をつけた白装束の一団が紙吹雪をまきながら、膀胱で見物人を叩いてまわるという。

謝肉祭で道化が水を入れた膀胱風船で地面を叩くのは、冬の悪魔を追い払い、春を呼び込むため。いやがる見物人を追いかけてまで叩くのは、秩序が支配する空間に混乱をもたらして活性化するという、道化の本質にかなった行為であろう。

よくわからないのは、膀胱と謝肉祭の関係だ。オランダの英文学者アト・ド・フリースの『イメージ・シンボル事典』の「膀胱」の項を開いてみると、《ブタの膀胱はふくらますと音がするので、古来、儀式に用いられてきた。今もなおカーニバルと関連があり、杖につけると、モリス・ダンスを踊るときの道化師の持ち物となる》とあった。前段はあいまいな記述だ。空気を目一杯入れ、口をすぼめ空気を小出しにすることでブーという音を出したのか、はたまた、ロンメルポットのように壺に膀胱膜を張り、中央に穴を開けて差し込んだ棒を上下させてブホブホという擦過音を出したのか。後段のモリス・ダンスとはイギリスに伝わる、モーロ人ゆかりといわれるフォークダンスのこと。ともあれ膀胱は音の出る性質から、宗教儀式に利用されてきたらしい。

では、道化と膀胱の関係は？　これは明確だ。道化は英語でfool。その語源はラテン語のfollis（革袋、ふいご）だという。要は中身が空っぽということだ。そこから膀胱風船は道化を象徴する小道具となったらしい。水戸黄門と三つ葉葵の印籠の関係のようなものだ。

道化と膀胱風船の意味がなんとなくわかりかけてきたところで、次にロシナンテを驚かせた道化の行為について考えてみたい。

少し前に紹介したことだが、キホーテは狂人のふりをしているフシがある。「死の宮廷」一座と遭遇した彼の振る舞いは常識人そのものではないか。悪魔に扮した御者の説明を冷静に受け入れたキホーテは、《さあ、みなさん気をつけて行きなされ。そして、見事な公演を果たしなされ》とエールを送り《拙者は幼いころから仮面劇が大好きで、若い頃には役者稼業に憧れたほどですから》とまで言うのである。

風車を巨人、羊の群れを軍勢と思い込んで突撃した人物とはとても思えない。もしキホーテが前篇のような狂気のエネルギーに満ちあふれていたら、間違いなく一座を相手に大冒険が起きていたはずだ。どうも後篇に入って、キホーテの狂気への情熱が薄れつつあるように感じられるのだ。

深読みをすると、このままでは物語が先細りになる、と考えたセルバンテスは、キホーテに喝を入れるため、道化にあのような行為をさせたのではなかろうか。道化は膀胱風船を振り回しながらこう問いかけたのだ。「キホーテよ、お前が演ずべき役割は常識人などではなく、退屈極まりないこの平べったい日常を、おのが狂気によって混乱させ、関わるものが生き生きとする瞬間を命がけでつくり出すことではないか」と。

さて、道化の挑発にキホーテはどう応じたか。サンチョが主人を助け起こしロシナンテに乗せながら《旦那様、悪魔の野郎がおいらの驢馬をさらっていきやがっただ》と訴えると、《よし、わしが取り戻してやる。たとえ奴が驢馬もろとも、地獄の奥底の暗い地下牢のなかに身を潜めようとも必ず探し出してな》と、怒りをたぎらす。

ところが、走り去った道化は驢馬もろとも転倒し、驢馬はサンチョのもとへ戻ってくる。従士は争いごとを避けるよう進言するが、主人の怒りは収まらない。《わしとしては、あの勝手な真似をした役者悪魔を、このままのさばらせておくわけにはいかぬ、よしんば人類全体が奴に味方しようともじゃ》と怒りをぶちまけ、一座の後を追う。キホーテが大声で止まるよう命じると、一座の面々は全員荷馬車から降り、それぞれ拾い集めた石ころを手にし、扇型に隊列を組んで騎士を待ち受けた。多勢に無勢である。追いついた従士が主人に思いとどまるよう説得にかかると、キホーテは思いもよらぬことを口にする。

正式に叙任された騎士ではない連中を相手に、自分は剣を抜くことはできない、ここで戦うべきはサンチョであり、戦うのであれば有益な忠告を与えよう、というのだ。もちろんサンチョが乗るはずがない。彼はこんな言葉を口にしてなんとかその場を収める。

人から辱めを受けたからといって、その復讐をしようってのは善良なキリスト教徒のすること
じゃねえ

第6章　森の騎士との決闘

わたしにはドン・キホーテを棒で打ちのめしもしないで家へ帰ることなど、とてもできない相談さね。しかも、これからはあの男を正気に戻すためにではなく、この屈辱に対する復讐をするためにあの男を追うことになるだろうよ
（サンソン）

「死の宮廷」一座との乱闘を回避した主従は、木陰で休息をとりながら、興味深い会話を交わす。《舞台の上と同じことが、この世の実生活においても起こっているのじゃ〔……〕そして終末が来ると、つまり人の命が終ると、それまで各人を区別していた衣装が死によって剥ぎ取られ、人はみな墓のなかで平等になるのよ》

芝居好きのキホーテが持論を述べると、サンチョは《チェスのゲームみたいなもんですよ。ゲームの続いているあいだ、それぞれの駒はそれぞれ相異なる役割を果たしているが、勝負がついてしまうと、ごた混ぜにされて集められ、いっしょに袋の中にほうりこまれる》と応じる。映画『アマデウス』（ミロス・フォアマン監督）で、亡くなったモーツァルトが共同墓地の穴にほうり込まれる場面が思い出される。天才音楽家も死ねばただの粗大ゴミ。

主従の言わんとすることは真理である。だが、人は死によって「平等」となるからこそ、生きてい

る間は自分だけの人生を懸命に生きようとするのではないだろうか。現代では「平等」という言葉には、ポジティブなイメージがあるが、意味のある人生を送ろうとするなら「平等などクソ食らえ」と拒絶することが肝要だろう。社会としてなすべきは「機会の平等」を保障すること、それだけでいい。

主従の会話でもうひとつ思い出したことがある。セルバンテスと同時代を生きたシェークスピアが『お気に召すまま』で、辛口の批評家ジェイクイズに吐かせた台詞《この世は舞台、ひとは男も女もみな役者》である。

われわれは根源的には空虚な存在であり、たまたま与えられた役を演ずることで、初めてこの世界に内実を伴った形で存在できるようになるという人生観、世界観は英国のエリザベス朝期（一五五八―一六〇三）に人口に膾炙した。古代ローマの政治家で皇帝ネロの側近だったペトロニウス（二〇頃―六六）が《世界中の人々は役者として生きている》という言葉を残してはいるが、この考えが深化し「世界劇場」という形で思想化されたのが、ルネサンスを経たこの時代だった。

そうして、この思想を文学化したのがほかでもない、騎士道物語に読みふけった男が遍歴の騎士という役を演じることで、内実を伴った存在となって世界と渡り合うという『ドン・キホーテ』であり、シェークスピアやスペインのカルデロン・デ・ラ・バルカ（一六〇〇―八一）の戯曲であった。

「世界劇場」の観点に立つと、近年わが国ではやっている「自分探し」という行為はいかにも無益に見える。根源的に空虚な存在が、自分の中を探したところで何も見つかるはずがない。その行為の行き着く先は虚無主義、悪ければ自殺だろう。この世界で真に生きるには「自分とは何か」という問いは捨て、「何が自分か」と問うことが肝要なのではないか。

木陰で話を交わしているうちに、サンチョは眠り込んでしまう。キホーテもまどろみ始めたが、背後で起きた物音で目を覚ます。サンチョを起こし、あたりを見回し耳をすますキホーテ。果たしてその物音は、鎧を着けた遍歴の騎士とおぼしき男が発したものだった。様子をうかがっていると、男は恋のソネットを吟じ、最後に大きな溜息で歌をしめくくった。しばらくすると、今度は自分の思い姫に対する恨み言を口にし始める。スペイン中のすべての騎士を打ち負かし、彼らに姫を世界一の美女と認めさせたのに、どうしてつれなくするのか、と。

世界一の美女？――聞き捨てならない言葉を耳にしたキホーテは、思わずサンチョに《あの騎士の申すことがでたらめだということは、お前にも分かろうな》と話しかける。男はその声に気づき《そこにおられるのは、どなたでしょうか？　わが身に満足している方々のおひとり、いや、それとも悲嘆にくれる者のお仲間ですかな？》と問いかける。《悲嘆にくれる者のひとりでござる》と答え、キホーテは男の前に姿を現す。

男は似た境遇にあるキホーテに冒険譚と不幸を縷々語り始め、あろうことか《それがしが何よりの誇りといたし、自負しておりますのは、かの令名高き騎士、ドン・キホーテ・デ・ラ・マンチャをめざましい一騎打ちで打ち破り……》と口にする。《嘘を申すな》と言いたいのを懸命にこらえ、キホーテは冷静に《他人の空似というやつでござろう》と応じるが……。

《他人の空似》と言われ、男（森の騎士）は、自分が打ち破ったキホーテの特徴――背が高く、顔はやせこけ、手足は長くて筋ばり、頭髪には白いものがまじり、鼻は鷲鼻、そして口元には長く垂れた黒い髭――を事細かに述べ、本人に相違ないと反論する。夜半の森の中ゆえ、互いの顔は見ることはできない。キホーテは、何者かが彼の姿に化けてわざと負け、彼の名声を泥まみれにせんとしたに違いないと再反論するが、我慢できずついに、自分が本物のキホーテであると表明する。

黒白をはっきりつけようと、キホーテと森の騎士は、夜が明けて決闘することとなる。もちろん敗者は勝者の言いなりになるという約束だ。騎士の決闘は、鎧兜を着け、槍を構えて馬で突進し、相手を落馬させれば勝者となる。騎士の技量もさることながら、馬の能力も勝敗を大きく左右する。

翌朝、キホーテが敵を見やると、鎧の上に極細の金糸で織られた陣羽織を着け、それには小さな鏡が一面にちりばめられていた。これでは森の騎士ではなく鏡の騎士である。装いは豪奢だったが、馬がいけなかった。ロシナンテがためらうことなく敵目がけて突進したのに対し、鏡の騎士の馬は身動きがとれぬまま。激突の衝撃で鏡の騎士はあえなく落馬、地面に叩きつけられ、そのまま動かなくなる。なんともあっけない幕切れだった。

キホーテが相手の兜を脱がせてみると、そこにあったのは、学士サンソン・カラスコの顔であった。そうなのだ。サンソンは司祭と床屋と相談のうえ、みずから遍歴の騎士に扮してキホーテを打ち破り、勝者として敗者のキホーテに、自宅に戻って蟄居《ちっきょ》するよう命じるつもりだったのだ。ところがキホーテは思いのほか強かった。サンソンは、もくろみとは逆の立場となってしまう。

キホーテはというと、鏡の騎士をサンソン本人とは認めず、ドゥルシネーアがニンニク臭い百姓女に変えられたように、自分に敵意を抱く魔法使いによって何者かがサンソンに変えられ、自分に決闘を挑んできたのだと理解していた。そうして鏡の騎士が目を覚ますや、鼻先に剣の切っ先を突きつけ、まずドゥルシネーアを世界一の美女と認め、次いでエル・トボーソへ行って彼女の命ずることに服し、自由放免となった暁には、自分のもとに戻り、彼女とのやりとりの一部始終を報告するよう命じるのであった。

もちろんサンソンは口先で承諾するが、落馬の衝撃で肋骨を折っていた彼のはらわたは煮えくりかえっていた。主従が意気揚々とサラゴサに向けて出立したあとで、この田舎芝居で従士をやらせるために雇った農夫にこう心情を吐露するのである。

《わたしにはドン・キホーテを棒で打ちのめしもしないで家へ帰ることなど、とてもできない相談さね。しかも、これからはあの男を正気に戻すためにではなく、この屈辱に対する復讐をするためにあの男を追うことになるだろうよ》。いかにも近代人らしい傲慢な言葉だ。

ブラウン神父シリーズで知られる英国の作家、チェスタトン（一八七四―一九三六）の『正統とは何か』の「脳病院からの出発」という章にこうある。《現実の人間の歴史を通じて、人間を正気に保ってきたものは何であるのか。神秘主義なのである。心に神秘を持っているかぎり、人間は健康であることができる。神秘を破壊する時、すなわち狂気が創られる》

含蓄のある言葉だ。信仰をはじめとする絶対なるものを失い、己の理性だけでまっとうに生きることができる、とうぬぼれる者こそが本当の狂気に陥るのだ。そうだとすれば、信仰心の篤いキホーテが本当の狂気に陥るはずがない。彼の言動にほのぼのとしたものが感じられるのは、彼の心が健康であるからなのだ。サンソンとキホーテのどちらが本当の狂気に侵されているか、だんだん曖昧になってきた。

チェスタトンは『正統とは何か』にこうも書いている。少し長いが引用する。《平常平凡な人間がいつでも正気であったのは、平常平凡な人間がいつでも神秘家であったためである。薄明の存在の余地を認めたからである。一方の足を大地に置き、一方の足をおとぎの国に置いてきたからである。平常平凡な人間は、いつでも神々を疑う自由を残してきた。しかし、今日の不可知論者とちがって、同時に神々を信ずる自由も残してきた》

これぞ本当の大人の教養人の言葉ではないか。自分が平常平凡な人間であるという自信を与えてくれる。それにしても「薄明の存在の余地」とは、なんと含蓄のある言葉であることか。私が人工国家にして論理万能の主知主義国家であるアメリカにまったく興味が持てず、スペインにのめり込んでしまったのは、まさに彼の国に「薄明の存在の余地」が感じられたからに違いない。

ここで思い出すのは、米西戦争（一八九八）に負けたあとでウナムーノが吐いた言葉《発明は彼ら（英米人）にまかせておけ。われわれスペイン人は魂の問題を考えているのだ。彼らとは格が違うのである》である。

相対主義と物質主義の陥穽から抜け出るには、「薄明の存在の余地」を取り戻すこと、それ以外に道はないと思う。

第7章　緑色外套の紳士

つまり、古代の卓越した詩人たちはみな、母親の乳といっしょに吸収した言葉を使って書いたのであり、自分の高邁な思想を表現するのに、わざわざ外国の言葉を借りに出かけるようなことはしなかった
（キホーテ）

鏡の騎士に完勝し、意気揚々と馬上槍試合の行われるサラゴサを目指して旅を続ける主従は、緑色の外套を着た五十がらみの紳士と出会う。紳士は珍妙な騎士の格好をしたキホーテに好奇心を抱く。

そのことを敏感に感じ取ったキホーテは、自分は遍歴の騎士であり、自分のことを書いた本がすでに三万部も発行され、さらに三千万部も増刷されようとしている、と口にする。気分が高揚しているときは、誰でも大口をたたきたくなるものだ。とはいえ、ギネスブックを信用するなら、『ドン・キホーテ』はこれまでに七十カ国語に翻訳され、発行部数は『聖書』に次ぐという。『コーラン』と『毛沢東語録』を忘れてはいないか、と口を挟みたくなるが、いずれにせよ、現実の発行部数はキホーテのあげた数字をはるかに超えているのである。事実は小説より奇なり、である。

自己紹介をすませたキホーテが紳士に身元を明かすよう要求すると、彼は近くの村に何不自由なく暮らす信仰心の篤い郷士であることを明かしたうえで、キホーテを試すように、息子についての悩みを打ち明ける。サラマンカ大学でラテン語とギリシャ語を修めた息子に、これから法学か神学を学ん

でほしいと考えていたが、親の心子知らずで、ホメロスやウェリギリウスといったギリシャ、ローマの詩人にのめり込んでしまったというのだ。これを聞いたキホーテは、堂々たる教育論を披瀝する。

キホーテの考えは明快だった。《子供たちにこの学問、あるいはあの学問を修めよと強いることは、拙者には当を得たこととは思われませぬ〔……〕もって生まれた素質なり性向なりに最もかなう、好きな学問をさせてやる、というのが拙者の意見でござる》

こう結論を述べたうえで、《詩というやつは、得も言われぬ特質を秘めた合金からなっているので、そのまっとうな扱い方を知っている者は、それを計り知れないほど貴重な純金にも変えることができましょう》と、詩の価値について持論を述べる。錬金術やフィエラブラスの霊薬を信ずるキホーテらしい比喩である。

ただ、苦言を呈することも忘れない。郷士の息子がギリシャ語やラテン語で書かれた詩には興味を示すが、スペイン語のものにはとんと無関心であることを聞いたキホーテは、《御子息はいささか的外れというべきですな》と結論を言ってその理由を述べる。

ホメロスはラテン語で書かなかったが、それは彼がギリシャ人だったからで、同様にウェリギリウスがギリシャ語で書かなかったのは、彼がローマ人だったからじゃ。つまり、古代の卓越した詩人たちはみな、母親の乳といっしょに吸収した言葉を使って書いたのであり、自分の高邁な思想を表現するのに、わざわざ外国の言葉を借りに出かけるようなことはしなかった

緑色外套の紳士にみごとな教育論を披瀝すると、王家の旗を何本もなびかせた荷車が近付いてきた。

これを目にしたキホーテは、サンチョにすぐさま兜を持ってくるよう叫ぶ。
ちょうどそのとき、従士は通りかかった羊飼いからドロドロのチーズを買い、手頃な容器がなかったため、主人の兜の中に入れていた。しばらく平穏な状態が続いていたからだろう、従士は完全に油断していたのだ。キホーテは再び叫ぶ。《友のサンチョよ、その兜を渡すがよいぞ……今やあそこに、拙者が武器を取るべき、いや拙者に武器を取らせずにはおかぬ新たな冒険が出現いたしたからな》
しかたなく従士はチーズの入った兜をそのまま主人に渡す。キホーテが急いで頭にかぶると……。困惑したキホーテはつぶやく。《一体これはどうしたことじゃ、サンチョ？　拙者の頭蓋骨がふやけてしまったのか、脳味噌がとろけて流れ出したのか、さもなければ頭のてっぺんから足の先まで汗をかいておるようだが？》
何食わぬ顔で従士は布切れを差し出す。キホーテは兜を脱ぎ、中にあるものに鼻を近づけ、それがチーズだとわかった瞬間、従士を怒鳴りつけるが、したたかなサンチョは、それを魔法使いのせいにするのである。素直なキホーテはこう応じる。《なるほど、そうかも知れぬな》
ドロドロのチーズをぬぐい終わったキホーテは兜をかぶり、大声をあげて荷車の前に立ちはだかる。その荷は国王に献上する二頭のライオンであった。キホーテはほくそえみながら言い放つ。《拙者にライオンなどを差し向けた魔法使いどもの鼻をあかしてくれるわ》
サンチョと紳士が止めるのを無視して、キホーテは檻を開けなければ槍で串刺しにすると、ライオン使いを脅す。騎士の殺気に恐れおののいたライオン使いは、その場にいる者たちに安全な場所へ退避するよう命じる。サンチョは目に涙を浮かべながら《これに比べたら風車の冒険も、あの身の毛のよだつような縮絨機の冒険も〔……〕甘ったるい菓子も同然の他愛ないもの》と、主人を思いとどまらせようとするが、ここで引くようなキホーテではない。全員の退避を確認したライオン使いが最初の檻を開けようとすると、キホーテはロシナンテから降り、盾に腕を通し剣を抜きはなって檻の前に立った。

檻が開く――。寝返りを打ち、あくびをしたライオンは、檻の外に頭を出してあたりを睨みつけるが、外に出ることなく向きを変え、キホーテに尻を見せて寝そべってしまう。キホーテはライオン使いに、棒で殴ってライオンを怒らせるよう命じるが、身の危険を感じたライオン使いは拒否し、《いかに勇敢な武人でも、敵に挑戦状をつきつけて、戦いの場所で彼を待ち受けさえすりゃ、それで立派に面目はたつはずだ》と、騎士のプライドをくすぐりながらなだめるのである。

誰の目にも無謀で無益な行為にしか映らないライオンの冒険だが、キホーテにとっては、邪悪な魔法使いが自分の勇気を試すために仕掛けてきた冒険だったのだ。戦わずしてライオンを打ち負かしたキホーテは、鼻高々にサンチョに語りかける。《まことの勇気に対抗できる魔法があろうかな？　魔法使いどもは拙者の幸運を奪いとることはできよう。しかし、意志と気力にはとうていかなわんのじゃ》

目の前の騎士が正気なのか狂気なのかはかりかねていた緑色外套の紳士に対しては、キホーテは自分の行為が無謀にすぎたことを認めたうえで、こう言って自分の正当性を主張するのである。

なぜなら拙者は本当の勇気というものが、臆病と無鉄砲といった二つの極点をなす悪徳のあいだに位置する美徳であるということを心得ておるからでござる。しかし、勇敢な者が度を越して無鉄砲の領域に達するほうが、臆病の領域に落ちこんでしまうよりはましでござろうゲーテはこう書いている。《いかにして人は自分自身を知ることができるか。観察によってではなく、行為によってである。汝の義務をなさんと努めよ。そうすれば、自分の性能がすぐわかる》。さらに《自分に命令しないものは、いつになっても、しもべにとどまる》とも。そうなのだ、ライオンの冒険でキホーテは改めて自分が何者であるかをしっかと確認し、騎士としての自信を深める。それゆえ冒険後、サンチョが献呈してくれた「愁い顔の騎士」の名を返上し、みずから「ライオンの騎士」と名乗るのである。

正気なのか狂気なのか判然としないキホーテに強い関心を持った緑色外套の紳士は、主従を自宅に招いて歓待する。もはや存在するはずのない遍歴の騎士の来訪に当惑する息子に、紳士は《お前から直接話しかけて、あの人の頭のほどを調べてみるがいい》とけしかける。キホーテに見事な教育論を吐かせるきっかけとなった、詩学にのめり込んでいるあの息子である。

話し相手となった息子が、ライオンの騎士にいかなる学問を修めたのかと問うと、キホーテはきっぱりと《遍歴の騎士道学》と答え、《詩学より指幅二つほどすぐれた学問ですな》と言葉を接ぐ。初めて耳にする学問がどういうものか説明を求めると、キホーテは立て板に水のごとく、遍歴の騎士道学においては、法学、神学、本草学、天文学、数学のほかに、水泳や鍛冶の技術、さらに神と思い姫に対する忠誠、清らかな思念、上品な言葉遣い、鷹揚な立ち居振る舞い、勇敢な行動、忍耐、慈悲、そして真理の擁護者であることが求められると説明する。

息子は《そんなに多くの美徳を身につけた遍歴の騎士が、はたしてこの世に存在したものか、また現在いるものかどうか大いに疑問》と反問する。想定された反応にキホーテは落ち着いた調子で、自分が述べたような遍歴の騎士は過去も現在も実在しており、《人びとがひどく堕落して、怠慢、無為徒食、奢侈が猖獗をきわめて》いる昨今こそ、いっそう求められていると説くのである。

第8章　モンテシーノスの洞穴

旦那様、よく戻ってきなさいましたなあ！　わしらはもう、お前様が洞穴にいついて、子孫でもつくるつもりなのかと思ってましたよ
（サンチョ）

緑色外套の紳士の家で四日の間、下にも置かぬもてなしを受けたキホーテは、《遍歴の騎士たる者が、いつまでも安閑として贅沢に身をゆだねていることはあまり望ましいこととは思われない》と、立ち去る許可を求める。

本来の目的であるサラゴサの馬上槍試合まで日があるので、このあたり一帯で驚くべき多くのことが語り継がれているモンテシーノスの洞穴を探検しようというのである。残念なことに作者は、「驚くべきこと」の内容についてはいっさい触れていない。

モンテシーノスとは、スペインのロマンセ（民衆詩）に登場するシャルルマーニュ皇帝（カール大帝）の十二勇士の一人。このロマンセは、フランス最古の武勲詩『ローランの歌』（十一世紀から十二世紀にかけて成立）を換骨奪胎して十五世紀ごろに成立したものだ。

ロマンセによれば、シャルルマーニュがイスラム教徒の支配するスペインに遠征した帰路、ピレネー山中のロンセスバーリェス峠でイスラム軍の奇襲を受ける。この戦闘で深手を負った十二勇士の一

人ドゥランダルテは死ぬ間際、自分の心臓をえぐり出して思い姫ベレルマのもとへ届けてくれるよう、従兄のモンテシーノスに頼む――。こういう人物の名前が付けられた洞穴であれば、何か起きても不思議はない。

途中、主従はこの一帯に詳しい学者を紹介され、目的地まであとわずかという村で、キホーテは学者の助言に従って二百メートルもの綱を買い求める。

モンテシーノスの洞穴の入り口は、生い茂ったクコや野生のイチジク、茨や雑草によってすっぽりと覆われていた。綱を体に巻いたキホーテは剣を抜いて、力まかせに入り口の茂みを切り裂き始める。すると、洞穴の奥から数え切れないほどの巨大なカラスや深山ガラスが群れをなして飛び出してきた。キホーテは驚いて腰を抜かすが、すぐに気を取り直し、サンチョと学者に綱を繰り出してもらいながら、一人穴の底に向かって降りていった。

地下に続く洞穴とそれを覆うクコやイチジク、さらには飛び出してくる巨大なカラスの群れ……。神話的解釈をしてみたくなる場面である。さっそく『イメージ・シンボル事典』を開いてみる。〈クコ〉についての記載はないが、〈穴〉〈イチジク〉〈カラス〉にはじつに多様なイメージが付与されている。

〈穴〉には「別世界への入り口を表す」「神秘の中心、世界のへそ、天を表す」、〈イチジク〉には「ディオニュソス（豊穣とワインと酩酊の神）は冥界の入り口にイチジクの木を植えた」、〈カラス〉には「腐肉を食べる鳥から、カラス――死――暗黒の意味連想が生まれる」との記述がある。無難な解釈だが、モンテシーノスの洞穴は冥界への通路と考えるのが妥当だろう。

綱を少しずつ繰り出すサンチョと学者の耳にしばらくの間、キホーテの怒鳴り声が届いていたが、それが聞こえなくなったときには二百メートルの綱は尽きていた。

綱をすべて繰り出してしまったサンチョと学者は、三十分ほどそのままにして様子をうかがう。やがて綱をたぐりにかかると、まったく重さが感じられない。不安にかられながら八割ほどたぐったところで、やっとずっしりとした手応えが。あと二〇メートルというところまでたぐると、キホーテの姿をはっきりと認めることができた。

ほっとしたサンチョは大声で《旦那様、よく戻ってきなさいましたなあ！　わしらはもう、お前様が洞穴にいついて、子孫でもつくるつもりなのかと思ってましたよ》と、少々卑猥な軽口をたたく。ところがキホーテは何の反応も示さない。彼の体をすっかり引き上げてみると、両目をつぶり眠っている様子であった。二人は綱をほどき何度も揺さぶる。眠りからさめたキホーテは大きく伸びをし、不思議そうに周囲を見渡したあとで、洞穴の中で見聞した不思議な体験を語り出す。

吊り下げられた格好で暗闇の中を降りていくと、穴の側面にうがたれた広いくぼみに出くわした。そこでひと休みしようとしたキホーテは、にわかに深い眠りに落ちてしまう。不意に目が覚め、あたりを見渡すと、そこは《人間のいかなる想像をも越えた、美しくも爽やかで、心楽しい草原》が広がっていた。次いでキホーテが目にしたのは、美しい水晶で作られたかのような壮麗な城。すると、彼の登場を待ちうけていたかのように正面の大きな扉が左右に開き、人品卑しからざる老人が現れたのである。

老人は紫色のガウンを身にまとい、頭には黒の丸い縁なし帽、真っ白な顎ひげは腰の下まで垂れ下がっていた。キホーテをかたく抱きしめた後で老人は、モンテシーノスと名乗り、洞穴の秘密について語り始める。それによると、彼と彼にかかわる人々、ロンセスバーリェスの戦闘で命を落としたドゥランダルテや彼の思い姫ベレルマたちは、魔法使いのメルリンによって魔法にかけられ、洞穴に閉じ込められたという。モンテシーノスいわく《魔法にかかってもう五百年を経過しましたが、われわれの誰一人として死んだ者はありません》

キホーテはモンテシーノスの案内で次々に不思議な光景を目にし、ついには草原で三人の百姓娘が山羊のように跳ねまわるのを目撃する。この三人は魔法によって百姓娘に変えられた彼の思い姫ドゥルシネーアと侍女であった。千載一遇のチャンス。彼はドゥルシネーアに話しかけるが、彼女は何の返事もせず、背を向けると脱兎のごとく逃げていった。すると、侍女の一人が彼に寄ってきて、困窮しているドゥルシネーアのために、カネを貸してほしいと涙ながらに懇願する。キホーテが持っているカネをすべて渡すと、侍女はお辞儀をするかわりにその場でとんぼ返りをうってみせた。

キホーテは洞穴の中で三日三晩を過ごし、気がつくと洞穴の外に横たわっていたというのだ。現実に彼が洞穴にいたのは三十分ほど。まるで中国の故事「邯鄲の枕」のごとし。

謎の多いモンテシーノスの洞穴の章については、これまでもさまざまな解釈がなされてきた。フロイトやユングを知る現代人はおおむね、洞穴をキホーテの心の深層ととらえる。特に、キホーテに声をかけられ、何も言わず脱兎のごとく逃げ去るドゥルシネーアの夢などは、夢判断のかっこうの材料だろう。だが、もっと単純に考えてみたい。ここで思い出していただきたいのは、洞穴から生還したキホーテにサンチョが投げかけた軽口である。《わしらはもう、お前様が洞穴にいついて、子孫でもつくるつもりなのかと思ってましたよ》。洞穴とは、新たな生命（価値観）が宿る子宮のような場所と捉えることもできるのではないか。

歴史を振り返ってみても、キリストが生まれたのはベツレヘムの洞窟であり、ムハンマドが最初に神の啓示を受けたのはメッカ郊外にそびえるヒラー山の洞窟といわれる。さらにイエズス会創設者のロヨラが神の啓示を受けたのはマンレサの洞窟である。では、キホーテはどうか。洞穴から引き上げられ、目を覚ました彼はこんな言葉を口にする。《まこと、この世のあらゆる喜びは夢まぼろしのごとく消え去り、野に咲く花のごとくしぼんでいくものだということを、拙者、今こそ知り申したわ》

世直しのために遍歴の騎士となったものの、この世はしょせん夢幻にすぎない――。「身捨つるほどの祖国はありや」である。ここからキホーテの愁いはぐっと深くなる。

第9章　ペドロ親方の人形芝居

追跡いたすでない！　拙者の言うことが聞けぬとあらば、
ここで拙者と一戦交えるほかないのじゃ！　（キホーテ）

洞穴の冒険を終えたキホーテは、衣類の包みをくくりつけた剣を肩にかつぎ、《おいらが戦争に行くのは　貧乏のせい　金があったら誰が行くもんか　そんなところへ》と歌いながら歩いている若者に行き会う。何か感じるところのあったキホーテが若者を呼び止めて事情を尋ねと、《都で素寒貧の貴族に仕えるより、王様を御主人とも主君とも仰ぎ、戦争に行って御奉仕するほうが望ましいと思ってる》との返答。若者らしくより多くの金を得んがために戦場に赴こうとしているのだ。キホーテはその言葉の裏に、若者が戦場での死を恐れているのを敏感に感じ取る。

身を捨てることになろうとも、神と国王陛下に仕えることが何よりの栄光と考えるキホーテは若者にこう語り始める。

いずれそなたの身にふりかかるかも知れぬ災難や不幸について、くよくよ思いをめぐらすことはやめなされ、ということじゃ。あらゆる不幸のなかで、その最もたるものは死である、しかし、

もしそれが立派な死であれば、その死はあらゆることに優る

「立派な死」を死ぬことでその人物は人々の記憶に残り、永遠の生を得ることになるのだ。キホーテは続ける。《カエサルに、最もよい死とはどのような死かという質問をしたところ、それは思いもかけぬ、突然の、予知できぬ死だという答えが返ってきたという。よしんば、そなたが戦場に出た最初の合戦で、大砲の弾丸にあたって、あるいは地雷に吹き飛ばされて死んだところで、それがどうだというのじゃ、かまわんではないか》

レパントの海戦で死を恐れず大活躍し、被弾して左手の自由を失ったセルバンテスの死生観が色濃く感じられる言葉である。セルバンテスの同時代人であるシェークスピアは『ヘンリー四世第二部』で、臆病者で大酒飲みの老騎士フォルスタッフにこんな台詞を吐かせている。《人間は一度しか死ぬもんじゃあねえ。命は神さまからの借り物だ。卑劣な根性骨持つのはいやだ。死ぬのが運命なら、それもよし》。危険が迫れば真っ先に逃げ出す臆病者のはったりではあるが、こんな言葉を本気で吐けたら、と思う。

自分の言葉に酔うかのようにキホーテはたたみかける。《もし、そなたが、この誇り高き職務を続けて年老い、体じゅうが傷痕だらけになり、かりに手や足の不自由な人間になったところで、少なくともそれは名誉なき老境ではないし、ましてやその名誉は貧困によってそこなわれる底《てい》のものではありませんぞ》

戦場に赴こうとする若者に自分の死生観をとうとうと述べたキホーテは、若者を従えてとある宿屋に投宿する。すると、緑色の大きな眼帯をつけた男がやってくる。占い猿と人形劇の一座を率いるペドロ親方である。これから始まるドタバタがよほど印象に残ったのだろう、スペインの作曲家マヌエル・デ・ファリャ（一八七六―一九四六）は、この章を題材に室内オペラ『ペドロ親方と人形芝居』を作曲する。

《泊めてもらえるかな？》という親方に、宿の主人は大喜びで《ペドロ親方のためとあらば、わしはほかならぬアルバ公爵にだって部屋を空けてもらいますよ》と答える。

主人が口にしたアルバ公爵家は、十五世紀初頭に起源を持つ名家で、王室を上回るほど裕福な家だった。主人の言い回しには、芝居がかった歓待の意味がこめられているわけだ。この家は何かと話題を提供してくれる。第十三代公爵夫人は画家ゴヤのパトロンで、「着衣のマハ」「裸のマハ」のモデルといわれる。第十八代公爵（女性）は、二十四歳下の公務員との結婚を強く望み、二〇一一年八十五歳のときに願いを成就させた。美容整形手術を重ねたと思われる容貌とあいまって世間を騒がせた。

キホーテもサンチョもまったく気づかないが、ペドロ親方は主従と因縁の深い男だった。実の名をヒネス・デ・パサモンテ。漕刑囚として連行されているところをキホーテに救われ、そのあとで恩を仇で返すようにサンチョの驢馬を盗んだあの盗賊である。官憲に追われている彼は帽子や眼帯で変装、人形芝居一座の親方として地方を巡業し、芝居の後で客の過去と現在を猿が言い当てるという芸を披露して、けっこうなカネを稼いでいた。

不思議な能力を持つ猿に興味を持ったキホーテは、親方と顔を合わせるや《われわれはこれからどうなるのですかな？》と相談する。親方は《旦那さん、この猿はこれから起こることについちゃ、何も答えないし、情報を与えることもしません》と断ったうえで、自分の肩をぽんぽんと叩いた。猿はぴょんと跳び上がってそこに乗り、親方の耳元に口を近づけ、慌ただしく口を動かした。猿が肩からおりるや、親方は跪いてキホーテの両足を抱き締め、《おお、忘却の淵においやられていた遍歴の騎士道をよみがえらせた、名にしおう勇士よ！》と口にするのである。

初対面（じつはそうではないが）の親方にいきなりそう叫ばれたキホーテは大いに驚く。しかし親方が芝居の準備にかかっているあいだ、キホーテは冷静に頭をめぐらせ、猿が不思議な能力を持つのは、親方が悪魔と何らかの契約をしたからに違いない、という結論にいたる。

もちろん、猿の不思議な能力は悪魔のせいなどではない。ペドロ親方は巡業を行う村が決まると一人先乗りして村人に関する細々とした情報をせっせと取材して記憶し、それをさも猿が見抜いたかのように演じていたのだ。

さて、宿にしつらえた舞台で人形芝居が始まる。モーロ人にさらわれたシャルルマーニュ大帝の娘メリセンドラを夫のドン・ガイフェーロスが救出するという物語。弁士は少年である。若さゆえに個性を出したいのであろう、少年はしばしば脇道にそれ、物語はなかなか前進しない。キホーテが思わず《物語をまっすぐに進めるのじゃ》と声をあげると、舞台の奥にいた親方も《騎士の旦那のおっしゃるとおりにするんだ〔……〕教会で単旋律歌をうたうように素朴に話を続けて、しゃれた対位法など使うんじゃないよ》と諭す。

親方はただ者ではない。口にしたのが「単旋律歌」に「対位法」である。十六世紀後半の代表的音楽家といえばイタリアのパレストリーナ（一五二五—一五九四）だろう。「教会音楽の父」と称される彼の簡素にして緻密な合唱様式は「厳格対位法」の模範といわれる。この時代はパレストリーナの影響下、作曲家たちは競って凝った対位法（異なる複数の旋律が絡み合い響き合いながら進行する技法）を駆使していた。ただし、それが音楽的感動に結びつかないことも多い。まずはシンプルに前進せよ、である。セルバンテスは、前篇で筋と関係のない物語をいくつも挿入した自分を戒めたのかもしれない。

人形芝居はクライマックスにさしかかる。ドン・ガイフェーロスはみごと妻のメリセンドラを救出、馬に乗せて走り出す。雲霞のごときモーロ人の騎馬兵たちが追う。このとき、キホーテはすっくと立ち上がり、大音声を張り上げる。《追跡いたすでない！　拙者の言うことが聞けぬとあらば、ここで拙者と一戦交えるほかないのじゃ！》。現実と芝居の境界が溶けてしまったのだ。

剣を抜きはなったキホーテは舞台の真ん前に進み出て、モーロ人の騎馬兵たちに正義の剣を振り下ろし始める。ペドロ親方はたまらず叫ぶ。《やめてくださいよ、ドン・キホーテ様。あんたが打ち倒し、壊し、殺していなさるのが本物のモーロ人じゃなくて、厚紙でできた人形だってことが分からないんですか！》

鬼神と化したキホーテに親方の声が届くはずもなく、もろもろの道具と人形は残らず破壊されてしまう。この騒ぎのあいだに大事な猿にも逃げられた親方は嘆く。《「愁い顔の騎士」ってのは、わしの人形を壊し、わしの顔を愁いにゆがめる騎士だったってわけらしいね》。こういうときこそサンチョの出番である。彼は実務的に調停役をつとめ、キホーテが親方に損害賠償金を支払うことで騒動に決着をつける。

第10章　驢馬鳴き村の戦争

こうしてお前様のお供をして歩いても、あまり先の見込みがねえってことが、おいらには日に日にはっきり分かってきたよ
（サンチョ）

翌朝、モンテシーノスの洞穴を案内してくれた学者と戦場に赴く若者がキホーテに別れを告げて旅立っていった。ペドロ親方はというと、人形芝居の残骸をまとめ、戻ってきた猿を連れて夜が明ける前に出立していた。

出立した主従がとある丘にさしかかると、丘の向こう側から太鼓、ラッパ、火縄銃の入りまじった騒然とした音が聞こえてくる。キホーテがロシナンテを駆って丘に上がり見下ろしてみると、二百人を超える男たちがさまざまな武器を手にひしめいていた。軍旗らしき布には、いなないているような驢馬の顔が描かれていた。「驢馬鳴き村」の軍勢である。

「驢馬鳴き村」とはなんぞや？　説明しておこう。ある日、この村の議員の驢馬が行方不明となる。数日後、森の中で驢馬を目撃したという仲間の議員とともに森へ捜索に行く。二人は驢馬をおびき寄せるため、驢馬のいななきの真似をして森の中を歩き回った。だが驢馬はすでに狼に食い殺されており、その努力は徒労に終わった。

この話に尾ひれがついて周辺の村々に広まり、人々はこの村の人間と顔を合わせると、驢馬のいなきのまねをして愚弄するようになってしまった。そんなことが度重なったため、この村の人々は周辺の村と干戈を交えようと立ち上がったのだ。「瓢箪から駒」ならぬ「冗談から戦争」である。

事情を知っている人間から「驢馬鳴き村」の人々の怒りについて聞かされていたキホーテは、軍勢の中に分け入っていく。軍勢は押し黙り、騎士を凝視する。沈黙が支配するなかでキホーテは《これはこれは、あっぱれな方々》と声をあげる。

キホーテは何を語ったか。自己紹介をしたのち《賢明な人士、あるいは秩序の保たれた国家が武器を取り、剣を抜き、そうしてみずからの人格と生命と財産を危険にさらすのは、以下のような四つの大義のためにに限りますのじゃ》と説得にかかるのである。

四つの大義とは①カトリック信仰を守るため②自身の生命を守るため③自身の名誉、家族、財産を守るため④国王陛下に仕え祖国を守るため——だという。さらにこうも言う。《本来的に正当なる復讐ありえぬ》と。それは神の掟にさからうことになるからだ。

これを聞いていた平和主義者のサンチョはいくぶん調子にのって《驢馬の鳴き声を聞いたぐらいで、恥じ入ったり大騒ぎをしたりするのはばかげたこと》と言い放ち、こともあろうに驢馬の鳴きまねをしてしまう。どこまでも空気の読めない男である。

これを愚弄と感じた村人は、手にしていた棒でサンチョをぶちのめす。キホーテは槍を取りなおすが、多勢に無勢、つぶてを雨あられのように浴びせかけられる。それだけではない。左右からは石弓をつきつけられ、多数の火縄銃の銃口が自分に向けられているのを認めたキホーテは、地面に伸びていたサンチョを残したまま、ロシナンテに拍車を当てて逃げ出してしまう。これを見た村人は満足し、サンチョを驢馬の背に押し上げ、キホーテのあとを追わせるようにしたのである。
キホーテが冒険に背を向けたのはこれが初めてであった。驢馬鳴き村の軍勢に背を向けて逃げ出したキホーテは、安全な場所までくると、叩きのめされ驢馬に乗せられてやってきたサンチョを叱責する。彼らを敵にまわすことになったのは、サンチョが場の空気を読まず、驢馬の鳴きまねをしたからだ。そのうえで逃げ出した自分の行為について《今回のわしは、よりよき機会のために自制した過去の多くの勇士たちを見ならったまでなのじゃよ》と説明する。痛い目に遭い、置き去りにされたサンチョには納得がいかない。《こうしてお前様のお供をして歩いても、あまり先の見込みがねえってことが、おいらには日に日にはっきり分かってきたよ》と不満をぶちまける。こうなると売り言葉に買い言葉だ。キホーテは、これまでの給金を残らず支払うから家に帰れと突き放す。
サンチョが要求したのは、自分が雇われて畑仕事をしていたときの給金に上乗せした金額と、島の領主にしてやるという約束の違約金であった。キホーテはこの条件をいったん飲みかけるが、サンチョはくだんの約束をしてから二十年以上がたつと言うのである。つまり違約金を二十年分支払えというわけだ。現実には二人が最初の旅に出てから数カ月ほどしかたっていない。当然キホーテは逆上する。《おぬしは驢馬じゃ、そしてこれからもそうであろうし、いよいよおぬしの一生が終るというときになっても、やっぱり驢馬のままであろうぞ》
どうしてサンチョはすぐにばれるような嘘を付いたのだろう。要するに、いくら痛い目に遭おうと、置き去りにされようと、サンチョはキホーテと離れたくなかったのだ。そこで払えもしない二十年分の違約金をキホーテにふっかければ、解雇することができなくなる、と考えたに違いない。まことに愚直で賢い男である。

ことはサンチョの思い通りに進むが、キホーテのあまりの逆上ぶりに、主人を見つめる従士の目から涙がこぼれ、この物語の中でも白眉の忘れがたい言葉を口にする。こうだ。

旦那様、おいらは素直に白状しまけど、おいらが本当の驢馬になるのにあと足りねえのは、ただ尻尾だけなんです。もしお前様が、その尻尾をつけてくださるっていうなら、おいらはそれを喜んでいただき、これから命のある限り、お前様に驢馬としてお仕えしますよ

この赤心の言葉は、怒りで燃えさかるキホーテの心を一瞬にして鎮火してしまう。島の領主になることを夢見ていたサンチョは、いつのまにやら知情意を備えたすばらしい人間に成長していたのである。キホーテは《よし分かった、それではお前を赦してつかわそう》と言って、今後あまり自分の利害にとらわれることなく約束の実現を待つようサンチョに命じる。悲しいかな、このあたりからキホーテの魅力が少しずつ減衰し、サンチョがどんどん魅力的になっていく。

ところで、驢馬といえばエルサレムに入城するキリストである。なぜキリストは愚鈍の象徴とされる驢馬に乗ってやって来るのか。旧約聖書「ザカリア書」にこうある。《見よ、王がこられる、正しいもの、勝利のものが。彼は、謙虚なもので、ろばに乗ってこられる。子ろば、雌ろばの子に乗って》。キリストはザカリアの預言通りに驢馬に乗ってエルサレムに入城したのである。

ではザカリアはなぜ、メシアが愚鈍の象徴に乗ってやってくると預言したのだろう。教会関係者は「馬＝戦争」「驢馬＝平和」と解釈する。日本キリスト教団勝田台教会の解説が分かりやすいので

引用しよう。《主イエスが子ろばを用いられたのは理由があります。それは、平和の王を表していま す。軍馬は、戦争や強さや支配を表し、子ろばは、平和や柔和や謙遜、そして奉仕を表しているから です〔……〕まさに主イエスは、平和の王として、剣のもとでの平和ではなく、剣によらない平和を 指し示す王としてエルサレムへ入って行かれたのです》。なるほど、ひとまず納得である。

だが、疑問はまだある。キリストの乗り物でありながら、驢馬はその後も愚鈍の象徴として扱われ続けているのである。もっとも分かりやすい例は、十五世紀ドイツの作家セバスティアン・ブラントの著した『阿呆船』という諷刺詩集の挿絵である。ありとあらゆる種類の阿呆が一隻の船に乗り合わせ、阿呆国ナラゴニアめざすというけったいな内容で、挿絵に描かれた阿呆たちは全員、驢馬の耳のついたかぶり物をつけているのだ。

ここでブラントは、神の支配から逸脱しようとする人間の愚行を戒めようとするが、はからずも、現世を生きる人間の逞しさを描く結果となった。

驢馬の耳のついたかぶりものをつけた人物の絵は、ブラントの同時代人であるロッテルダムの人文主義者、エラスムスの『痴愚神礼讃』にも登場する。それは主人公の痴愚神（女神）である。エラスムスは痴愚神に次のように語らせる。《黄金時代の素朴な人々は、なんの学芸も身につけていませんでした。ただ、自然の本能だけに導かれて暮らしていたのです〔……〕ところが、黄金時代のこの純潔さが減少するにつれて、私が先刻お話しした悪霊たちが、学芸というものを創造してしまったのです》

痴愚とは黄金時代、つまりエデンの園のような楽園の時代を生きるうえで絶対不可欠の条件なのだ。エラスムスは痴愚神にギリシャの哲学者ソポクレスの言葉を紹介させる。《賢さが少なければ少ない

ほど、それにつれていよいよ幸せとなる》

たった二つの作品で推論するのは気が引けるが、私は学者ではないのでやってしまおう。驢馬が象徴する愚鈍の裏には、現世を生き抜くうえで必要なたくましさ、そして人間が平和に生きるために不可欠な無垢・純潔が潜んでいるのではなかろうか。そう考えると、「メシアは驢馬に乗ってやって来る」というザカリアの預言もなるほど、と思えるのだ。

キホーテの「おぬしは驢馬じゃ」という発言から、つい脱線してしまったが、脱線には脱線の効用がある。つまり、キホーテが馬（＝戦争）に、サンチョが驢馬（＝平和）にまたがっていることの意味について、真剣に考えてみる必要があるということに気づいたのだ。『ドン・キホーテ』を読み進めるとき、われわれはどうしても、狂気に導かれたキホーテの奇矯な言動に目を奪われてしまう。狂気によってキホーテは、まどろんだような退屈極まりないメセタ（赤い台地）の日常に「戦争」を仕掛ける。平和を望むサンチョも否応なしに巻き込まれ、たいていの場合、主従ともども手痛い目に遭う。これはこれで愉快な読書体験だが、サンチョにより注目して読めば、もっと深い読書体験ができるのではないか。止揚というやつだ。この主従は狂気と通俗道徳、戦争と平和という相反するものを体現する存在なのだから。

第11章　エブロ川小船の冒険

さあ体に手をあてて虱を探してみるのじゃ。拙者の察するところ、お前の体は白いすべすべの紙よりもきれいであろうて
（キホーテ）

仲直りをした主従は二日後、ついにエブロ川にたどり着く。イベリア半島北部を西から東へ流れる全長九三〇キロの大河である。近年では、水を飲みにくる鳩を捕食したり、水遊びをする人間にかみついたりする巨大ナマズが話題になっている。

川に沿って進んでいくと、櫂のない一艘の小船が木につながれていた。キホーテの脳裏には、かつて読んだ騎士道物語が甦る。自分を価値ある冒険へ誘う小船に違いないと判断したキホーテはロシナンテから飛び降り、サンチョにも驢馬から降りるよう促した。

エブロ川に浮かぶ小船を、魔法使いが用意した価値ある冒険への誘いと思い込んだキホーテはサンチョに同道を求める。それは漁師が鱒などを捕獲するのに使う小船にすぎないとサンチョは思うが、主人の命令である、従わざるをえない。

ロシナンテと驢馬を木につないだ主従は、小船に乗り込み舫い綱を切る。置き去りにされた驢馬は鳴き、ロシナンテはもがく。愛する驢馬の鳴き声を耳にしたサンチョがさめざめと泣き始めると、キ

ホーテは《この臆病者！》と罵倒する。手元にあるスペイン語版を見ると「バターの心」とあった。そう、バターのようにすぐ溶ける心を持つ者を臆病者と呼ぶのである。

小船が岸から離れてほどなく、キホーテは《われわれは二つの極を同じ距離に分ける赤道をすでに通過したか、それとも、まもなく通り過ぎようとしておるところじゃ》と述べる。本当ならまさに魔法の小船である。サンチョが《わしらはどれくらい来たことになるんだね？》と尋ねると、キホーテはみずからの学識を披瀝するかのように答える。《それは大変なものじゃ。プトレマイオスの測定によれば、陸と海からなる地球の三百六十度のうち、拙者がいま話した赤道に達すれば、その半分を航行したことになるからじゃ》

コロンブスの新大陸発見からおよそ百年後、地球が球体であることも「赤道」という概念もキホーテは知っていたのである。

小船の上で赤道をめぐる学識を披瀝しながら、キホーテはとんでもないことを言い出す。面白すぎるので少し長いがそのまま引用しよう。

東洋のインドに向けてカディスの港から乗り出したスペイン人やそのほかの国の人たちが、いま話した赤道を越えたかどうかを知る手だてのひとつはな、赤道を越えると、船に乗っておる人たちにたかっていた虱がみな死んでしまい……

スペイン語版にもきちんと註がついており、「セルバンテスの時代には、この説が広く流布していた」とある。おそらく長い船旅から帰った船員が、いい場所（悪所とも言う）にしけ込んで女に言った冗談が広まったのだろう。
初めて赤道を越えた西洋人はポルトガルのロポ・ゴンサルヴェスという。一四七三年のことだ。そうして一四八八年にこれまたポルトガルのバルトロメウ・ディアスが喜望峰を発見し、東洋への航路が開拓される。これで中東のアラブ人商人を介することなく東洋の特産品を入手できるようになるわけだ。

流布する俗説を信じ込むキホーテに《さあ体に手をあてて虱を探してみるのじゃ。拙者の察するところ、お前の体は白いすべすべの紙よりもきれいであろうて》と促されたサンチョは、ズボンの中に手をいれてまさぐってみる。果たして、そこにはごっそり虱が生息していた。読んでいるだけでかゆくなりそうな場面である。
主従がなんとも滑稽なやりとりをしている間にも小船はゆっくりと進み、行く手に粉ひきの大きな水車がいくつか姿を現す。それを目にするやキホーテは大声を張り上げる。《あそこに現われた都市か城か砦こそ、どこぞやの不幸な騎士、あるいは王妃か王女が監禁されて、そのためにやってまいった拙者の手による救出を待っておらるる所に違いないぞ》
ひさしぶりのキホーテ節である。もちろんサンチョの目には水車にしか見えない。その事実を告げても《魔法使いはどんなものでも、その本来の姿を変えてしまうことができるのじゃ》と聞き入れない。そうこうするうちに小船は水車に吸い込まれるように速度を増してゆく。これに気づいた粉ひきたちはいっせいに飛び出し、長い棒で小船を押しとどめようと待ち構える。

彼らを見たキホーテは《なんと多くの妖怪どもが、拙者に刃向かわんとしておるか》と叫ぶ。粉ひきたちは顔も体も粉にまみれ真っ白だったのだ。キホーテは小船の上で仁王立ちになり、《われこそはドン・キホーテ・デ・ラ・マンチャ、またの名を「ライオンの騎士」と呼ばれる者》と口上を述べ、粉ひきたちを威嚇しながら剣を振り回し始める。粉ひきたちは訳が分からないまま、棒で小船を抑えにかかる。そのかいあって水車への激突は免れるものの、小船は転覆し、主従は川に投げ出される。哀れ、重い甲冑を着けたキホーテと泳げぬサンチョは川の底に沈むのである。

真っ白な粉ひきたちは、川に飛び込み底に沈んだ主従を引き上げる。またもや主人のせいで悲惨な目に遭ったサンチョは、天を仰ぎ《どうかこれから先は、主人の無鉄砲な考えや冒険から逃れさせたまえ》と祈るのであった。

そうこうするうちに小船の持ち主である漁師たちが駆けつけてくる。水車の羽根にかかり砕けてしまった小船を見てとると、彼らはキホーテに弁償するよう求める。キホーテは弁償には応じるが、その条件として城に監禁されている人物の解放を要求する。もちろん、漁師も粉ひきも騎士が何を言っているのかまったく理解できない。

いくら話してもらちが明かないと思ったキホーテは、《あとは神の御手にゆだねるしかあるまい。わしは、もうこれ以上やってゆけぬわ》と嘆き、あろうことか、遍歴の騎士としての使命を放棄してしまう。騎士は水車に向かい《拙者とあなた方の不運ゆえ、拙者はあなた方をその苦境よりお救いすることができんのじゃ》と許しを請うと、漁師に小船の代金を支払い、歩いてロシナンテと驢馬のもとへ引き返すのである。

驢馬鳴き村の軍団に背を向けたり、目の前の囚われ人を見捨てたり……。キホーテには明らかに重大な変化が生じている。長旅の疲れが心と体を蝕み始めたのか、はたまた狂人のふりをするのに飽きたのか……。サンチョはサンチョで、またもや機会がありしだい主人のもとを去って、家に帰ろうという気になっていた。

ここで一つ疑問がわいてきた。それまで主従は一日せいぜい三〇キロのペースで旅を続けていた。まさにリアリズムである。ところが、エブロ川へは、事件のあった驢馬鳴き村の周辺からわずか二日でたどり着いているのだ。

驢馬鳴き村がどこにあるかは定かでないが、それまでの旅の流れから考えれば、思い姫ドゥルシネーアの住むエル・トボーソからそう遠くない場所に違いない。そのあたりからエブロ川まで直線距離にして二百キロ、途中いくつもの山地が行く手を遮る。ロシナンテと驢馬に乗った主従は、空でも飛ばない限り、これを二日で踏破できるはずがない。

そこで、セルバンテスが生きていた時代、つまり一六〇〇年前後に流布していたスペイン地図を探した。セルバンテスは土地鑑のない場所については地図を参考にした可能生がある。ところが、その地図がとんでもない代物だったら、と考えたのだ。

私が目にできたのは、東洋文庫ミュージアムが所蔵する『大地図帳』オランダ語版全九巻（一六六五年刊）である。東インド会社お抱えの地図製作一家であるブラウ家によるもので、鮮やかな色彩と欄外の豪華な装飾が素晴らしい。地図の内容はというと、日本を含む極東はかなりいい加減だが、ヨーロッパ、アフリカ、インドの海岸線はほぼ正確に描かれている。さすがに東インド会社お抱えの地図製作者である。同社の海上交易にかける執念が感じられる。

欄外の豪華な装飾は、地図は実用以外にも室内装飾・鑑賞用としても売れるに違いないと考えたブラウ家のアイデアらしい。この狙いは当たり、海上交易とは関係のない貴族や富裕な市民も買い求めたという。

さて、肝心のスペイン地図を目にして驚いた。東西にやや引き伸ばされてはいるが、海岸線はもちろん、河川や山地も現代の地図と遜色ないレベルで描かれているのである。これで、セルバンテスがいい加減な地図を参考にしたという説はほぼ消えた。逆に、セルバンテスは正確な地図を目にしていたにもかかわらず、なぜワープするか空を飛ぶように、現実的にあり得ない日数で主従が旅をしたと書いたのか、と問うた方が面白いのではないかと思えてきた。おそらくセルバンテスは、土地鑑のない場所を詳しく描くのをためらったのだろう。

第12章　公爵夫妻登場

へい、そうですよ。しかもおいらは、誰にも負けねえほど島をもつに値する男です
（サンチョ）

小船の冒険を終えた主従は、森の中で鷹狩りをする美貌の公爵夫人の一団に遭遇する。ウナムーノは『ドン・キホーテとサンチョの生涯』で悲嘆に暮れたように記す。

さて今や公爵の館でのドン・キホーテの悲しい冒険が始まる。つまり今こそ彼は、彼をなぶり者にし、彼のヒロイズムを嘲笑するために自分の館に彼を連れて行く美しき狩人、公爵夫人に出くわしたのだ

人間の品性は、言うまでもないことだが、地位や容貌とは無縁だ。この夫人こそ、『ドン・キホーテ』に登場する数々の人物の中でもっとも品性下劣な人間なのである。

夫人はサンチョに尋ねる。《ねえ、従士さん、ひとつお聞きしますけど、もしかして、あなたの御主人というのは、いま出版されて世に出まわっている『機知に富んだ郷士ドン・キホーテ・デ・ラ・

マンチャ』という物語の主人公で、ドゥルシネーア・デル・トボーソとかいう方を思い姫にしていらっしゃる騎士じゃありませんこと?》

自分たちが有名人であることを知り、サンチョは有頂天になる。《それ、それなんですよ、奥方様。ですから、その物語のなかに出てくる、いや出てくるはずのサンチョ・パンサちゅう名の従士がこのおいらですよ》

そろってこの物語を読んでいた公爵夫妻は、この主従を弄べばさぞや愉快だろうと考えて館に招く。公爵は一行よりひと足先に城館に戻り、召使いたちにこれからやってくる主従を、名高い遍歴の騎士として扱うよう命じる。ひと芝居打てというわけだ。かくして夫人とともに館へやってきた主従は、《遍歴の騎士の華にして精粋よ、ようこそお越しくださいました!》と盛大な歓迎を受ける。

興味深いことがある。この場面でセルバンテスは《彼はその日はじめて、自分が空想上の騎士ではなく、正真正銘の遍歴の騎士であることを認め、確信するにいたった》とさりげなく書いているのである。これは重要だ。

これを信じるならば、キホーテは自分が空想上の騎士だという自覚がありながら、つまり、正気でありながら狂気のふりをして風車や羊の群れに突撃していたことになる。キホーテは狂人などではなく、たるみきった時代にかつて存在した徳を復活させようと、騎士道小説を範とした行動を自分に厳しく課した、正気で高潔な人物と捉えるべきなのかもしれない。そこで思い出すのが、大阪万博のあった一九七〇年、《私はこれからの日本に大して希望をつなぐことができない。このまま行つたら「日本」はなくなつてしまうのではないかといふ感を日ましに深くする。日本はなくなつて、その代はりに、無機的な、からっぽな、ニュートラルな、中間色の、富裕な、抜目がない、或る経済的大国が極東の一角に残るのであらう》と書いて自裁した三島由紀夫である。彼はキホーテではなかったか。

城館で盛大に迎えられ、着替えをすませた主従は豪勢な食卓に呼ばれる。二人は上座に、その向かいに城館付きの司祭、その両脇に公爵夫妻が座った。司祭は召使いではないため、主従を弄ぶゲームについては何も知らされていなかった。

食卓でサンチョの口から出る巨人や魔法といった言葉を耳にした司祭は、目の前の男が、皆が夢中になっているばかげた物語の主人公、ドン・キホーテに違いないと確信する。

以前から楽しそうに物語を読む公爵を何度も注意していた司祭は、改めて公爵に改心を促したうえで、キホーテに矛先を向ける。《悪いことは言わないから、自分の家に帰って、もし子息がおありなら、その養育にあたり、財産の管理に専念したほうがいい。魔法にかかったドゥルシネーアだとか、あんたについて語られている、ああした一連のばかげた話は、いったい全体どこの世界のことなんですか？》

司祭の言葉を聞くや、キホーテはすっくと立ち上がり、憤怒をあらわにした険しい顔つきで反論する。《おそらくはどこぞやの神学校の窮屈な寄宿舎に育ち、ほとんど周囲二、三レグアほどの小さな世界しか知らぬような者が、勝手気ままに割り込んできて、騎士道を裁き、遍歴の騎士を断罪するなど、許されることでござろうか？》。まことに強烈な教会批判である。司祭はどうしたか。主従が城館に留まるのなら自分が出ていくと言って、席を立ってしまう。

時計の針を少し戻そう。キホーテと司祭が激論を交わしている最中、こんなことがあった。キホーテの痛烈な教会批判を聞いたサンチョは《こりゃすげえ、立派なもんだ！　おいらの御主人の旦那様》と感嘆の声をあげる。すると司祭は白々しくも《もしかして、兄弟、あんたが、その主人から島をやるという約束をしてもらったとか言われている、あのサンチョ・パンサですかな？》と尋ねる。キホーテの脇にいる太った男がサンチョであることなど分かりきったことではないか。

司祭の揶揄を感じることなく、《へい、そうですよ。しかもおいらは、誰にも負けねえほど島をもつに値する男です》と、サンチョは自信たっぷりに答える。その理由がふるっている。後篇第4章でも触れたことだが、《大事なのは誰から生まれたかじゃなく、誰といっしょに飯を食ったかだ》と考えるサンチョは、司祭をやり込めるほどの学識と教養を持つ主人に仕える自分は、神様の思し召しさえあれば、いずれ主人のような人間になれると信じているのだ。このやり取りを聞いていた公爵ははたとひらめき、こんな約束を口にする。《早速わたしがドン・キホーテ殿になりかわって、君を島の領主に取り立てることにするからね》。キホーテだけでなく、サンチョをも愚弄して楽しもうという腹づもりなのだ。

疑うことを知らぬキホーテは、たまわった恩恵のお礼に、跪いて公爵の足に口づけするよう、サンチョに命じる。

キホーテの反論に腹を立てた司祭が去り、豪勢な食事が終わると、『ドン・キホーテ前篇』を読み込んでいた公爵夫妻は、ドゥルシネーアに関する質問を次々とキホーテに浴びせかけ、彼の理路整然とした妄想を聞いて楽しむのである。

騎士道物語に登場する思い姫に比べて、門地の高さにおいてドゥルシネーアは劣るのではないかと問う公爵にキホーテは答える。

ドゥルシネーアはみずからの行為の娘であること、そして徳行は血統を矯正するものであり、卑しい生まれの者の美徳は、高貴な悪習より高く評価され、尊重されるべきであるということでござる

そうなのだ！　ドゥルシネーアに限らず、人間はみずからの行為の息子であり娘なのだ。人間の高貴さは、門地の高低や財産の多寡とは基本的に関係がない。行為によってこそ表現されるものなのだ。だからこそ、ノブレス・オブリージュ（高貴なる者は義務を負う）という発想が、さらに騎士道が生まれてきたのではないか。

ドゥルシネーアをめぐる質疑応答が終わると、キホーテは島の領主に取り立ててもらうことになったサンチョの人品骨柄を愛情を込めて公爵夫妻に説明したうえで、統治者に求められるのは《まず善意であり、それから、何事であれ成就せずにはおかぬ意志》であるとの考えを語り、サンチョには次の言葉を贈りたいと述べる。いわく《賄賂をとらずに、権利をとれ》。キホーテはただ者ではない。

公爵夫妻との会話が一段落すると、キホーテはシエスタ（昼寝）のため、寝室へ引き上げた。夫妻の次なる餌食はサンチョである。夫人から涼しい部屋で午後のひと時を過ごす相手をしてほしいと頼まれたサンチョは、これを受け入れる。

部屋には夫人と彼女に使える侍女たちが集まり、従士を取り囲んだ。彼が何度かキホーテをだましたことについて夫人が問いただすと《まず最初に言っときたいのは、おいらは主人のドン・キホーテを極めつきの狂人とみなしているってことですよ》とサンチョは前置きして、ことの経緯を説明した。

飛んで火に入る夏の虫とはこのことだ。ならば極めつきの狂人に仕えるサンチョは、主人に輪をかけた馬鹿者に違いない。そんな人間に島の統治を任せていいものやらと、夫人はやんわりと挑発する。サンチョは《もし、おいらが利口な男なら、とうの昔に主人を見放しちまっているでしょうよ》と、自分が馬鹿者であることを認めたうえで、主人は義理堅い人で、自分はそんな主人が大好きであると答える。そうして、もし夫人が自分を不適格者と考えるのなら、島の領主にしてもらわなくてもかまわないと潔く言い放つのである。百姓のサンチョよ、お前こそが精神の貴族だ。

サンチョを島の領主し、そこで生じるであろうドタバタを楽しもうともくろむ夫人は、恩着せがましく《約束した島のことは、必ず実行しますわ》と言いつくろう。

島の領主をめぐる話が決着したあとで、公爵夫人はサンチョがキホーテを騙して、醜い百姓娘を、魔法使いによって姿を変えられたドゥルシネーアだと信じ込ませた件を蒸し返し、こんなことを言い出す。《(確かな筋の情報によれば) あの田舎娘こそドゥルシネーアであり、好漢サンチョは自分で騙したつもりでいても、実は騙されているのだ》と。つまり、魔法使いの仕業であるというサンチョの嘘が、じつは真実であったというのである。

単純なサンチョは《大きに、そういうことかも知れねえや》と、夫人の嘘を頭から信じ、こう述懐する。《おいらのこんなに乏しい脳味噌でもって、あんなに気の利いたぺてんを一瞬のあいだにでっちあげることができるなんて考えられねえし、できるとうぬぼれてもならねえ》

嘘をつくという悪徳から一挙に解放されたサンチョは、安堵感にどっぷりと浸るのである。「じつはお前は嘘をついてはいない」という嘘をつくとは、公爵夫人は人間の弱さをとことん知った相当にしたたかな女性である。

モンテーニュの『エセー』に「嘘つきについて」という章がある。十六世紀のモラリストはこう述べている。《実に、嘘は呪われた悪徳である。われわれはただ言葉だけによって、人間なのだし、また、たがいにつながっているのである。この嘘の恐ろしさと重大さを認めるならば、他のいろいろの罪悪以上に、これを火刑をもって追及して然るべきであろう》

第13章　公爵夫妻の愚弄

汝の従者サンチョ・パンサが、そのたくましき尻をむき出して、そこに三千三百の鞭をみずから加え、耐えがたき痛みに苦しむを要するなり

（メルリン）

主従が公爵夫妻の城館に招待されて六日目、二人は森へ狩りに連れ出される。夫妻はこの間、家来を使ってひそかに壮大な「ドッキリ」を用意していたのである。

イノシシを仕留め、森の中央に設置された天幕で一同が愉快な会話を交しているうちに日は傾き、夜のとばりが下り始めたときだ。突如として森の四方八方から火の手があがり、いたるところから耳を聾さんばかりの角笛や軍楽器の音が鳴りわたった。しばらくしてモーロ人が突撃のさいに発する「レリリー」という鬨《とき》の声があがるや、大小のラッパが鳴り響き、太鼓がとどろき、甲高い横笛の音が空気を切り裂いた。仕掛け人の公爵夫妻ですらこれには度肝を抜かれ、キホーテは仰天し、サンチョは震えあがった。

そこへ悪魔の姿をした先触れの男が角笛を吹きながら現れる。《そなたは何者？》と公爵が声をかけると、《わしは悪魔で、ドン・キホーテ・デ・ラ・マンチャを探しにきたのさ》との返答。百姓娘に姿を変えられたドゥルシネーアの魔法を解く方法をキホーテに教えるため、ドゥルシネーア本人と

モンテシーノスがここにやってきたというのだ。サンチョからモンテシーノスの洞穴の冒険を聞いた公爵夫妻は、主従が信じ込むような物語を念入りに紡いでいたのである。

《お前はわしと出くわしたその場で待つように》。悪魔はキホーテに命じると、角笛を吹き鳴らしながらその場から去っていった。

悪魔に命令された通り、キホーテはその場で思い姫ドゥルシネーアとモンテシーノスが現れるのを待った。日はとっぷりと暮れ、森は闇に包まれていた。だが森は大規模な戦闘が始まったかのようなすさまじい音で覆われる。キホーテは懸命に勇気を奮い起こしてなんとか立っていたが、臆病者のサンチョは恐怖のため気絶してしまう。

公爵夫人のはからいで水をかけられたサンチョが目を覚ますと、四頭だての牛車が三台、激しいきしみ音をたてながら現れ、一同の前にくるとそれぞれの座席に腰をおろしていた魔法使いが立ち上がって自己紹介をして通り過ぎていった。一同から少し離れた場所に牛車が停まると、不快極まりない音はやみ、今度は心地よい音楽のような音が聞こえてきた。

音源は六頭の騾馬に引かれた巨大な楽団を乗せた車であった。その玉座には銀糸の薄絹を幾重にもまとった妖精と長衣をまとい頭を黒いベールで包んだ人物が。一同の前で車が停まると、長衣の人物が立ち上がりベールを剥ぎ取った。そこに現れたのは死を象徴する骸骨。骸骨は仁王立ちになると《我輩はメルリン　歴史により　悪魔を父にもつと伝えられる》と語り始める。メルリンとはモンテシーノスを洞穴に閉じ込めた魔法使いである。彼は百姓娘に姿を変えられたドゥルシネーアを不憫に思い、魔法を解く方法を教えるためにやってきたと述べる。その方法を聞くや、《冗談じゃねえ！》とサンチョが叫び声をあげる。

ドゥルシネーアにかけられた魔法を解く方法とは？　魔法使いメルリンはキホーテにこう伝えたのだ。《汝の従者サンチョ・パンサが、そのたくましき尻をむき出して、そこに三千三百の鞭をみずから加え、耐えがたき痛みに苦しむを要するなり》

怒りに駆られたサンチョは《あの方は魔法にかかったまま墓場に行きなさるがいいんだよ》とまで言い放つ。逆上したキホーテは《木に縛りつけ、三千と三百どころか、六千と六百でもひっぱたいてくれるわ》と怒鳴りつける。するとメルリンは、鞭打ちはサンチョ本人の意志によるものでなければ効果はない、とキホーテをたしなめ、原則的にはみずから行うものだが、その回数を半分にしたければ他人に委ねてもよいと述べるのである。

ここで素朴な疑問が――。なぜ三千三百回なのか。何かいわれがありそうだ。あれこれ調べてみると、池上俊一氏の『ヨーロッパ中世の宗教運動』に鞭打ち苦行団についての考察が掲載されていた。それによれば十三世紀から十四世紀にかけて欧州各地に出現した鞭打ち苦行団は贖罪のため、クギを仕込んだ鞭で背中を打ちつつ行列をなして都市から都市を巡った。一回の「鞭打ち行旅行」は、キリストが三十三年半生きたことにちなみ三十三日半にわたったという。なるほど。セルバンテスはあなどれない。主人を騙したサンチョは贖罪のために、みずからを三千三百回鞭打たねばならないのである。

鞭打ちに納得しないサンチョがだだをこねていると、メルリンのそばに座っていた銀糸の薄絹をまとった妖精が立ち上がり、かぶっていたベールを取り去って美しい顔を現した。彼女は、顔にまったく似合わぬ口調で悪態をつき始める。《薄情な従士よ！　あたしはまだ十九で、二十歳にもなっていないのに、下卑た百姓娘の姿のまま、いたずらに萎びていくってことに、少しは同情してくれたらどうなの》

彼女こそドゥルシネーア（を演じる公爵夫妻の小姓、つまり男）だった。彼女は自分の美しい容貌について、メルリンの配慮で一時的に元に戻されていると説明し、《ただただ食べることだけに集中しているお前の精力を、あたしの顔の美しさを回復するために差し向けてちょうだい》とサンチョに要求する。サンチョはドゥルシネーアの無礼な頼み方と、自分のことしか考えぬキホーテを舌鋒鋭く批判する。

すると、公爵が口を挟む。《もしも君が、ここで熟れた無花果のように心をやわらげてくれるのでなければ、島の領主の職を君にまかせるわけにはいかないと思うよ。鞭打ちをとるか島の領主になるのをあきらめるか、二つに一つだね》。頑な心で領主は務まらないというのだ。サンチョが二日ばかり時間をくれないかと頼むと、すかさずメルリンが《それは絶対にならぬ》と口を出す。ついにサンチョは、期限を決めずその気になったときに限って鞭を当てるという条件で、苦行を引き受けることを決断する。

決断の翌日、公爵夫人に鞭打ちの進み具合を尋ねられたサンチョは、平手で五回打ったと答える。自分に甘い男である。夫人は《寄宿舎の子供たちだって、鞭打たれて血を流して文字を覚えるんですよ。手加減を加えた生ぬるい慈悲行為など、功徳もなければ何の役に立ちもしないんですからね》と叱責する。なんとも意地の悪い女である。

このやりとりのあと、サンチョは妻に宛てた手紙を読んでほしいと夫人にお願いする。字を書くことも読むこともできない彼は、誰かに口述筆記してもらったのだ。手紙は《さんざん鞭打ちをくらったけれど、わしは驢馬から落ちることなく元気です。そして、立派な領地を手に入れたのも、したたかな鞭打ちのおかげ》と嘘を交えて始まり、自分の決意をあれこれ綴ったうえで、《お前は今では島の領主の妻になったのだから、人に妬まれ、陰口をたたかれないよう注意されたし！》と、妻に今後の心構えを説いていた。

ここで脱線する。サンチョの手紙の最後には《一六一四年七月二十日》と日付が記されているのである。おそらくはセルバンテスがこの場面を書いたその日であろう。『ドン・キホーテ後篇』は七十四章からなり、この場面は第三十六章。この時点でおよそ半分まで書き上げていたわけだ。後篇が完成するのは一六一五年一月（出版は同年十一月末）なので、半年で残りの三十八章を書き上げたことになる。驚異的なスピードだ。じつはセルバンテスには急ぐ理由があったのだ。

一六一四年には、一六〇五年に出版した『ドン・キホーテ前篇』の人気はスペインにとどまらずヨーロッパ各地で最高潮に達し、セルバンテスは出版社から後篇の完成をせかされていた。一六一三年に『模範小説集』、翌年の六月には『パルナッソ山への旅』を完成させた彼は、後篇だけに全精力を注げる状態になっていた。彼は猛スピードでペンを走らせる。前篇は版権を出版社に売り渡したため、得たのは栄誉だけだったが、後篇では栄誉と収入を同時に得ることが可能なのだから。

一六一四年七月二十日に第三十六章を書いた二カ月後、第五十九章にかかっていたセルバンテスは衝撃的な事件に見舞われる。前にも書いたことだが、九月末にバルセロナに近いタラゴナの出版社から後篇が出版されたのである。もちろんセルバンテスのあずかり知らぬこと。著者はトルデシリャス出身の学士、アロンソ・フェルナンデス・デ・アベリャネーダという人物だった。

それは『ドン・キホーテ』人気に便乗しただけの浅薄な物語であり、同時にセルバンテスと主従を徹底的にくさそうとする意図が露骨に感じられるものだった。だが、読者は待ちに待った後篇の登場を歓迎した。著者が誰であろうと関係なかったのだ。

底の浅い贋作を葬るために、一刻も早く本物の主従を読者に届けなければ……。セルバンテスは一六一五年一月、ついに後篇を書き上げる。

第14章　木馬の冒険

自分たちの領主が風に吹かれて大空を歩きまわっていたなんてことを知った日にゃ、おいらの島の住民たちがなんて言うだろうかね？
（サンチョ）

主従を弄ぶ次なる手を公爵夫妻は準備していた。キホーテを愛するウナムーノは『ドン・キホーテとサンチョの生涯』で、《私にすれば、それはおよそ考えられるかぎりもっともばかげた、またもっとも拙劣に仕組まれた物語に思われる》とセルバンテスをこき下ろす。だが、この物語を忠実に映像化すれば、凡百のスラプスティック映画を凌駕するものになりそうな気はするのだが……。ウナムーノは深みのない大仰さに腹を立てているのかもしれない。

芝居は「苦悩の老女」と呼ばれる人物がキホーテを頼って姿を現すところから始まる。老女は経緯を説明する。カンダーヤ王国の世継ぎの王女アントノマシア姫を見初めた宮仕えの騎士が、姫の後見人である「苦悩の老女」を手なずけて姫に近付き、ついには身ごもらせてしまう。このことを知った姫の母である女王は憤死する（父の王はすでに他界していた）。

悲しみに包まれた臣下たちが女王を埋葬していると、木馬にまたがった巨人マランブルーノが姿を現した。女王のいとこであるマランブルーノは、姫と騎士の不埒な行為を罰するため、姫を青銅の雌猿、騎士を名も知れぬ金属の鰐に変えて陵の上に置き、二人の間に金属製の碑柱をたてた。そこにはシリア語でこう刻まれていた。《この二人の分際を弁えぬ恋人たちは、かの勇敢なマンチャ人が来たりて余と一騎打ちを果たすまでは、元の姿に戻ることはかなわざらん》

「苦悩の老女」の頼みをキホーテは快く聞き入れる。だが、はるかかなたにあるカンダーヤ王国へはどうやってゆけばいいのか。巨人マランブルーノがじきに送り届けてくれる空飛ぶ木馬に乗ってゆくことになると、老女は説明する。木馬は二人乗りで、名前はクラビレーニョ（快足）。キホーテが鞍に、サンチョがお尻にまたがることになるという。

その日の夜、緑色の蔦をまとった野蛮人風の男四人が大きな木馬を担いで城館の庭に入ってくる。野蛮人は木馬の操縦方法をキホーテに説明し、こう付け加える。《飛行の高さや天の広大さゆえに目まいを起こすといけないので、馬が大きくいななくまで、目に覆いをしていなければならない》

キホーテはすぐさま木馬に跨がってカンダーヤ国に向かおうとするが、同行に難色を示すサンチョは、自分の臆病を隠すためこんな理屈をこねる。《自分たちの領主が風に吹かれて大空を歩きまわっていたなんてことを知った日にゃ、おいらの島の住民たちがなんて言うだろうかね？》。すると公爵が、このミッションを完遂しなければ島の領主にすることはできないと、丁寧な言葉で恫喝する。哀れなサンチョは同行を渋々承知する。

目隠しをして木馬に跨がろうとしたキホーテは不意にトロイヤの木馬のことを思い出し、《クラビレーニョが腹のなかに何を入れているかあらためておく必要がありましょうぞ》と言い出す。

木馬の腹の中には主従を弄ぶための仕掛けが施されているのだが、「苦悩の老女」は《その必要はございませんよ。あなた様に何か不都合なことが起こりましたら、わたくしが責任をとらせていただきますわ》と何食わぬ顔で答える。

さて、出発だ。主従が目隠しをして木馬にまたがると、庭に居合わせた者たちは口々に《神に導かれていらっしゃいよ、勇敢な騎士様……！》《神の御加護がありますように、豪胆な従士さあん！》と叫んで二人を送り出す。木馬の前に置かれた大きなふいごが、主従に向けてびゅーびゅーと風を送る。天空を駆けていると完全に信じ込んだ主従は、端から見れば実に滑稽な会話を交わす。《この調子で上昇を続けるとしたら、ほどなく火の層に突入することになろうが、そこまで行っては焼け焦げてしまう》とキホーテがサンチョに話しかけると、周囲の者は長いさおにつるした燃える麻屑を主従に近づける。顎髭が焦げたサンチョは目隠しを取って様子を見ようと提案するが、きまじめなキホーテは却下する。

こうした主従の言動をたっぷりと楽しんだ公爵夫妻は、この冒険に結末をつけようと木馬の尻尾に火をつける。じつは木馬の腹の中には大量の爆竹が詰められていたのだ。木馬は異様な大音響を発して本当に宙を舞い、体を焦がした主従は地面に叩きつけられる。しばらくして目を覚ました主従は、自分たちが出発点と同じ場所にいること気づき呆然とする。

城館の庭には、公爵夫妻をはじめおびただしい数の人々が伸びており（もちろん芝居である）、片隅には羊皮紙のつり下げられた長い槍が突き立てられていた。羊皮紙には魔法使いメルリンの沙汰として、主従のミッションは完遂し、姫と騎士は元の姿に戻ったとあった。キホーテは伸びている公爵の手を取って《冒険は誰にも危害を加えることなく完了しましたぞ》と報告する。目を覚ました公爵は《あなたこそかつて世に現われたことのない最高の騎士である》とキホーテをたたえる。

公爵夫人に《長い空の旅はいかがでした》と尋ねられたサンチョは、恐怖から解放されたことも手伝って嘘八百を並べ立てる。じつは目隠しをずらしてケシ粒大の地球を見たとか、天界では木馬から下りて七匹の雌山羊とじゃれあったとか……。ちなみに「七匹の雌山羊」とはプレアデス星団（昴）のこと。大気の汚れていないキホーテの時代には、肉眼でも容易に青白く光る七つの星を観察することができたのだ。

サンチョを滑稽な人間、と笑う資格を持った人間などいないだろう。自分を大きく見せたい欲からだろう、誰もが当たり前のように話に尾ひれをつけている。ところがキホーテはサンチョの耳元でこう言う。《サンチョよ、お前が天上で見たことを人に信じてもらいたければ、わしもわしがモンテシーノスの洞穴で見たことを、お前に信じてもらいたいのじゃ。わしはもうこれ以上なにも言うまいて》。意味深長な言葉である。

第15章　キホーテの忠告

お前は神を畏れねばならぬ。なんとなれば、神を畏れるところに知恵が生まれ、すぐれた知恵をもってすれば、何ごとにおいても過つことはないからじゃ
（キホーテ）

いよいよサンチョが島の領主として赴任することになる。公爵が身支度を調えるようサンチョに命じると、彼は漆黒の宇宙に浮かぶ青い宝石のような地球を見た宇宙飛行士のようなことを言い出す。

天の高いてっぺんから地球を見おろして、それがひどくちっちゃいことが分かってからというもの、それまで抱いていた、領主になりたいっていう、あんな強かった気持がいくらかしぼんじまいましたよ。だってそうじゃありませんか、芥子の種ほどのところを支配するってのがそんなに偉いことでしょうかね？

サンチョは自分のついた嘘を土台に想像力をたくましく働かせ、こんな考えに到達してしまったのだ。やはりただ者ではない。

続けてサンチョは、世界でいちばん大きな島よりも天のほんのちょっとのほうがずっとありがたい、

と言う。神を信じるサンチョにとって、どんな現世の利益より、死後天国へ行けることのほうがはるかに価値があるのだ。

彼を弄ぼうと、島でさまざまな罠を用意させている公爵はこう言いくるめる。《君がその島へ行って優れた才覚を発揮することができれば、それこそ君は地上の富でもって天上の富を手に入れることさえできるだろうよ》。素直なサンチョは《天国に行けるような立派な領主になるつもりで精を出しますよ》と応じる。

そこに現れたキホーテは、公爵の許可を得てサンチョを自分の部屋に連れていく。部屋に入り扉を閉ざしたキホーテは《わしの息子よ！　これからお前のカトーが与える忠告の数々を心して聞くがよい》と、現代にも十分通じる素晴らしい為政者論を語り始めるのである。カトーとは、『老年について』の著者として知られる古代ローマの政治家大カトーのこと。キロンという優秀なギリシャ人奴隷教師を持っていたが、息子の教育は自分自身で行っていた。

キホーテが真っ先にサンチョに与えたのは次の言葉である。

　　お前は神を畏れねばならぬ。なんとなれば、神を畏れるところに知恵が生まれ、すぐれた知恵をもってすれば、何ごとにおいても過つことはないからじゃ

世界各国の指導者に与えるべき言葉ではないか。そもそも人間の愚行は、神の命令に背いて知恵の木の実を食べたところから始まる。サンチョへの最初の戒めが《神を畏れねばならぬ》とは、さすが神に仕える騎士である。

キホーテが次に与えたのは《たえずわが身をふりかえり、おのれを知ろうと努めねばならぬ。もっとも、これは人間にとって最もむずかしいことであるがの》という言葉だ。聖書の次はソクラテスの座右の銘であった「汝自身を知れ」である。キホーテは学のないサンチョのために《おのれの身のほどを知ってさえおれば、牛と同じ大きさになろうとした蛙のように膨れあがることもないのじゃ》と念を押す。

従士を厳しく戒めながらも、キホーテは百姓である従士をフォローすることも忘れない。《決して百姓の子であることを卑屈に思ってはならぬぞ。罪深い貴族よりも、身分の低い有徳の士のほうがいかほど立派であるかを考えるのだ》。徳を行動の指針となせというのである。これに関連して、妻をきちんと教育しないと、せっかくの善政も台無しになると注意する。さらにこう注意を喚起する。

お前は自由裁量という法に決して頼ってはならぬ。あれは、往々にして、自分が利発だとうぬぼれている無知な連中がとても重宝にする法だからな

自分が利発と思い込んでいる人間は、自由裁量の名のもと、神を畏れぬ行為を平然となしてしまうことがあるからだ。人間とその歴史を熟知しているキホーテならではの言葉ではないか。それにしても《自分が利発だとうぬぼれている無知な連中》というキホーテの言葉は強烈だ。これは近代人すべてに投げつけられた警句だ。思うに、うぬぼれは神への畏れを失った人間の病である。ルーマニア出身の哲学者シオランはこう書く。《「自我」、自尊心、虚栄心、うぬぼれ――こういうものを棄てると言い張るのはまったくバカげている。こういうものは克服できないし、克服したと思ったとたん、私

たちは一連の、きりのない虚偽にはまり込む。「自我」は不治のもの、もうこれについて語るのはやめよう。自我の病は治らない》と。中世と近代が交錯する時代を生きたキホーテは、中世的精神を体現するサンチョへのアドバイスを通して、近代人の不治の病を予言しているのだ。

キホーテの忠告は続く。領主になれば人を裁くこともある。この難題をめぐってキホーテは《お前は貧者の涙に対し、富者の申し立てに対するよりも、はるかに大きな憐憫の情を示さねばならぬ》とサンチョを戒める。むろん、それによって裁きまで曲げてはならないし、個人的な恨みや憎悪、利害に目を曇らされることがないよう自分を律しなければならない。さらに、鞭打ちのような体刑で罰することになった者を言葉でなじってはならないとも。要は寛容の心と澄んだ目で裁けというのだ。普遍性を備えた見事な言葉だ。

第16章　サンチョの赴任

ほんの爪の垢みたいな魂でもこっちのほうが大切だからね
（サンチョ）

キホーテの忠告に神妙に耳を傾けていたサンチョだったが、《話のなかに諺をやたらにごたごた交ぜるというお前の癖、あれもやめねばならぬぞ》という言葉には、《それればっかりは、神様に治していただくしかねえや》と抵抗を示し、続く会話で嫌がらせのように数珠つなぎのごとく諺を連発するのである。こんな具合だ。

《警鐘を鳴らす奴は安全なところにいる》《判事の息子は気軽に法廷に立つ》《羊の毛を刈りに行って、刈られて帰る》《金持のたわごとは、世間で格言として通る》《わしの家から出ていけ、わしの女房に何の用だ、には返す言葉がねえ》《水瓶が石に当たろうと石が水瓶に当たろうと、ひどい目に遭うのはいつでも水瓶》《死神が首をはねられた女を見ておびえた》《愚か者も自分の家なら、他人の家にいる賢者より物が分かる》……。

驚いた。ヨーロッパ中世の百姓が暮らしの中で覚えた諺のどれもが、平成日本でも十分通用するではないか。要するに、人間はちっとも進歩しないということだ。だからこそ人間はいとおしいのであるが……。特に私がしびれたのは《金持のたわごとは、世間で格言として通る》というやつだ。いまでは金もうけの上手な人物の言葉は、神の言葉よりも重みを持っている。もちろん金もうけも大事だが、必要以上に稼ぐために己の魂にかかわる何か（たとえば母語としての日本語）を犠牲にしたくはない。「落伍者のたわごと」と笑わば笑え。

自分の忠告に反発して、嫌がらせのように諺を連発するサンチョにうんざりしたキホーテは、《ずんぐりしたお前の体はくだらぬ諺と悪知恵のつまった大袋にすぎぬ》ということを公爵にばらしてしまえば、島の領主の件はおじゃんになると警告する。

ところがサンチョの答えは予期せぬものだった。自分が領主に向かないとキホーテが思うのなら、この場で島を手放してもかまわないというのだ。サンチョの言い分はこうだ。

ほんの爪の垢みたいな魂でもこっちのほうが大切だからね

自分を偽ってまで領主になどなりたくないというわけだ。そうしてこう言い放つ。

領主になれば悪魔にさらわれるちゅう恐れがあるというなら、領主になって地獄に落ちるより、ただのサンチョで天国へ行ったほうがましですよこの言葉に安心したキホーテは、はなむけの言葉を贈る。《今の最後の言葉だけでも、お前は千の島の領主になる資格があるというものよ。お前には生得のよい資質があるが、実際それなくしては、学問など何の役にも立たんのじゃ。すべてを神にゆだねて、めでたく初一念を貫くがよい》

かくしてサンチョは大勢の供を引き連れて、島に向かって出発する。別れぎわ、公爵夫妻の手に口づけしたサンチョにキホーテは涙声で祝福を与え、これを受ける従士の目にも涙がにじむ。美しい別れだ。残されたキホーテを待ち受けていたのは、言いようのない孤独感であった。

サンチョとの別れについて、ウナムーノは《彼（キホーテ）にとってサンチョが全人類であり、サンチョを通してすべての人々を愛していたのであれば、どうして孤独を感じずにいられよう？》と書く。そう、たった一人でよい、キホーテにとってのサンチョのように、ブーバーの言う〈我―汝〉の関係を結べる人間がいれば、人は世界を人類を愛することができるのだ。

いまの世界を眺めて思う。フェイスブックやラインを通じて何百人、何千人と「友だち」になることに何の意味があるのか。それは自分のために相手を利用する〈我―それ〉の関係でしかない。相手をモノと見なし、みずからもモノとなってしまう関係だ。「ウイン・ウインの関係で」と言いながら握手を交わす商売相手との関係なら、それでかまわないのかもしれないが、そんな関係しか結べない世界になど住みたくはない。ブーバーの思想に詳しい哲学者の斉藤啓一氏は『ブーバーに学ぶ』でこう説明する。《人間は、全人格的に呼びかけられない限り、本当の〈私〉が呼び覚まされることはなく、世界に向けて真に姿を現すことはない。〈それ〉としか呼びかけられない人間関係しかもっていなければ、私たちは実質上、ロボットとして生きるだけになってしまうのだ》

繰り返す。大切なのは、たった一人でいい、〈我―汝〉といえる友を得ることなのだ。ひいてはそれが平和にもつながっていく。

第17章　アルティシドーラの求愛

とにかく拙者は、この世のありとあらゆる妖術による横槍が入ろうとも、たとえ煮られようと焼かれようと、つねに清廉潔白、礼節を守り、誠実な騎士としてドゥルシネーアのものであらねばならんのじゃ
（キホーテ）

サンチョが去り、一人残されたキホーテに、公爵夫人は自分の侍女の中から飛び切り美しい乙女四人を侍らせようと申し出る。キホーテはこれを丁重に断り、一人にしてほしいと言って、食事をすませると部屋に閉じ籠もってしまう。キホーテとて男である。思い姫ドゥルシネーアのために守ってきた純潔を失ってしまう可能性を恐れたのである。

キホーテが緑色の長靴下を脱ごうとしたときに、ささいだが重大な事件が起こる。編み目がほどけ、だらしなく垂れ下がってしまったのだ。代わりの長靴下を持っていないキホーテは、みすぼらしい姿で公爵夫妻の前に出なければならないことに心を痛める。「武士は食わねど高楊枝」と言うように、騎士も同様に体面が大切なのだ。しばらくして、サンチョが旅用の編み上げ靴を残していったことに気づき、これで急場をしのごうと決めて心を慰めた。

ロウソクの火を消し、眠りに就こうとすると、格子窓から女性の会話が聞こえてくる。キホーテを見て恋に落ちた侍女のアルティシドーラが、同僚の侍女に熱い胸の内を語っているのであった。キホ

ーテは自分の存在を二人に知らせるため、わざとらしくくしゃみをした。そうこうするうちに竪琴の音が流れ始め、アルティシドーラは求愛のロマンセを歌い始める。

ああ　君の腕に抱かれたし　あるいは　君の寝床に寄りそい　君が頭をやさしく掻きて　頭垢を落してさしあげたし！

アルティシドーラの求愛のロマンセは続く。丁寧に読むと、これがなかなか凝っている。たとえば、皇帝ネロが西暦六四年に起こったローマの大火をカピトリウムの丘にあるタルペアの岩から眺めたというロマンセを元に《ラ・マンチャ生まれのネロよ　わが胸を焦がすこの大火を　タルペアの岩より眺めたまうな　君の怒りで火を煽りたまうな》と、キホーテをネロに模してみたり、自身の容貌を《わが口は鷲のように尖り　鼻はたしかに団子鼻なれど　トパーズかとみまごう歯並びが　わが美を天まで高めおるなり》と表現してみたり。真珠ならぬトパーズの歯でほほえまれてもちょっと困るが。公爵に仕える知恵者が、下卑た笑い声をあげながら創作した様子が見えるようだ。

だが、そこに込められた愚弄の意図など感じることなく、純粋に熱烈な求愛と受け止めたキホーテは、ロマンセが終わると大きな溜息をつき、こうつぶやく。《アルティシドーラ殿、泣くなり歌うなり、御随意じゃ〔……〕とにかく拙者は、この世のありとあらゆる妖術による横槍が入ろうとも、たとえ煮られようと焼かれようと、つねに清廉潔白、礼節を守り、誠実な騎士としてドゥルシネーアのものであらねばならんのじゃ》

キホーテは格子窓を閉めると、いらだたしくも悲痛な気持ちでベッドに横たわるのである。誠実な騎士であろうとして、乙女の気持ちに応えられぬ自分を責めているのだ。いやはや、公爵夫妻の罪は深い。

第18章　名領主サンチョ

仕立屋は仕立賃の丸損、百姓は布地の丸損、そいで頭巾は牢獄の囚人たちにくれてやること。これがわしの判決だよ
（サンチョ）

侍女の色仕掛けで愁いに沈むキホーテはしばらく放っておいて、サンチョに目を向けよう。彼は大勢の供を連れて高い城壁に囲まれたバラタリアという人口千人ほどの村に入る。村人に大歓迎された彼は、大聖堂で執り行われた奇妙きてれつな儀式をへて終身領主となり、すぐに村の法廷に連れていかれる。公爵家の執事が説明する。新任領主は法廷に持ち込まれるいかなる問題も、村人の前で解決しなければならないというのだ。村人はそれを見聞して新任領主の才知を推し量るというわけだ。

すぐに仕立屋と百姓男が法廷に現れる。仕立屋は訴える。男の注文に応じて頭巾を仕立てたが、代金を支払わないばかりか、布地代を弁償しろと言われている、と。詳細はこうだ。「頭巾を作ってほしい」と男が少しばかりの布地を仕立屋に持ち込んだ。仕立屋が「できる」と答えると、男は「二つできないか」と言い出す。仕立屋というものは余った布地をくすねるという風評を聞いていたからだ。男の猜疑心を感じた仕立屋があえて「できる」というと、男はどんどん数をつり上げ、最終的に頭巾を五つ作ることになった。そうして出来上がったのは、頭ではなく指にかぶせるのにちょうどよい小

さな五つの頭巾であった。

サンチョはしばらく考えたのち、判決を下す。《仕立屋は仕立賃の丸損、百姓は布地の丸損、そいで頭巾は牢獄の囚人たちにくれてやること。これがわしの判決だよ》

次に出頭してきたのは二人の老人だった。一人は葦の杖を持っている。杖を持たぬ老人が訴える。十エスクードを証文なしに貸したが、相手は「借りた覚えがない、よしんば借りたとしてもとっくに返したはずだ」と言い張っている。もし、神の前で相手が間違いなく金を返したと誓うのなら、自分はあきらめる、と。

訴えを聞いた杖の老人は、サンチョの権丈を借りて自分の杖を貸主の老人に預け、権丈の握りの十字架の上に手を置く。そして「確かに金は借りた。しかし、間違いなく返したのに相手がそれに気づかない」と述べる。貸主の老人は「彼は善良なキリスト教徒なのだから、神の前で嘘を述べるはずがない。自分は今後、彼に返済の請求はしない」と潔く返済をあきらめる。

借り手の老人は自分の杖を返してもらい、そそくさと立ち去った。サンチョはしばらく考え込み、立ち去った老人を呼び戻し、持っていた杖を寄こすよう命じる。その杖を貸主の老人に渡しながらサンチョは言う。《それを持って、気をつけて帰るといいよ。それで金の返済はすんだからな》。意味を量りかねる老人にサンチョは「杖を折ってみろ」と助言する。果たして、中から十エスクード金貨が出てきたのである。こういうことだ。借り手の老人は金貨の入った杖を貸主の老人に渡したうえで「間違いなく返したのに相手がそれに気づかない」と言ったのである。悪知恵の働く老人は、神の前で嘘をつくことから巧みに逃れたのだ。

今度は女が家畜商人を引っ張りながら法廷に入ってくる。女は訴える。野原の真ん中で男に襲われ、二十三年間守り続けてきた大切なものを奪われたというのである。サンチョが男に事情を訊くと、家畜を売った代金を持って自宅へ戻る途中、この女に出くわし金を払って寝ることになったが、事がすんだところで女は「もっと金を払え」と言い出し、自分をここまで強引に引っ張ってきたという。

話を聞き終えたサンチョは、男に有り金すべてが入った財布を女に渡すよう命じる。財布を受け取った女は大喜びで去ってゆく。女の後ろ姿を目で追いながらサンチョは、理不尽な判決に泣きべそをかいている男にこう言う。《さあ、お前さん、あの女のあとを追っかけて、有無を言わせずに財布をふんだくり、女を連れて戻ってくるんだ》

電光石火のごとく飛び出した男は、すぐに女に追いつき、激しくもみ合いながら法廷に戻ってきた。男より力の勝った女は財布をスカートの中にしまいこみ、絶対に渡そうとしない。わめく女にサンチョが尋ねる。《で、財布は取られたのかい?》。女は答える。《財布を手放すくらいなら、生命を奪われたほうがましですわ。あたしが生《うぶ》なねんねとでもいうんですか》。激しい抵抗に男が財布を取り戻すのを諦めようとすると、サンチョが口を開く。《正直で勇敢なねえさんよ、その財布をこっちに寄こしてもらおうか》。サンチョは財布を男に返し、女に所払いの刑を科すのである。

サンチョは法廷に持ち込まれた三つの係争を、すばらしい機知をもって解決してしまう。この係争が彼をからかうために仕組まれた猿芝居かどうかは定かでない。だが、そうであろうとなかろうと、サンチョの賢明な裁きは、彼を阿呆と見なしていた周囲の者に驚きを与え、賢王ソロモンの生まれ変わりではないかとさえ思わせたのだ。

法廷での裁きをすませたサンチョは壮麗な宮殿に案内される。大広間には豪華な食卓が用意され、着席すると四人の小姓が手洗い用の水を持ってやってきた。彼の後ろにはクジラの骨でできた細い棒を手にした男が控えている。手を洗いナプキンをつけたサンチョが給仕された料理に手を出そうとすると、後ろの男の棒が皿に触れる。するとその料理はすぐに片付けられてしまう。男は領主の健康を管理する侍医なのだ。侍医はサンチョが食べたそうな料理をことごとく片付けるよう指示し、薄焼きパンの細切りとマルメロの実の薄切りを勧める。

腹を立てたサンチョは《とっととわしの目の前から消え失せろ》と侍医を怒鳴りつけ、こう言い放つ。《さあ、わしに食うものをよこせ、よこさねえちゅうなら、いっそのこと領主職ももってってくれ》。次の瞬間、大広間に汗だくの使者が駆け込み、公爵からの書状を差し出した。字の読めぬサンチョは秘書役に読むよう命じる。それはバラタリア島に敵意をいだく者たちが猛攻撃を計画しているゆえ注意せよ、という内容だった。

第19章　苦悩の老女

サンチョが自分の尻を鞭打つのを忘れてくれますように！

（アルティシドーラ）


侍女アルティシドーラの色仕掛けが原因で愁いに沈むキホーテはどうしているか。気の毒に眠れぬ夜を過ごし朝を迎え、身なりを調えて公爵夫妻が待つ控えの間に向かう。待ち受けていたアルティシドーラは、キホーテを目にするや失神したふりをして隣の侍女に倒れかかる。侍女は《あなた様がここにいらっしゃる限り、この哀れな娘は正気に戻らないでしょう》となじる。

キホーテにも考えがあった。今夜、自分の部屋にリュートを置いておくよう侍女に頼むのである。自分の歌でアルティシドーラを慰め、恋の病から解放してやろうともくろんだのだ。侍女から報告を受けた公爵夫妻は、キホーテを弄ぶ方法について知恵を絞る。

その夜、キホーテが部屋に戻ると、リュートの代わりにギターが置いてあった。調弦し、窓の外にアルティシドーラの姿を確認したキホーテは、ギターを奏でながら自作のロマンセを歌い始める。すると、上階からたくさんの鈴がついたひもにつるされた大きな袋が窓辺に下りてきた。

大きな袋の中には尻尾に鈴のつけられた無数の猫が詰められており、鈴の音とけたたましい鳴き声にキホーテは肝をつぶす。ここで想定外のことが起きる。袋の中から飛び出した三匹の猫が窓から部屋に入りこみ、大暴れを始めるのである。

これを妖術師の仕業と判断したキホーテは、仁王立ちになって剣を抜き、猫を部屋から追い出しにかかる。ところが、逃げ遅れた一匹がキホーテの顔に飛びかかり、爪と歯で鼻をズタズタにしてしまう。キホーテの大きな悲鳴を聞きつけた公爵夫妻たちは部屋に駆けつけ、猫を引き離す。

傷は思いのほか深いものだった。アルティシドーラは、傷の手当てをしながらキホーテの耳元でささやく。《サンチョが自分の尻を鞭打つのを忘れてくれますように！》と。そうすれば、醜い百姓娘に姿を変えられたドゥルシネーアは元の姿に戻ることなく、キホーテは彼女の元の美しさを愛でることもできず、初夜の床をともにすることもない、という理屈だ。キホーテは何も答えず、ただ深い溜息をつくばかりであった。この事件から六日間、キホーテは部屋で寝たきりの生活を余儀なくされるのである。

六日目の夜、ベッドの上でまんじりともせずにいたキホーテの耳に、扉の鍵を開けようとしている音が入ってくる。アルティシドーラが自分の貞節を奪いにきたのでは……。キホーテは思わず《いや、ならぬ》と声をあげる。次の瞬間、扉が開く。

部屋に入ってきたのは、アルティシドーラではなく、年老いた侍女のドニャ・ロドリーゲスだった。彼女は相談事を持ちかけてくる。

彼女は名家に生まれたが、家が零落したため、ある貴族の家の奉公人になる。同じ家に仕える従士と結婚し、娘を授かったが、夫はある事件がもとで死んでしまう。事件は、夫が奥方を騾馬の後ろに乗せてマドリードの狭い路地を進んでいるときに起こった。正面から馬に乗った司法官が来たため、夫は敬意を表して騾馬を止め道を譲ろうとした。すると、プライドの高い奥方はその必要はないと夫に命じる。奥方を認めた司法官は自分の方が道を譲ろうとしたが、夫はなおも司法官に譲ろうとした。これに腹を立てた奥方は千枚通しで夫の腰をひと突きしてしまったのである。

この奥方はその後、現在の夫である公爵と結婚したため、彼女は付き従い現在に至った。彼女の相談は、美しく育った娘のことだった。近隣の裕福な農家のドラ息子が娘に懸想し、結婚を約束して弄んだというのだ。公爵に相談しても、公爵はドラ息子の父親から莫大な借金をしているため、まったく聞く耳を持たない。そこでキホーテに弁舌なり武力をもって、この恥辱を雪いでもらえないかというのである。

彼女の話が事実であるのか、はたまたキホーテを弄ぶ罠であるのか、判然としない。しかし、このあとの彼女の発言から察するに、彼女は真剣に救いを求めたようなのだ。

キホーテに自分の願いを語り終えると、彼女はアルティシドーラと公爵夫人の悪口に話題を転じる。《あの娘の息はどこか不快な臭いがするものですから、ほんの少しの時間でもあれのそばにいることなど、とても耐えられませんわ。それに奥方様の公爵夫人だって……》。ここまで聞かされれば先を知りたくなるのは人情である。キホーテは《拙者の命にかけて知りたいものでござる》と話を続けるよう要求する。

ここで彼女は驚くべき公爵夫人の秘密をばらす。公爵夫人は両足に二つの流出口を持ち、そこから悪い体液を排出することで美しさを保っているというのである。夫が死亡した原因を作った公爵夫人への恨みから出た言葉であろうか。

キホーテは《サンタ・マリーア！》と声をあげ（英語でいうところの「オー・マイ・ゴッド！」）、

《そこから流れ出るのは悪い体液というよりはむしろ液体の琥珀でござろうて》と能天気なことを言う。無垢な彼は公爵夫人の本性を見抜けないのだ。

するとけたたましい音とともに扉が開く。驚いた彼女はロウソクを床に落とす。真っ暗になった部屋に複数の人影が侵入し、彼女の首を絞め、スカートをまくり上げたうえでスリッパらしきもので殴打する。ついで人影はキホーテに襲いかかり、沈黙のうちに体をところかまわず強くつねった。人影が退散すると、彼女はスカートの乱れを直し、あいさつすることもなく部屋から出ていった。

暗闇の中でキホーテと老女に暴行を働いたのは、悪口をたたかれたアルティシドーラと秘密をばらされた公爵夫人だった。深夜、老女ロドリーゲスが自室を出たのに気づいた別の老女が後をつけ、キホーテの部屋に入るのを見届けたうえで、公爵夫人に報告したのである。「いったい何をしに？」といぶかった夫人はアルティシドーラを伴って会話を盗み聞きしていたのだ。

脱線する。公爵夫人が美しさを保つために、両足にある二つの流出口から悪い体液を排出しているという荒唐無稽な発想に、私はにわかに興味を覚えてしまったのだ。少々エロチックな図を想像しながら、医学史を調べてみると、当時（十七世紀初頭）は、体液（血液、粘液、黄胆汁、黒胆汁）のバランスが健康に影響するという古代ギリシャのヒポクラテス（前四六〇頃―前三七〇頃）の「四体液説」と、それを継承発展させたガレノス（一二九頃―二〇〇頃）の学説とそれを否定する学説がせめぎ合う時代であることが分かった。

セルバンテスの父は、体液のバランスを戻すための瀉血などを生業とする外科医だった。それゆえに、「四体液説」に基づいた医療行為の効果に疑問を感じ、古い医学の常識を笑い飛ばそうとしたのかもしれない。ちなみに、英国の解剖学者ウィリアム・ハーベーが近代医学の基礎となる「血液循環説」を発表するのは一六二八年。『ドン・キホーテ後篇』が刊行されてから十三年後のことである。

少し時代は下るが、このせめぎ合いの様子をユーモラスに書き残した人物がいる。フランスの劇作家モリエール（一六二二―七三）だ。彼は、古い常識に凝り固まり新しい学説を受け入れない医師たちを痛烈に諷刺する戯曲を数多く残している。

その一つ『病は気から』の主人公は、守旧派のピュルゴン医師の世話になっている健康オタクのアルガンという男。彼は灌腸と下剤を健康維持の柱に据えて日々を過ごしている。守旧派の医師に対して懐疑的な弟はアルガンにこんな忠告をする。《(ピュルゴン医師は）猛烈な先入見や、確固不動の信念や、乱暴きわまりない常識と理性で、むやみやたらと灌腸や刺絡をやってのけ、その結果がどうなるか、考えてみようともしないんです》。自分の処方に疑念を持たれていることを知ったピュルゴン医師は憤然として、自分の処方に従わなければ《あなたのからだはますます悪くなり、内臓は不調となり、血液は腐敗し、胆汁は酸化し、体液は汚濁する一方》と脅すのである。

ここで思い出すのが、領主となったサンチョがごちそうに手を付けようとしたときに発せられた侍医の言葉《大量に水分をとるのは、それ自体が生命の根源にして、人に精気をもたらす体液をそこない……》である。セルバンテスもモリエール同様に、ヒポクラテスを信奉する医師を諷刺しているように思えてならない。

第20章　サンチョの辞任

わしはこのとおり裸一貫で出てゆくんだから、わしが天使みたいに清潔な政治をしたってことの証拠はこれだけで十分じゃねえかね
（サンチョ）

バラタリア島の領主となって見事な統治をしていたサンチョの元に、猛攻撃を計画している敵がいるので注意されたしという公爵からの手紙が届いたことを前に書いた。その後どうなったのか。その顚末を描いた後篇第五十三章を、セルバンテスはこう書き出す。《この世の物事がいつまでも同じ状態で持続すると思うのは、まことに詮なきことである》。平和を常態と思い込んでいるわれわれ日本人に向けられた言葉のようでもある。

領主となって七日目の夜のこと、サンチョが寝床でうとうとしていると、島全体が陥没するのではと思われるほどのけたたましい人の声と鐘の音が聞こえてくる。下着姿のまま部屋の戸口に出てみると、燃えさかる松明と剣を手にした二十人を超える男たちが口々に叫ぶ。《武器を、領主殿早く武器をおとりくださいい！　数知れぬ敵の大群が島に押し寄せてまいりました》。もちろん公爵夫妻が仕掛けた芝居である。

男たちは、甲冑の代わりに用意していた丸い二つの盾でサンチョの体を挟み、前後の盾をひもでしっかりと結わえた。膝も曲がらぬ状態で歩こうとしたサンチョは転倒する。その格好は《甲羅のなかに閉じ込められた亀、燻製にするために塩をふられて板と板のあいだにはさまれた部厚い豚肉》のようだった。そうして男たちは松明を消し、暗闇の中でサンチョに乱暴狼藉の限りを尽くすのである。

二枚の盾の中で身をすくめ脂汗を流しながらサンチョは祈る。《おお、神様お願いです、もうこんな島なんかどうでもいいから、わしを死なせるおつもりでなかったら、どうかこのひどい苦しみから救い出してくださいまし》

すると味方の《勝利だ》という叫び声が耳に入る。助け起こされ、二枚の盾を結わえていたひもを解かれたサンチョは、寝床に腰をおろすや恐怖と驚きと疲れのために気を失ってしまう。

数時間後、目を覚ましたサンチョは周囲の者に時刻を尋ね、《もう夜が明けるころです》という返答を聞くや、黙りこくったまま身支度をして、戦闘で痛めた体を引きずるように馬小屋に向かう。しばらく世話を怠っていた驢馬を抱きしめ、額に口づけし、涙を流しながら語りかける。

おいらがお前を見捨てて、野心と傲慢の塔の上に登ってからというもの、おいらの魂のなかに数限りない悲しみと気苦労、そして、さらに数多くの不安が入りこんだのよ

心を決めて驢馬にまたがったサンチョは、周囲の者に別れのあいさつをする。《さあ、皆の衆、道をあけておくんなさい。そして、昔の自由な生活に戻らせておくんなさい》

任地を離れる前に、公爵に業務報告をする義務があると執事に忠告されたサンチョは、むろんその

義務は果たすし、《わしはこのとおり裸一貫で出てゆくんだから、わしが天使みたいに清潔な政治をしたってことの証拠はこれだけで十分じゃねえかね》と応じるのである。

公爵夫妻が仕掛けた偽りの戦争で心身ともに打撃を被ったサンチョは《わしは領主になったり、攻め寄せてくる敵から島や市を守ったりするために生まれてきた男じゃねえ》と領主の職を辞してしまう。確かに有事の指導者としては失格だったが、平時の施政においては、わずか七日間ですばらしい実績を残しているのである。特にワインに関する法律は、時代をはるかに先取りするものだった。具体的には、ワインの品質、評価、評判にもとづいて価格を決めるために、どこの土地のワインかその原産地を明記するという条件をつけたうえ、もしワインに水を混ぜたり、銘柄を変えたりした者は、その罪により死刑に処せられるという、厳しい付則も添えたのだ。


スペインでワインの品質を保持するための規制が実際に始まったのは十八世紀で、一九二〇年代になってワインの氏素性を明確にし品質を保証する現在の原産地呼称制度のルーツとなる制度が導入された。日本では山梨県甲州市が二〇一〇年に条例で原産地呼称ワイン制度をスタートさせたばかりだ。サンチョの慧眼には驚かされる。

このほかにも領内における食料品の仲買を禁止したり、乞食に扮装した盗賊を取り締まるために専門の警吏をおいたり、風紀を乱す歌を高歌放吟することを禁止したり……。セルバンテスはこう記している。《それらはかの地で今日にいたるも「偉大なる領主サンチョ・パンサの憲法」として称えられ、遵守されているのである》

第21章　あるモリスコの物語

先祖の地であるベルベリーアをはじめ、アフリカの地に行けば、どこでも歓迎され、いたわられるものと期待していたんだが、案に相違して、いちばんひどい扱いを受け苦しめられたのがあそこだったよ
（リコーテ）

島の領主を辞したサンチョは、驢馬に乗ってキホーテのいる公爵の館をめざしていた。しばらくすると、施しを受けながら聖地をめぐる外国人巡礼者の一団と行き会う。施しを求める彼らに慈悲深いサンチョは島を出るときにもらったパンとチーズを与え、目的地めざして驢馬をせき立てようとした。すると、巡礼者の一人がスペイン語で《こりゃたまげた！》と叫び声をあげ、サンチョに飛びついた。かつてサンチョと同じ村に住んでいたモリスコのリコーテという男だった。

モリスコとは、キリスト教に改宗したイスラム教徒のこと。一四九二年にイベリア半島最後のイスラム国家であるグラナダ王国を滅ぼし、レコンキスタを完遂したスペインは、キリスト教に改宗しないユダヤ教徒とイスラム教徒を国外に追放、改宗した者にも「裏では異教を信仰しているに違いない」と疑いの目を向けた。一五六七年、フェリペ二世はイスラム名と伝統的なイスラムの服、アラビア語を禁止する命令を出し、一六〇九年以降、フェリペ三世が何度かモリスコ追放の勅令を発令する。大多数のモリスコはイスラム教徒が掌握する北アフリカへ逃れたが、そこは「約束の地」ではなかっ

た。リコーテは語る。《先祖の地であるベルベリーアをはじめ、アフリカの地に行けば、どこでも歓迎され、いたわられるものと期待していたんだが、案に相違して、いちばんひどい扱いを受け苦しめられたのがあそこだったよ》

リコーテの話にもう少し耳を傾けてみよう。モリスコ追放の勅令が発布されるや、彼の妻と娘は、妻の兄に連れられて先祖の地である北アフリカに渡る。リコーテは一人フランスへ向かい、イタリアを経由してドイツ（神聖ローマ帝国）のアウグスブルク近郊の町に家をかまえたという。なぜ彼がその町を選んだのか。リコーテは説明する。《あそこの住民はあまり人のことは詮索せずに、各自が思いどおりに生活しているからね。あの国のどこへ行っても、人びとはみんな自由の意識をもっているんだよ》

アウグスブルクはカトリック司教座の置かれた都市であったが、ルターの活発な活動を通して、プロテスタントの拠点にもなり、ついには、旧教徒と新教徒が対等の立場で同居するようになった町である。モリスコという理由でスペインを追われたリコーテがかの地を選んだのは、そんな背景があったからだろう。この町でリコーテは巡礼の一団と知り合い、スペインのあちこちの聖地を巡るのを生業とするようになった。敬虔なカトリック教徒であるスペイン人は巡礼を丁重にもてなし、お金も施してくれるため、けっこうな稼ぎになったのである。

サンチョに出会ったリコーテは相談を持ちかける。スペインを出国するさいに埋めておいた財宝を掘り出すのを手伝ってほしいというのだ。その財宝で、彼は北アフリカで辛酸をなめている妻子をドイツへ連れていこうと考えているのだった。

イスラム教徒同様にユダヤ教徒もキリスト教への改宗を求められた。社会の表舞台で活躍するため積極的に改宗する者（コンベルソと呼ばれた）もいれば、頑なに信仰を守る者も。人それぞれである。ところが一四九二年、カトリックの守護者をもって任じるイサベル女王とフェルナンド二世は、イベリア半島最後のイスラム国家であるグラナダ王国を滅ぼしてレコンキスタ（国土再征服）を完成させると、すぐさまユダヤ教徒に対して、キリスト教に改宗するか、四カ月以内に国外退去するか選択を迫る。そこにはユダヤ教徒の財産を奪うという狙いもあった。

この追放令によって亡命したのは十万人とも十五万人ともいわれ、多くは宗教的に寛容だったオランダを目指した。十七世紀に入ってスペインが衰退しオランダが台頭した理由のひとつが、商才に富んだユダヤ教徒の追放令をきっかけとする流出と流入だったといわれる。一方、改宗した者の中には国の要職に就いて権勢をふるう者もいたが、多くは生粋のキリスト教徒からマラーノ（豚）とさげすまれた。

「転向」した者が、現在の自分の立場を守るため、かつて自分が属していた組織や信じていたイデオロギーを憎悪むき出しで攻撃することがままある。悪名高いスペインの異端審問所の初代大審問官を務め、十八年間の在職中に約八千人を焚刑に処したと伝えられるトマス・デ・トルケマダ（一四二〇—一四九八）はコンベルソだったという。

一九二五年、『ドン・キホーテ』の従来の読み方をひっくり返す著作が刊行された。アメリコ・カストロ（一八八五—一九七二）の『セルバンテスの思想』である。

カストロは「黄金世紀」と呼ばれるセルバンテスの生きた時代は、じつは生粋のキリスト教徒とユダヤ教から改宗したコンベルソの葛藤の時代であり、コンベルソの葛藤が、体制に埋没しない偉大なる精神を生んだと主張する。その顕著な実例が、インディオの人権擁護のために『インディアスの破壊についての簡潔な報告』を著したラス・カサス神父、スペイン神秘主義の開祖にして修道院改革に尽力したアビラの聖テレサ、ヘブライ学の大家にして卓越した抒情詩人であったフライ・ルイス・デ・レオンだという。そして、わがセルバンテスもコンベルソの家系に連なる人物だというのである。

セルバンテスが、オスマン帝国を相手にしたレパントの海戦で獅子奮迅の活躍をし、左手に大けがを負ったというのは、「キリスト教の戦士」であることにみずからのアイデンティティーを求めた結果だったのかもしれない。さらに、キホーテをセルバンテスの投影と見ると、その言動にはみずからのアイデンティティーを探し求める初老男の哀切が感じられるのだ。生粋のキリスト教徒であり、それを誇りとするサンチョの葛藤のない言動がそれを際立たせている。やはり『ドン・キホーテ』は並の小説ではない。

第22章　従僕との決闘

そういうことなら、このたびは間違いなく、おいらは泥棒じゃなくて愚か者と思われるでしょうよ　（サンチョ）

モリスコのリコーテと別れたサンチョは、キホーテのいる公爵の館をめざして急ぐが、日が暮れてしまう。街灯などない時代である。夜が明けるのを待つしかない。寝場所を探そうと道を外れたサンチョは、不運にも驢馬とともに深い穴に落ちてしまう。

一方のキホーテは、娘を弄んだ男を何とかしてほしいという老女の頼みを聞き入れ、男と決闘することと相成る。問題の男はとっくにオランダへ逐電していたのだが、決闘を面白がった公爵は、自分の従僕を男の代役に仕立てたのだ。鎧兜を付ければ顔など分からないからだ。

決闘の前日、稽古のためロシナンテを駆って野を走っていたキホーテは、すんでのところで深い穴に落下しそうになる。注意深く穴をのぞくと、暗い底から《わしの声の聞こえるキリスト教徒はいねえかい？》という声が聞こえてくるではないか。それがサンチョの声のように思われたキホーテが《その下におるのは誰じゃ？》と呼ばわると、《かの高名な騎士、ドン・キホーテ・デ・ラ・マンチャの従士だった男のなれの果てですよ》と返ってきた。底にいるのが生きたサンチョだと理解するや、キホーテは館にとって返して大勢の者を連れて舞い戻り、従士と驢馬を引き上げたのである。

サンチョと驢馬が穴の底から姿を現すと、館から手伝いにきた一人の学生が悪態をつく。《これが世のすべての悪徳領主たちの成れの果てさ》と。みずからの狭量な正義感で権力者を裁断する。それが若さの特権であり、落とし穴でもある。権力者を罵倒することが正義であり、格好いいと考える若者はかように大昔から存在する。最近では大人になれない幼稚な年寄りの同じような言動を見聞する。たちが悪い。

それはさておき、学生の言葉を聞きつけて腹を立てたサンチョがやんわりと反論すると、キホーテは《お前の良心にやましいところさえなければ、人にはなんとでも言わせておけばよい》と諭し、こう続ける。《もし領主が金持になって職を辞せば、それこそ、泥棒呼ばわりされるであろうし、また、一文無しで引き上げようものなら、今度は、役立たずの愚か者と噂されるのが落ちだからな》。庶民とは口さがないものだ。サンチョは応じる。《そういうことなら、このたびは間違いなく、おいらは泥棒じゃなくて愚か者と思われるでしょうよ》。こういう主従の会話こそが『ドン・キホーテ』の醍醐味だ。

館に戻ったサンチョは、驢馬を馬小屋で楽にさせてから公爵夫妻のもとに出向き、長々と統治の実情を報告し、こう宣言するである。《「陣取り遊び」の子供たちが、あっちこっちへ跳ぶのを真似て、島の領主から、またドン・キホーテ様の従士のほうへ跳ぶことにします》

さて、決闘の日がやってくる。馬上槍試合である。キホーテを笑いものにしたいだけで流血までは望んでいない公爵は、仇の代役に立てた従僕にキホーテを殺すことも傷つけることもしてはならないと厳命し、キホーテにはとことんまでやり抜こうなどと思わないでもらいたいと頼む。キホーテが勝てば仇は老女の娘と結婚し、キホーテが敗れたら仇は履行を迫られている義務から解放されるという条件である。

中世ヨーロッパでは、「神は正しき者に勝利を与える」という理屈で、決闘によって黒白をつける決闘裁判がしばしば行われた。チャールトン・ヘストン主演の映画『エル・シド』（アンソニー・マン監督）の原作であるスペインの英雄叙事詩『エル・シードの歌』の第三歌にも決闘裁判が描かれている。レコンキスタの英雄エル・シードは、二人の娘の婿にカリオーン伯爵の御曹子兄弟を迎える。ある日、城で飼っているライオンが檻から抜け出してしまう。婿の一人はエル・シードが寝ていた腰掛け台の下にもぐり込み、一人は部屋の外に逃げ出し、ブドウ圧搾機のかげに身を隠した。

この一件ですっかり面目を失った兄弟は、自分の妻をなぶりものにすることで恥辱を雪ごうと計画、妻に所領を見せたいという口実で里帰りを願い出る。里帰りの道中、兄弟は森の中で姉妹の衣服を剥ぎ取り、締め金のついた馬の腹帯でさんざん打ちのめし、拍車のついた靴で蹴りつけて瀕死の状態にするのである。

瀕死の状態の姉妹を森に打ち捨て、実家に逃げ帰ったカリオーン家の兄弟に報復するため、エル・シードは国王に宮廷会議（法廷）の開催を求める。

召喚された兄弟に反省の念などかけらもなく、法廷の論戦でこう言い放つ。《われらは最高の純血を誇るカリオーン家に生まれた者。このような結婚をしてミオ・シード・ドン・ロドリーゴ（エル・シードのこと）と婿舅の関係を結ぶ話など願い下げにしたほうがよかったのだ。あの人の娘たちを打ち捨てたことをわれらはいささかも悔やんではおらぬ》

双方の言い分にたっぷりと耳を傾けた国王は論戦を遮り《では明朝太陽のさし昇るとき、当法廷で戦いを挑んだ者とその挑戦に応じた者同士が三人対三人で決闘を行なえ！》と命じる。あまりに急なスケジュールに兄弟が猶予を求めたため、決闘は三週間後、カリオーンの沃野で国王臨席のもとで行われることになる。国王は告げる。《定められた期限がすぎても決闘の場に現われぬ者はこの訴訟に敗れたものとみなされ、裏切り者の汚名を受くることになろう》。

決闘は兄弟とその兄の三人に、エル・シードの家臣三人が挑むことになる。公平を保つため《双方の占める位置がくじで決められ、日光を平等に分かつよう配慮され》る。六人は鎖鎧と鎖頭巾を着用した上に鎧兜で身を固め、手には盾と三角旗の付いた槍を持ち、剣を佩いて馬に跨がり、敵と定めた相手目がけ突進する。

カリオーン家の三兄弟は、エル・シードの臣下三人の敵ではなかった。一人は槍で胸を刺されて落馬、相手が剣の鞘をはらうや「降参」と言って敗北を認める。一人は脳天に剣の一撃を食らい、決闘場の外へ飛び出してしまう。相撲と同じで外へ出れば負けとなるのだ。残りの一人は槍で脇腹を突かれ落馬、再び槍で突かれる前に「突かないでくれ、お願いだ！」と哀願した。

以上『エル・シードの歌』によって決闘裁判の概要を示したわけだが、キホーテと従僕の決闘もこれと似た手順を踏んで始まる。セルバンテスはこう記す。《決闘の立会い人は、陽光が二人の闘士に平等に当たってどちらも不利をこうむることのないように、二人が占めるべき場所を定め、それぞれを位置につかせた》

決闘の開始を告げる太鼓とラッパの音が響くや、キホーテは従僕目がけて突進する。ところが、従僕はまったく動こうともせず、大声をあげて立会人を呼び、質問をする。《この決闘はわたしがあの娘さんと結婚するかしないかでやるんでしたね?》。《そのとおりじゃ》という答えを聞くと、従僕は宣言する。《この場で自分が決闘に負けたものと認め、あの娘さんと早々に結婚したいと、はっきり申しあげます》。この日、決闘裁判の訴人である老女の娘を目にして恋に落ちてしまったのだ。従僕は老女に近づき、大声で呼びかける。《わたしは喜んであなたのお嬢様と結婚させてもらいますよ》

事情を飲み込んだキホーテは従僕を祝福するが、従僕が老女と娘の前で兜を脱ぎ素顔をさらすと、二人は《これはいんちきだわ》と大声をあげる。するとキホーテは、決闘に勝利して栄光を手に入れるであろう自分を妬む魔法使いの仕業であると断じる。そう、美しいドゥルシネーアが醜い百姓娘に変えられたように、問題の男も従僕の顔に変えられたというわけだ。

従僕の心変わりにひどく立腹していた公爵だったが、キホーテの頓珍漢な言葉によって怒りはおさまり、男が従僕に変えられたかどうかはっきりするまで、監禁して様子を見ようと提案する。ところが、さっきまで《いんちきだわ》と言っていた老女の娘が《あたしにとっては、立派な紳士の情婦としてなぶり者にされるより、従僕さんのまっとうな妻になるほうがはるかに喜ばしいことですもの》と、従僕の求婚を受け入れると言い出すのである。

こうして決闘裁判は一件落着となった。めでたしめでたし、というところだが、「パンとサーカス」を求める人々が、ひどく落胆して決闘場をあとにしたのは言うまでもない。

スペイン・カスティーリャ地方の町のほとんどには、その中心にマジョール広場がある。市や闘牛や儀式がここで開かれてきたのだが、観衆をもっとも興奮させたのは公開処刑であった。異端審問の盛んな時期には「アウト・デ・フェ」と呼ばれる異端判決宣告式とその後に行われる火刑が人気を集めたという。

第23章　さらば公爵夫妻

自由というのは天が人間に与えたもうた、最も貴重な贈物のひとつであってな、自由のためなら、名誉のためと同様、生命をかけてもよいし、また、かけるべきなのじゃ

（キホーテ）

無事に決闘を終えたキホーテは公爵夫妻にいとまごいをし、サンチョとともに馬上槍試合が開催されるサラゴサへ向かうこととなる。公爵はたっぷり楽しんだ見返りに、キホーテに気づかれぬよう二百エスクード金貨の入った財布をサンチョに与える。どれほどの価値か？　当時の基準では一エスクードは八七・五パーセントの金三・三八グラムに相当したというから、現在の金価格（グラム四千五百円）で単純計算すると約二百七十万円となる。

出立の朝、館の全員が主従を見送っていると、侍女のアルティシドーラがいかにも悲痛な調子で嘆きの詩を歌い始める。これは公爵夫妻のあずかり知らぬことであった。《お聞きください　つれなき騎士よ》と始まる長々とした詩。その中には聞き捨てならない一節があった。《またあなたは　三つの夜帽と　大理石のごとく滑らかな脚にまく　白黒まだらの靴下どめを　あたしのもとから持ち去らんとす》。この女、最後の最後までキホーテを弄んでやろうという魂胆なのだ。もちろん、キホーテには身に覚えのないことである。すると、アルティシドーラの悪ふざけを利用して公爵は、靴下どめ

を返さないのならば、自分が真剣の決闘を申し込むと挑発する。

公爵が決闘を持ち出してまでこだわる「靴下どめ」とは、長靴下がずり落ちないよう太ももでとめるガーターのこと。いわば下着の一種である。となると、キホーテは下着ドロの嫌疑をかけられたのか。いや、そこにはもっと深い意味があったのだ。

時は十四世紀中葉、フランス王国の王位継承をめぐり英仏が争った百年戦争（一三三七―一四五三）のさなかのことである。事件はイングランドのウインザーで開かれた舞踏会で起こった。踊っていた伯爵夫人の太ももからガーターが外れ落ちる。周囲の女性たちは「何とはしたないこと」と嘲笑する。ところがイングランド王のエドワード三世は何食わぬ顔でこれを拾い、「悪意を抱く者に災いあれ」と言って自分の左ひざに付けたという。騎士道物語『アーサー王伝説』に感化された王の行動は騎士道精神の鏡と評判となり、エドワード三世はこの物語に登場する円卓の騎士をまねてガーター騎士団を創設する。天皇陛下も受けられたイングランド最高の勲章であるガーター勲章は、この逸話に由来する。

ガーターと騎士との関係はここから始まり、戦地へ赴く騎士の武勲を祈って貴婦人は自分の付けていたガーターを渡したという。ガーターはただの下着ではないのである。それを盗んだのであれば、決闘も致し方なしというのが公爵の理屈であろう。

公爵の挑発をキホーテが冷静に《おそらくは、その侍女殿が、あちこち隠しどころをお探しになれば、見つかるはずのものでござろう》と受け流すと、ここが潮時と考えた公爵夫人が割って入り、キホーテの出立を促す。すると、その場の空気を読んだアルティシドーラは白々しくこう口にするのである。《靴下どめはたしかに、あたしのこの脚にはめてありましたわ》

公爵夫妻の歓待（実際は愚弄）とアルティシドーラの求愛を苦痛に感じていたキホーテは出立して広々とした野原に出ると、やっと自分本来の持ち場に戻ったような気持ちになる。ここでキホーテはサンチョに向かってこんな言葉を吐く。

自由というのは天が人間に与えたもうた、最も貴重な贈物のひとつであってな、自由のためなら、名誉のためと同様、生命をかけてもよいし、また、かけるべきなのじゃ

十七世紀初頭に書かれたこの言葉は、アメリカ独立戦争（一七七五―八三）のスローガンとなったパトリック・ヘンリーの「自由を与えよ、さもなくば死を与えよ」につながり、さらにフランス革命（一七八九）のスローガン「自由、平等、友愛、さもなくば死を」につながってゆく。そうではあるが、二つのスローガンには大切な言葉が欠落している。それは「名誉」である。

さらにこのときキホーテはサンチョにこんなことも言っているのだ。《天からただ一切れのパンを授かり、天を除いては感謝すべき相手をもたぬ者こそ、さいわいなるなかな！》。自由の前に天（神）への感謝の念があるのだ。これも二つのスローガンには言語化されていない。名誉を何よりも尊ぶ気持ちと、神への感謝の念を脇へ置いたまま、ひたすら自由を求めてきたのが西欧近代の歴史ではなかったか。人間は際限なく傲慢かつ利己的になってゆく。

第24章　新たな苦悩

拙者はこれまでさんざん苦労してきたものの、この腕でいったい何を征服したのか分かり申さん　（キホーテ）

サラゴサをめざして旅する主従は、草原で昼食をとっている一団と遭遇する。彼らの脇には白い布に包まれた何かが置かれていた。興味を持ったキホーテは丁重にあいさつをしたうえで、何を白い布で包んでいるのか尋ねる。

それは祭壇の飾り衝立で、聖人の浮き彫りが施されていた。全部で四つあり、馬にまたがり大蛇の口に槍を突き立てる聖ゲオルギウス、みずからのマントを貧者と分け合う聖マルティヌス、馬上で刀を振りかざしモーロ人を蹴散らす聖ヤコブ、キリスト教に回心する聖パウロが彫られていた。マルティヌスを除く三人は殉教者である。

キホーテは無知なサンチョに説明する。《この騎士（ゲオルギウス）は神の軍隊における、もっとも優れた遍歴の騎士のおひとりでござった》《この方（マルティヌス）は勇敢というよりはむしろ気前のよい方だった》《この方（ヤコブ）こそ騎士のなかの騎士で、キリスト教の軍隊に所属しておいでじゃ》《この方（パウロ）は、かつてわれらの主たる神の教会にとって最大の敵であったが、後に

は偉大な庇護者となられた》

サンチョは主人の博識に感嘆するものの、聖人に触れることで内奥にくすぶっていた苦悩と向き合わざるをえなくなったキホーテは深い愁いに沈み、こんな言葉を口にする。《罪深い拙者は人間臭ふんぷんたる戦いをしてきた〔……〕拙者はこれまでさんざん苦労してきたものの、この腕でいったい何を征服したのか分かり申さん》

キホーテは自分のふがいなさに打ちのめされ、果たして自分は神の騎士として栄光を手にすることができるのかと思い悩む。しかしすぐに思い直す。《だが、わがドゥルシネーアが現在おちいっている苦境から抜け出してこられたら、拙者の運命も好転し、判断力もよくなって、今たどっているのより、はるかに恵まれた行路を進むことになるやも知れませんて》

魔法使いによって醜い百姓娘に姿を変えられた思い姫が元の美しい姿に戻れば……。そのためには、サンチョが自分の尻を三千三百回も鞭で打たなければならない。サンチョはひとごとのように《そいつを神様がお聞きとどけになって、悪魔の奴には耳をふさいでもらいたいね》と返事をする。

飾り衝立の一団と別れた主従は、いつものように会話を交わしながら進んでゆく。ドゥルシネーアの話題からそれたいのだろう、サンチョは次から次に新しい話題を振ってゆく。たとえば、先ほど見たばかりの聖ヤコブ（スペイン語でサンティアゴ）の浮き彫りに関連してこんな質問をする。《スペイン人がなにか戦いをおっぱじめるとき、「サンティアーゴ、閉まれ、スペイン！」と、どなるのはどういう理由なんですかい？》。キホーテは、モーロ人と戦闘を繰り広げていたスペインに守護聖人として神から遣わされたサンティアゴがモーロ人を蹴散らしたという「史実」から、そういう鬨の声を挙げるようになったと説明する。サンチョの思うつぼである。

聖ヤコブの名前が出てしまっては、道草を食わないわけにはいかない。何と言ってもスペインの守護聖人なのだから。

ヤコブは十二使徒の一人。もう一人のヤコブと区別するため大ヤコブと呼ばれる。伝承によれば、キリストの昇天後、ヤコブはスペインに渡って布教活動を行うもののさっぱり成果があがらなかった。この地で改宗させて得た弟子は九人とも一人とも言われている。エルサレムに戻り布教を続けた彼は統治者のヘロデ・アグリッパの命によって首を打ち落とされる。こうして彼は最初の殉教者となった。

弟子たちはひそかにヤコブの遺骸を船に乗せて船出する。埋葬の場所は神のおぼしめしと、舵に頼らぬ風まかせの航海であった。船は地中海を横断、ジブラルタル海峡を抜け大西洋へ出て北上し、スペイン西北部のガリシア地方に漂着する。弟子たちが遺骸を船からおろし大きな石の上に置くと、石は蠟のようにくぼみ、棺の形になったという。ガリシアを支配していた異教徒の女王ルパは、遺骸と弟子たちを排除しようとしたが、さまざまな奇蹟を目の当たりにしてキリスト教に改宗、自分の宮殿を聖ヤコブ教会として遺骸を丁重に埋葬したという。

史実と認めることなど到底できない伝承だが、九世紀初頭に一つの奇蹟を引き起こす。それはイスラム教徒に追い詰められていたイベリア半島のカトリック教徒に、大きな勇気を与えるものだった。

ご存じのように八世紀前半、イスラムのウマイヤ朝がイベリア半島を治めていた西ゴート王国を滅ぼし、その大半を征服してしまう。抵抗を続けた西ゴート王国の貴族ペラーヨは、イベリア半島北西部の山岳地帯に逃れ、現地人の勢力と結んでアストゥリアス王国を建国、ここを拠点にレコンキスタを企てる。

九世紀初頭、聖なる事件が起きる。星に導かれた羊飼いがガリシア地方の野原で聖ヤコブ（サンティアゴ）の棺を発見したというのである。この報を聞いたアストゥリアス王国のアルフォンソ二世は、その場所、つまり星の野原（コンポステラ）にヤコブを祭る聖堂を建造する。これがキリスト教三大聖地の一つであるサンティアゴ・デ・コンポステラの始まりである。

棺の発見がイスラムとの激しいせめぎあいの最中だったこともあり、人々はイスラム教徒を撃退するため、神がヤコブを使わしたと考えた。これ以降、《この聖人が戦場でモーロの軍勢を打倒し、踏みつけ、蹴ちらし、殺しているお姿は、多くの者によって何度も目撃されているのじゃ》とキホーテも言うように、ヤコブは白馬に跨がってイスラム教徒を殺戮する聖人として崇められるようになり、「マタモーロス」の名が付けられる。「モーロ人（イスラム教徒）殺し」の意味だ。聖人らしからぬ物騒な名前である。聖人が殺し屋と矛盾なく結び付くこの心のあり方が、のちに新大陸における現地人虐殺を招くのである。

聖ヤコブへの信仰は、レコンキスタを進めるイベリア半島のキリスト教徒に強大なエネルギーを供給し、一四九二年に目的を完遂した後は、新大陸の征服を支える。神の名において殺戮や略奪が認められるのであれば、人間はここまで残虐になれるのである。いや、世俗的な欲望を持った人間が信仰を利用したとも言えるのだが……。

ところでこの聖人、日本とも無縁ではない。キリシタン農民を中心とした百姓一揆である島原・天草の乱（一六三七―三八）である。白地に十字を旗印にした一揆勢が生命を捨てる覚悟で突撃するさいに挙げた声が「さんちゃご（サンティアゴ）」だった。また、総大将の天草四郎が指物に瓢箪をくくりつけている絵が残されているが、それは巡礼杖に付けた水筒代わりの瓢箪が聖ヤコブの象徴だったからだ。

最終的に彼らは乳幼児や老人を殺害したうえで原城址に立てこもり討伐軍と対峙する。立てこもったのはおよそ三万七千人といわれる。老中松平信綱を指揮官とする十二万人の討伐軍は、原城址を包囲して兵糧攻めにし、二カ月後、弱り果てた一揆勢に総攻撃をしかけ、全滅させる。原城址には白馬に跨がった聖ヤコブはついに現れなかった。これを書きながら「神はなぜ沈黙を続けているのか」と問うた遠藤周作の名作『沈黙』を読み返したくなった。島原・天草の乱後、キリシタン弾圧がより過酷になっていった時代を舞台にした作品である。

九世紀初頭に発見され、サンティアゴ・デ・コンポステラのサンティアゴ教会に丁重に祭られていた聖ヤコブの遺骸が、長期間行方不明になったことがある。原因をつくったのは英国人として初めて世界一周を成し遂げたフランシス・ドレーク（一五四三頃―九六）である。

奴隷貿易に従事していた若いころ、スペイン海軍の奇襲を受けて全てを失った彼は、スペインに復讐することを生きがいとした。一五八八年のアルマダの海戦では、英国艦隊副司令官としてスペインの無敵艦隊を撃破した軍人だが、女王公認の海賊という顔も持っていた。彼はスペイン沿岸やスペインが支配するカリブ海域で略奪行為を繰り返していた。特に英国から目と鼻の先にあるスペイン北部沿岸の町にとっては悪魔のような存在だった。

ヤコブの遺骸が眠るサンティアゴ・デ・コンポステラもドレークの襲撃を受ける可能性があった。そんなわけで、略奪を恐れたサンティアゴ教会の関係者は遺骸をひそかに別の場所に隠した。ところが、関係者が隠匿場所を漏らさず亡くなったため、どこにあるか分からなくなってしまう。発掘調査によって再発見されたのは、三百年後の一八七九年のことだった。

ドレークは、パナマ沖に停泊中の船の中で赤痢のため人生を閉じる。遺体は鉛の棺に納められ海に沈められたという。トレジャーハンターがこの棺を探しているというが、いまだに見つかっていない。

主従は会話を交わしながら旅を続ける。ドゥルシネーアにかけられた魔法を解くことにキホーテの関心が向かわぬよう、サンチョは次々に新たな話題を繰り出す。聖ヤコブのおつぎはキホーテに求愛した公爵夫人の侍女アルティシドーラについてだ。サンチョは言う。《侍女のあつかましさには、本当におったまげたよ。おそらくあの娘は、世間で「愛」と呼ばれている小僧の放った矢に、ものの見事に射抜かれちまったにちげえねえ》

キホーテはこう応じる。《「愛」というものは思いやりを欠いたものであり、その展開において理性の束縛を受けることがない〔……〕ある人間の魂を完全に支配したとなると、まず最初にすることが、その人間から恐れと恥じらいの気持を奪い取ってしまうことなのじゃ》。ここでいう「愛」とは神の愛ではなく、特定の相手を独占したいという欲望であろう。だからこそ『葉隠』で山本常長は、一生打ち明けることのない忍恋こそが貴いと説くのである。騎士道と武士道には相通ずるところが多い。

サンチョは熱烈な求愛を受けながらそれを袖にした主人を《まるで心臓は大理石、腹のなかは青銅、それに魂は漆喰でできてるみたいじゃありませんかい！》と非難する。そこには一人の男としての嫉妬があった。自分の目でキホーテの容姿を見る限り、どこにも女性に惚れられる要素などないのに……というわけだ。サンチョはまこと正直な男である。

嫉妬の滲むサンチョの非難をキホーテは鷹揚に引き取る。《サンチョよ、なるほどわしは自分が美男でないことはよく承知しておる。が同時に、人に不快感をもよおさせるほど醜男ではないということもまた知っておる》と、容姿についての冷静な自己認識を述べてこう続ける。《善意の男が、心の美しさを示す資質に恵まれておれば、妖怪でない限り、女の大きな愛を受ける資格が十分にあるのよ》

正論ではあるが、キホーテの狂気はどこへ行ってしまったのか。

第25章　雄牛の大群

人間が犯す罪のなかでもっとも大きなものは傲慢だと申す者もおるが、拙者は、地獄は恩知らずでいっぱいだという下世話に従って、それは忘恩であると主張したい

（キホーテ）

主従は街道をはずれてとある森の中へ入ってゆく。しばらくすると、キホーテは木から木へと張りめぐらされた緑色の網に取り囲まれていることに気づく。ここでひさしぶりに狂気のスイッチが入ったキホーテはサンチョに向かって叫ぶ。《魔法使いどもが、アルティシドーラに対するわしのすげなさの報復として、わしをこの網のなかに閉じ込め、わしの行く手をふさがんとするものであろう》

キホーテが剣で網を切り裂こうとしたその瞬間、前方の木々の間からこよなく美しい娘二人が姿を現した。その美しさをセルバンテスは《太陽でさえこの二人の姿を眺めようとしてその進行をとめた》と記す。

二人は近くの豊かな村の住人で、仲間とともに森の中で牧人の格好をしてこれから宴会を開くのだという。網は余興で鳥を捕獲するための霞網であった。

二人の娘にキホーテが素性を明かすと、出版されていた『ドン・キホーテ』を読んでいた二人は感激し、ぜひ宴会にゲストとして加わってほしいと懇願する。最初は《拙者が一か所にゆっくりと休ら

うことは、差しせまった責務を帯びた拙者の使命が許さぬ》と辞退するが、やってきた娘の兄から改めて丁重に招待されたため、これを受け入れる。

三十人ばかりで食卓を囲み、主従は豪華な食事を堪能する。食事を終えると何を思ったかキホーテは演説を始めるのである。こうだ。


人間が犯す罪のなかでもっとも大きなものは傲慢だと申す者もおるが、拙者は、地獄は恩知らずでいっぱいだという下世話に従って、それは忘恩であると主張したい

これだから『ドン・キホーテ』は油断ならない。恩とは束縛をともなう。恩を感じれば必ず何らかの形で報いなければならないからだ。束縛を嫌う人間は恩を嫌い、似て非なる感謝で代用しようとする。感謝には束縛がないからだ。執行草舟氏はその著書『生くる』の中に記している。《個人に対して感謝は何の束縛も生まないが、恩はとてつもない束縛としてのしかかってくる。それゆえ、現実の人生においては、感謝はいつでも偽物になり果て、恩は、それがいかに小さくとも本物を生み出す》。煎じ詰めれば、恩に報いることで人は生きがいと満足を感じるのだ。忘恩の人間が生きがいを求めて自分探しなどをしても何も見つかるはずがない。

キホーテは続ける。《恩恵に心から感謝しつつも、現在、それ相応の返礼をしうる立場にござらぬので、その代償として、拙者の限りある力でもってなしうること、かつ拙者の職務にふさわしいことをさせていただきたい》

豪華な食事を振る舞われた恩に対して、二日の間、サラゴサ街道の真ん中に立ち、ここで出会った二人の娘こそ、この世でもっとも麗しく礼節をそなえた女性であると大声で唱えるというのである。もちろん、思い姫のドゥルシネーアは棚に上げてのことだ。

周囲の者はそこまで義理立てする必要はないと制止するが、キホーテはこれを振り切り、盾に手を通し、槍を小脇にかい込んでロシナンテに乗り、街道の真ん中に立ちはだかった。そしてあたりの大気をつんざくばかりの大声でこう呼ばわり始めた。《この草原と森に住む妖精たちのそなえた美しさと気高さこそ、わが魂のドゥルシネーア・デル・トボーソを別にすれば、この世のあらゆる美しさと気高さをはるかに凌駕するものであると、この剣にかけて主張する者でござる》

キホーテは同じ台詞を二度繰り返したが、周囲には誰もいない。しばらくすると、槍を手に馬に乗った一群の男たちが街道の向こうから猛烈な勢いでこちらに向かってきた。キホーテの周囲にいた者たちはちりぢりに逃げ出し、サンチョはロシナンテの陰に身を隠した。キホーテは武者震いをひとつして、不敵な面構えで一群を悠然と待ち受けるのであった。

サラゴサ街道の真ん中に立ち、馬に乗って走ってくる一団と対峙するキホーテ。先頭の男が大声で怒鳴る。《おい、そこのおっさん、早く道をあけるんだ！　うろうろしていると、牛に踏みつぶされてしまうぞ！》

馬の後ろには闘牛用の雄牛の大群が続いていた。一団は闘牛の開催地に牛を移動させていたのだ。キホーテはひるむことなく叫ぶ。《何をぬかすか、この下司野郎め！》。次の瞬間、雄牛の大群は雪崩のように主従とロシナンテと驢馬を飲み込み、スピードを落とすことなく走り去っていった。踏んだり蹴ったりとはこのことだ。生きていたのが奇跡と言うべき災難である。

キホーテの時代にも闘牛は行われていたのである。ただ、闘牛士が剣でとどめをさす興行としての近代闘牛とは異なり、当時は王侯貴族が婚礼や戴冠式のさいに催す祝祭行事で、馬に乗った貴族が槍でしとめる形だった。

イベリア半島の闘牛の起源ははっきりしないが、一万四千五百年前に描かれたアルタミラの洞窟の壁画を見ても分かるように、半島の住人と牛（ヨーロッパ・バイソン）の縁は深い。生き生きと精確に描かれた牛を見たピカソは「われわれのうち、だれもこのように描くことはできない」と驚嘆したというが、牛が人々の生活に密着した存在だったからこそ、このような絵を描くことができたのだ。ちなみにもっとも古い闘牛の記録は、一〇八〇年にアビラで貴族の結婚を祝うために開催されたものである。

王侯貴族が主催する祝祭行事であった闘牛は十八世紀になって危機を迎える。ハプスブルグ朝に代わったフランス起源のブルボン朝の王たちが闘牛を嫌ったのだ。彼らの目には「野蛮」としか映らなかったらしい。一七五四年、国王フェルナンド六世が貴族に対して闘牛禁止令を発布、その担い手は庶民へ移ってゆく。

こうした流れの中で近代闘牛の祖となる男が登場する。まだ禁止令が発布されていない十八世紀前半、アンダルシア地方のロンダで馬上の貴族が牛と対決する闘牛が催された。落馬した貴族が牛の角で突かれそうになったとき、雑役で雇われていたフランシスコ・ロメロという男が、かぶっていたつばの広い帽子（コルドバ帽）を手に牛の前に立ちふさがり、帽子をカポーテ（ケープ）代わりに使って牛の突撃をかわしたのである。生命をかけたパフォーマンスに観衆はそれまで感じたことのない陶酔感を覚えたに違いない。かくして職業としての闘牛士が誕生し、彼の息子のファン、孫のペドロが軸となって近代闘牛の形をつくってゆく。

フランスの詩人ミシェル・レリス（一九〇一――一九九〇）の言葉を借りれば、それは《たしかにスポーツ的な要素は含むが、闘牛固有の悲劇的な性格――殺戮が行われ、しかもそれが祭式執行者の生命に対する直接の危険をともなった殺戮であることによって二重に悲劇的なその性格から、スポーツ以上のなにものかでもあると結論せざるをえない》類例のないものだったのだ。

雄牛の大群に踏みつけられ、やっとの思いで立ち上がったキホーテはよろよろと一団を追いかけ、《とまれ！　引き返せ！　下司な悪党ども！》と叫ぶが、先を急ぐ一団が立ち止まるはずもない。キホーテは腸の煮えくりかえる思いで道にへたり込む。受けた恩に報いようとした結果がこれである。羞恥に打ちのめされたキホーテは、豪華な食事を振る舞ってくれた人々にあいさつすることもなく、サンチョとともにその場から立ち去ってしまう。

第26章 『贋作ドン・キホーテ』

サンチョよ、わしは死にながら生きるために、そしてお前は食べながら死ぬために生まれてきたのじゃ　（キホーテ）

主従は涼しげな木立のあいだに湧く泉を見つけ、そこで雄牛の大群に踏みにじられて汚れた体を洗い流す。腹をすかせたサンチョが振り分け袋から食糧を取り出すが、キホーテは何ひとつ食べようとはせず、こんな言葉を口にする。

わしは物想いに沈み、不運にさいなまれてこのまま死なせてもらおう。サンチョよ、わしは死にながら生きるために、そしてお前は食べながら死ぬために生まれてきたのじゃ

要するに餓死しようというのだ。それにしても、なぜそこまで思い詰めてしまったのか。普段のキホーテであれば、雄牛の一件は、自分に悪意を持った魔法使いの仕業と受け止め、すぐに立ち直るはずなのに。

キホーテは愚痴る。数々の武勲を打ち立て、本にも書かれ、貴人からの尊敬も受け、若い女に言い

寄られた自分を待つのは、勝利の栄光しかないと考えていた。ところが、現実に待っていたのは《汚らわしくも粗暴な獣ども》に痛めつけられることだったと。彼の心は折れかかっていた。

「餓死してやる」と愚痴るキホーテにサンチョは《おいらはせいぜい食って、神様がお決めになってる最後のところまで、この命を引きのばすつもりなんです》と応じ、とにかくいまは腹ごしらえをしてひと眠りすべきだと助言する。よきキリスト教徒である。

サンチョの言葉が哲人の金言のように思われたキホーテは素直に従う気になり、ずっと気になっていたことをサンチョに頼む。ドゥルシネーアにかけられている魔法を解くために、自分が眠っている間に、ロシナンテの手綱を使って鞭打ちを三百回か四百回やってほしいというのだ。

触れないようにしてきた問題に言及されたサンチョは《さしあたって今は、二人とも眠ることでさあ、そのあとどうなるかは、神様がとっくにお定めになっていますよ》とかわし、《人間死ぬまでは生きているんだ。つまり、おいらはまだ生きてるから、生きてさえいりゃ、お約束を果たすこともできるちゅうことですよ》と主人を安心させる。キホーテは反論することなく、サンチョに感謝し、食糧を少しばかり口にして眠りにつく。

しばらくのち目を覚ました主従は、彼方に見える旅籠に向かって道を急ぐ。いかなる旅籠も城に見えたキホーテが、旅籠を旅籠として認識しているのだ。少し前に巻き込まれた牛の災難も魔法使いの仕業とは思わず、現実のまま受け止めていた。キホーテは自分を狂気に追い込むエネルギーが枯渇してきたのではないか。

宿屋に到着した主従が夕食の煮込み料理を食べ始めると、薄い板で仕切られた隣の部屋から話し声が聞こえてくる。《どうです、ドン・ヘロニモさん、夕食が運ばれてくるまでのあいだに、『ドン・キホーテ・デ・ラ・マンチャ』の続篇をもう一章、読んでみようじゃありませんか》。いきなり自分の名を耳にしたキホーテは立ち上がり耳をそばだてる。《わたしがこの続篇でいちばん気にいらないのは、ドン・キホーテを、すでにドゥルシネーア・デル・トボーソへの恋から覚めた騎士として描いているところです》という言葉を聞くやキホーテは激怒し、声を荒らげて《比類なきドゥルシネーア・デル・トボーソは忘れ去られるようなお方ではござらぬし、またドン・キホーテのなかに忘却が入りこむような余地もござらん》と怒鳴るのである。《われわれにお答えなされたのは、どこのどなたですかな?》と隣室の男が応じると、今度はサンチョがいきりたって《正真正銘のドン・キホーテ・デ・ラ・マンチャ御自身》と返す。すると、いかにも紳士然とした二人の男が部屋に入ってきて、一人がキホーテに敬意を表し、連れの男が手にしていた本をキホーテに手渡した。

この本こそが、本物の『ドン・キホーテ後篇』が刊行される一年前の一六一四年に出版された『才智あふれる郷士ドン・キホーテ・デ・ラ・マンチャ後篇』である。作者は学士アロンソ・フェルナンデス・デ・アベリャネーダという。

わが国は世界屈指の翻訳大国だとつくづく思う。アベリャネーダの贋作でさえも翻訳され丁寧な解説が付けられて刊行されているのだ。岩根圀和氏の仕事である。ありがたいことだ。贋作の序言でアベリャネーダは、ことさらにセルバンテスが片手であることを揶揄し、《気力だけは若者なみに盛んな老兵であられるので手先よりも口先ばかりが達者であると申さねばなりますまい》《寄る年波にすっかり気むずかしくなり、何事によらず悉くがお気に召さず、しかるがゆえに友人もいないのであります》とセルバンテスを嘲笑する。加えて《かの御仁は小生に侮辱を加えた》ばかりでなく、当時人気を博していた国民的劇作家ロペ・デ・ベガを貶めたと告発するのである。どうやら贋作はセルバンテスへの復讐心に突き動かされて書かれたようなのだ。贋作が出版されたとき、セルバンテスは後篇の八割ほどを書き上げていた。まさに完成まであと一歩のところで、彼を嘲笑・挑発するかのように贋作が現れたのだ。

贋作の扉にはアベリャネーダがトルデシリャス（一四九四年、新世界をスペインとポルトガルで二分割することを決めた条約が結ばれた地）の出身であると記されている。これは自分の正体が露見しないための偽装であろう。しかし、セルバンテスは後篇の序文で《(贋作の著者が) 自分の本名を隠したり生国を偽ったりし》と書いているように、アベリャネーダの正体を見抜いていたらしい。

贋作者アベリャネーダの正体を見抜きながら、セルバンテスはその名をどこにも記していない。その理由は定かでない。記すだけでおぞましいと感じていたのかもしれない。その代わりにセルバンテスは、贋作をパラパラと繰ったキホーテに、《この作者の記述には三つばかり非難すべき点が見あたりましたな》と言わせている。具体的には、序文に品のない文句があること、言葉遣いにアラゴン訛りがあり、あちこちに冠詞の脱落が見られること、サンチョの妻の名を間違えていること――の三つである。

贋作の序文を読む限りにおいては、かつてセルバンテスに侮辱を受けたことがあり、人気劇作家ロペ・デ・ベガの友人か取り巻きの人物ということになるが、これにキホーテの指摘や贋作のテキストの精緻な分析を加えて浮上してくるのが、ヒネス・デ・パサモンテ説だという。覚えておいでだろうか。ガレー船送りになるところをキホーテに助けられたにもかかわらず、サンチョの驢馬を盗み、その後変装してペドロ親方と称して人形芝居一座を率い、占い猿を使って客から金をだまし取っていた盗賊である。

盗賊の実名はヘロニモ・デ・パサモンテといい、セルバンテスの戦友だったという。セルバンテスはこの戦友をモデルに盗賊パサモンテを造形したらしい。これをもって贋作の著者は序文で《小生に侮辱を加えた》と記したというのである。だが、この説にも決定的な裏付けはない。

アベリャネーダの『贋作ドン・キホーテ』を読むと、まず単純な人物造形に辟易とする。キホーテは凶暴でサンチョは愚鈍。『ドン・キホーテ』の核である二人の会話にはユーモアも機知も感じられない。筋はご都合主義そのもの。その才においてセルバンテスとは月とすっぽんである。その結末においては、キホーテは狂人として瘋癲病院に入れられるのである。


贋作を詳細に読み込んだであろうセルバンテスは、宿屋で知り合った紳士にこう語らせている。《新作の物語でもやはりドン・キホーテが、まあ彼がドン・キホーテの名に値するかどうかは別として、サラゴサの馬上槍試合に出場していますが、その描写は独創性がまったくなく、騎士たちの盾に書かれた銘詩も貧弱で、その衣装はさらに見すぼらしいものです。もっとも、ばかげた笑止な描写には事欠きませんがね》と。

ここまでサラゴサの馬上槍試合に参加するつもりでいたキホーテは、紳士の言葉を聞いて、大きな決断をする。《そういうことなら、拙者はサラゴサには一歩たりとも足を踏み入れぬことにいたそう。そうすれば、その新しい物語の作者の嘘を天下にさらし、彼の描くドン・キホーテが拙者ではないことを、世の人びとに知らしめることになるはずじゃ》

かくして主従は、サラゴサを目の前にしながら、別の馬上槍試合が行われるバルセロナを新たな目的地とするのである。

第27章 ゴルディオスの結び目

おいらの主人はおいら自身だからね　（サンチョ）

セルバンテスは書く。《あの新しい作家の物語が嘘であることを暴きたてたいというドン・キホーテの願望はかくまでに強かったのである》。「それはキホーテの願望ではなく、あんたの願望だろう」とつい茶々を入れたくなる。

宿屋を出てから六日間は、書きとめるに値することは何ひとつ起こらず、主従は六日目の夜、うっそうと茂った樫の林の中で過ごすことになる。ここでセルバンテスは《この樫の木の種類に関しては、シデ・ハメーテはいつもの厳密さを欠いていて、はっきりとしていないのである》と記す。『ドン・キホーテ』の原作者にでっち上げたアラビア人史家シデ・ハメーテのせいにしているが、マドリード周辺やかつて暮らしたバリャドリード周辺、そして無敵艦隊の食料徴発人、はたまた滞納税金の徴収吏として歩き回ったラ・マンチャやアンダルシアについては十分に土地鑑のあるセルバンテスだが、カタルーニャ地方についてはまったく不案内だったのだ。

ぐっすりと眠り込んでいるサンチョのとなりで、キホーテは千々に乱れる物思いのために頭が冴えてまんじりともできない。理由は明確だ。ドゥルシネーアにかけられた魔法を解くためには三千三百回の鞭打ちをしなければならないのに、まだ五回ほどしか実行していないサンチョに対するわだかまりである。

悶々とするキホーテは、その昔フリギアのゴルディオス王が結んだ複雑な縄の結び目を解いた者はアジアを支配するという神託のあったことを思い出す。アレクサンドロス大帝はこれを剣で断ち、アジアを征服したのである。この逸話は「ゴルディオスの結び目を断つ」という成句になり、手に負えない難問を誰も思いつかなかった大胆な一撃で解決することのメタファーとして使われるようになった。

ドゥルシネーアにかけられた魔法を解くには、サンチョが自発的に自分の尻を三千三百回鞭打つ必要があるのだが、従士にその気はまったくない。ならば、アレクサンドロス大帝のように、ゴルディオスの結び目を断てばよいとキホーテは考えたのだ。《あの男が自分で自分の体を叩くのと、他人が鞭を当てるのと、どこに違いがあるというのだ?》

ロシナンテの手綱をはずして鞭の用を果たすよう整えたうえで、眠っている従士に近づいたキホーテは、ズボンを吊している紐をはずしにかかる。異変に気づいた従士が《どこのどいつだ?》と叫ぶと、《わしじゃ。お前の怠慢を補い、わしの苦しみをいやすためにしておるのじゃ》とキホーテは応じ、少なくともこの場で二千回の鞭打を加えたい意思を伝える。従士は猛然と抗議する。しかし、キホーテも引かない。強引にズボンを脱がしにかかると、立ち上がった従士は逆襲し主人をねじ伏せてしまう。

《これは何の真似じゃ、この裏切り者め! おぬしの主人であり本来の主君であるわしに刃向かうというのか？》。キホーテが苦しげに言うと、サンチョは《ただ自分自身を助けようというんだ。おいらの主人はおいら自身だからね》と返答し、鞭打ちをあきらめれば解放するが、あきらめないのならここで死ぬことになると脅す。キホーテは仕方なくこの要求を飲み、鞭打ちはサンチョの好意と自由な意志に委ねると誓うのである。

ここでサンチョの言葉《おいらの主人はおいら自身》に注目したい。ここには間違いなく神の支配する中世から抜け出ようとする近代的人間観の萌芽がうかがえる。近代人たる私はつい肯定的にとらえてしまうのだが、ウナムーノは《おお、哀れなサンチョよ、汝の罪多き肉体はいったい何という愚かさの深みに汝を投げこんだことか！》と嘆き、こう続ける。《汝は、汝自身の主でないし、主であることもできないのだ。もしも汝の主人を殺すならば、その同じ瞬間に汝自身をも永遠に殺すことになるのだ》

ウナムーノの言葉の背景には、神（絶対なるもの）を忘れ去り、「自分の主人は自分自身」と考えるようになった人間が際限なく傲慢になっていった近代の歴史がある。

組み伏せたキホーテを解放して立ち上がり、木にもたれようとしたサンチョの頭に何かが触れる。手を伸ばして触ってみると、それは人間の脚であった。あわてて別の木の方に逃げるが、そこでも同じことが起こる。サンチョはたまらずキホーテに助けを求める。主従が夜を過ごそうとした林には死体が鈴なりになっていたのだ。

キホーテは落ち着いたもので、《何もいたずらに怖がるには及ばんぞ》と従士に声をかけ、《これらの足と脚は、疑いもなく、ここいらの樹木で吊し首にされた無法者や盗賊たちのものだからじゃ》と説明する。カタルーニャでは、司直が捕らえた犯罪者を二、三十人まとめて絞首刑にする慣わしがあった。林は絞首刑場だったのだ。

第28章　盗賊団との遭遇

これくらい厳格に公平な分配を守らないと、こういう連中とはとてもうまくやっていけないんですよ
（ロケ・ギナール）

空が白み始めると、不意に四十人を超える盗賊が現れ主従を取り囲んだ。一人がカタルーニャ語で《静かにしろ、お頭が来るまでそこから動くな》と命ずる。丸腰だったキホーテは、好機が到来するのを待つが得策と考え、静かに命令に従う。やがて馬に乗った首領が姿を現した。年の頃は三十三か三十四。がっしりした体の上にはいかめしく浅黒い顔が乗っていた。異様な風体のキホーテに興味を持った首領がロケ・ギナールと名を明かすと、《おお勇猛果敢なロケ殿、そなたの名声はこの世に隈なく轟きわたっておりますぞ！》とキホーテは声をあげる。ロケは実在の人物でカタルーニャ最大の盗賊団の首領。わが国でたとえるなら「悪党」の棟梁のような存在である。

「悪党」というと盗賊や山賊を連想するが、日本においては鎌倉時代後期から南北朝時代にかけて荘園領主や幕府の支配に武力で反抗した武士集団のことを言う。建武の新政の立役者、楠木正成も「悪党」と称され、元弘元（一三三一）年、悪党楠兵衛尉が和泉国若松荘に押し入ったという記録が残さ

れている。

ロケ・ギナールはというと、盗賊集団を厳格な規律で統率、カタルーニャを舞台に強奪の限りを尽くし、その名をスペイン全土に轟かせていた。けっして義賊というわけではないが、セルバンテスの好意的な書きぶりを見る限り、ファンも多かったようだ。もちろん自分が被害者にならない限りにおいて。カタルーニャの副王ドン・ペドロ・マンリーケは一六一一年、ロケを捕らえ処罰することをあきらめ、十年間軍務について国王に奉仕するなら、それまでの罪は問わないと呼びかける。ロケはこれに応じて投降、スペイン歩兵連隊の指揮官としてナポリに渡ったという。

盗賊団の首領がロケと知ったキホーテは、先ほどの言葉に続いて《おお、偉大なロケ殿！　はっきり申し上げておくが、もし拙者が馬上にあって、槍と盾を手にしていたとするなら、これほど簡単に拙者を屈服せしむることは不可能でしたぞ》と述べ、自分こそは天下にその武勲の聞こえたるドン・キホーテ・デ・ラ・マンチャであると名乗るのである。

噂には聞いていたドン・キホーテが目の前にいる……。ロケは幸運を喜び、不運を嘆く騎士を《天は、人知では思いもつかない、不可思議な決して予見できない紆余曲折を経て、倒れた者を起きあがらせ、貧しき者を豊かにしたりするものですからね》と励ます。やはりただの盗賊ではない。

キホーテが感謝の言葉を口にしようとしたそのとき、馬が駆け寄る音が聞こえてくる。乗っているのは美しい若者。馬から降りた若者は、ロケに力を貸してほしいと懇願する。

男に見えた若者はロケの友人の娘だった。父が率いるグループと敵対する盗賊団の首領の息子と恋仲となった彼女は、父の目を盗んで逢い引きを重ね、結婚の約束を交わす。ところが、男が他の女性と結婚するという噂を耳にして逆上、男のもとへ馬で駆けつけ、釈明を聞くこともなく銃で撃ったというのだ。その足でロケのもとへやってきた彼女の願いとは、フランスへ逃亡する自分の手助けをし、かつ敵の復讐からカタルーニャに残った父を守ってほしいということだった。

敵対するグループに属する男女の恋愛といえば『ウエストサイド物語』。元をただせばシェークスピアの『ロミオとジュリエット』である。『ロミオとジュリエット』の初演は一五九五年前後であり、セルバンテスがこの部分を書いたのは一六一四年。どこかでこの悲劇の評判を耳にしたセルバンテスは、遊び心でこんな物語を挿入したのかもしれない。

美しい娘の数奇な話を聞いたロケは、さすが百戦錬磨の男である、《まずはあんたの敵が本当に死んだものかどうか、それを確かめにいこうじゃありませんか》と提案する。脇にいたキホーテがその役割なら自分が果たそうと口を挟むものの、娘の美しさに心を奪われていたロケの耳には入らない。ロケは配下の者たちに今後の行動を指示したうえで、娘とともに男を探しに馬で出かけるのである。

ロケと娘はじきに、召使いに運ばれている虫の息の男に追いつく。娘が男の手を取り、心変わりをしなければこんなことにはならなかったと嘆くと、男は心変わりを完全に否定し、《君がそんな噂を真に受け、嫉妬にかられて僕の生命を奪うなんてことになったのも、結局僕のつたない運命のなせる業というものさ》と、娘をなじることなく事切れる。

能の「鉄輪《かなわ》」を思い起こす。自分を捨てて新しい妻を迎えた夫を呪い殺そうと、貴船神社へ丑刻参りに行く女の物語である。この曲でシテは眼に金泥を塗った泥眼の面をつける。シェークスピアは『オセロ』の中で嫉妬を「緑色の目をした怪物」にたとえている。《嫉妬に御用心なさいまし。嫉妬は緑色の目をした怪物で、人の心を餌食にしてもてあそびます》

凡夫たる私も、死ぬまで嫉妬に悩まされ続けることだろう。ただ、嫉妬は凡夫に強力なエネルギーを注いでくれるのも確かである。

嫉妬にかられて恋人を撃ち殺してしまった娘は、失意のまま女子修道院へ向かい、ロケは部下たちが待機している場所に戻る。そこでロケが目にしたものは、《肉体にも魂にも危険な生業《なりわい》からは足を洗ったほうがいい》と部下たちに演説をたれるキホーテの姿だった。もちろん荒くれ者の部下たちは聞く耳など持つはずがない。

ロケは部下全員を一列に並ばせ、前回の配分以後に強奪した品々をすべて前に出すように命じ、それらを値踏みしたうえで、すべてを公平に配分した。《これくらい厳格に公平な分配を守らないと、こういう連中とはとてもうまくやっていけないんですよ》とロケがキホーテに言うと、サンチョが《公正ってものはよっぽどいいものらしいね、なにしろ泥棒のあいだにあっても重宝されるってわけだからね》と軽口をたたく。すると部下の一人が火縄銃を振り上げてサンチョに一撃を加えようとした。ロケがすかさず大声で制止しなければ、サンチョの頭はザクロのように割れていたはずだ。

そのとき、街道を見張っていた部下が戻ってくる。「獲物」が近付いてきたというのである。ロケは、獲物を逃すことなくここに連れて来るよう、全員に出動するよう命令する。残ったロケは自分の心の奥底によどんでいた気持ちをキホーテに吐露する。ある復讐心のためにこんな生業をするようになったが、《神様のおかげで、いつかはここから抜け出して安全な港にたどり着きたいという希望を失ってはいないんです》というのだ。

そうこうするうちに「獲物」を捕らえた部下たちが戻ってくる。獲物は、馬に乗った二人の将校とそれに従う二人の騾馬曳き、徒歩の巡礼二人、馬車に乗った四人（貴婦人とその娘、侍女と老女）と馬車に従う騎乗と徒歩の召使い六人の計十六人である。ロケはそれぞれに身分、目的地、所持金について質問する。いずれもバルセロナから船でイタリアへ向かおうとする人々で、全員の所持金を合わせると九百エスクード六十レアルになった（レアルはエスクードの十六分の一）。現在の金の市場価格（グラム四千五百円）で換算すると、およそ千二百万円になる。

ロケは、それなりに持っている二人の将校に六十エスクード、貴婦人に八十エスクードを用立ててほしいと丁寧に要請し、用立ててもらえるなら今後安全に旅ができるよう通行許可証を書いてやるという。全額を巻き上げられると覚悟していた獲物たちの喜びといったらない。解放された獲物たちはロケに感謝しながらバルセロナに向かうのであった。じつに巧みな人心掌握術ではないか。

その直後、ロケのやり方に不満を持った部下の一人が《うちのお頭は、盗賊よりは修道士に向いてらあね。これからも、あんなに気前よくするってなら、わしらの取り分じゃなくて、自分の金でやってもらいてえな》と口にすると、ロケは剣を抜いてその部下を斬り殺し、こう述べる。《これがわしの懲らしめ方だ》

第29章　バルセロナへ

ドゥルシネーア姫の魔法解きは本当に実現するものであろうか？
（キホーテ）

部下を処分したロケは何事もなかったかのようにその場から離れると、バルセロナ在住の友人に宛てた手紙をしたため始める。数日後に迫った洗礼者サン・フアン（イエスに洗礼を施したヨハネ）の祭日に、世にも愉快で賢明なキホーテ主従がバルセロナの浜辺に現れるよう手はずを整えるので、主従を歓迎する準備をしてほしいという内容である。手紙は部下によってすぐさまバルセロナに届けられた。

主従は三日三晩、ロケの一団とともに過ごす。それは安らぎとは無縁の生活であった。昼夜を問わず移動し、睡眠もままならず、歩哨《ほしよう》は火縄銃の火種を絶やすことはない。夜になると首領のロケは、部下の知り得ない場所で過ごした。バルセロナの副王が彼の首に懸賞金をかけていたため、いつ部下に寝首を掻かれるかわからないからだ。

四日目の朝、主従はロケと六人の部下に伴われてバルセロナに向けて出発する。一行は人通りの多い街道は通らず、盗賊が利用する秘密の近道をたどり、祭日当日のまだ太陽の昇らぬ時間にバルセロナの浜辺に到着する。一六一四年六月二十四日の未明である。ロケは主従と抱擁を交わすと、部下の待つ場所へ戻っていった。残された主従はその場で夜明けを待つ。ほどなくして東の空が白み始めると、笛や太鼓の音と人の声が聞こえてきた。

目を日本に転じてみると、主従がバルセロナに到着する前年の十月二十八日、仙台藩陸奥国牡鹿郡月ノ浦（現宮城県石巻市月浦）からメキシコのアカプルコを目指して一隻の船が出航している。乗っていたのは伊達政宗の命を受けた支倉常長の慶長遣欧使節で、船の名はサン・ファン・バウティスタ号。

一六一四年一月二十八日にアカプルコに着いた一行は、メキシコを横断して大西洋側に抜け、同年六月十日、ベラクルスから別の船で大西洋を東北東に進む。スペイン南部の港サンルーカル・デ・バラメーダに到着したのは十月五日。そこからコリア・デル・リオ、セビリア、マドリード、セルバンテスの生地であるアルカラ・デ・エナーレスなどをへて、一六一五年九月五日（キホーテに遅れること一年二カ月と十一日）にバルセロナに入っている。

現実とフィクションをごったにするなと怒られそうだが、支倉一行が一年半ほど早くバルセロナに入っていたなら、と思う。というのも、ロケという実在の盗賊を登場させてキホーテに絡ませたセルバンテスのことである、きっとバルセロナを舞台に、キホーテと支倉常長がまみえる場面を描いたと思うのだ。サン・ファン（洗礼者ヨハネ）に導かれたスペインの騎士と日本の侍の「偉大なる邂逅」が文豪によって描かれなかったことが残念でならない。

夜が明ける。赤茶けた荒野の広がる内陸部のラ・マンチャに生まれ育った主従は、生まれて初めて見る海の広さに圧倒される。岸辺には数隻のガレー船が碇泊しており、その甲板では楽隊が管楽器を吹き鳴らしている。ガレー船が動き始めると、市内の方からきらびやかなそろいの服に身を固めた大勢の騎士が馬に跨がって繰り出してきた。するとガレー船は主従を歓迎するかのように大砲を発射した。大砲の轟音と人々の歓声で、浜辺は華やかに活気づく。

あっけにとられる主従のもとに騎士の一人が近寄り大声で呼びかける。《これはこれは、遍歴の騎士道の長い歴史における、鑑にして松明、導きの光にして北極星である騎士よ！　ようこそわれらの市にお越しくださいました！》。すべては、ロケの手紙を受け取った友人が手配したことなのだ。楽隊の音楽ときらびやかな騎士たちに導かれて、主従は歓迎する群衆が待ち受けるバルセロナ市街に入城する。はなやかな場面ではあるが、痩せ馬と驢馬に乗った主従は、エルサレムに入城するキリストを連想させる。そう、「運命の時」は迫っているのだ。

そのときである、大胆不敵な二人の子供が、針のような棘をもつハリエニシダを、ロシナンテと驢馬の尻尾の毛束に突っ込んだからたまらない。尻尾を振りおろすたびに襲ってくる激痛に、二頭はそれぞれの乗り手を振り落としてしまう。主従の近い未来を暗示する出来事である。

六月二十四日、サン・フアンの祭日でにぎわうバルセロナに、あたかも新君主のように入城したキホーテ主従……。フィレンツェの政治思想家マキアヴェリ（一四六九―一五二七）は『君主論』に記している。《なにごとにつけても善を行おうとしか考えない者は、悪しき者の間にあって破滅せざるをえない場合が多い》と。まさにキホーテに手向けられた言葉のようではないか。

主従が案内されたのは、ドン・アントニオ・モレーノという聡明にして裕福な紳士の邸宅。罪のない愉快ないたずらに興じることが大好きなアントニオは、いかにスマートな方法でキホーテを笑いものにするか頭をひねる。最初に彼がしたのは、甲冑を脱がせてセーム革の胴着を着用させたキホーテを目抜き通りに面するバルコニーに立たせ、道行く人々のさらし者にすることだった。サンチョはというと、きっとごちそうにあずかれるに違いないと、しごくご満悦の体であった。

サンチョの予想通り、その日主従はアントニオと彼の友人たちとともに豪華な食卓を囲む。友人たちはそろってキホーテを遍歴の騎士として遇したので、彼は得意満面であった。主従との愉快な会話をたっぷりと楽しんだアントニオは、次なるいたずらをキホーテに仕掛けるのである。

食事が終わるとアントニオはキホーテを邸宅の奥にある部屋へ案内する。そこには大理石のテーブルにローマ皇帝の胸像を思わせるような青銅の像が置かれていた。部屋の扉が閉まっていることを確認したアントニオは、神妙な表情でキホーテに《人の想像も及ばないような驚異についてお話ししたいと思います》と語りかける。その像は、かつてこの世に存在した最大の魔法使いにして妖術師のポーランド人によって作られたもので、耳元に口を寄せて質問すると、何にでも答えてくれるというのである。ただし、この像は金曜日には口をきかないことになっていて、今日は試すことができない。それゆえ明日までに質問したいことを用意しておいてほしいというのである。

サン・フアンの祭日である六月二十四日が金曜日の年を万年暦で調べてみると、一六〇五年、一一年、一六年がそうで、私が信じ込んでいた一四年はなんと火曜日であった。まず主従をバルセロナへ向かわせるきっかけとなった『贋作ドン・キホーテ』の出版が一四年であるから、それ以前はありえない。ここでとんでもないことに気が付いた。島の領主になることになったサンチョが妻に宛てた手紙には《一六一四年七月二十日》の日付があったのだ。一六一四年の祭日なら主従は時間を遡行したことになる。するとセルバンテスが死んだ一六一六年か。だが侯爵の館を出た主従が二年近くも旅をした形跡はない……。「近代人よ、つまらぬことに拘泥するな」――セルバンテスの声が聞こえてきた。

青銅の像の秘密を打ち明けたアントニオは、屋敷の中でサンチョをもてなすよう召使いに命じ、キホーテにお仕着せの散歩着とマントを着用させて市街の散策に連れ出す。主従を切り離したのは、マントに《この者はドン・キホーテ・デ・ラ・マンチャなり》と大きく書かれた羊皮紙が縫い付けられていたからだ。

きれいに飾られた騾馬に乗った一行が街に出ると、羊皮紙の文字を目にした人々が口々に「ドン・キホーテだ」と叫ぶ。仕掛けを知らぬキホーテの胸中は「桃李言わざれども下おのずから蹊を成す」である。アントニオに《徳というものは放っておいても必ずや知れわたるものなのです》とおべんちゃらを言う。

そこへ見知らぬ男が目の前に現れ《愚か者め、さあ、とっとと家に帰って自分の仕事に精を出し、女房子供の面倒をみることだ》とキホーテに罵声を浴びせる。キホーテに女房子供のいないことは『ドン・キホーテ』をきちんと読んでいれば分かること。男は他人が口にするキホーテの奇行のみを判断材料にしたのであろう。世間のドン・キホーテ理解はこの程度のもの。それは現在も変わらない。

日が落ちて屋敷に戻ったキホーテを待ち受けていたのは舞踏会であった。アントニオの妻に招かれた淑女二人がキホーテをひっきりなしに踊りに引っ張り出し、耳元で愛の言葉を執拗にささやく。堪忍袋の緒が切れたキホーテは《消え失せろ、邪悪な者ども！》と叫び、床にへなへなと座り込んでしまう。

かくして金曜日の夜は更けゆき、土曜の朝を迎える。アントニオ夫妻と招かれた客たちに囲まれる格好で青銅の像にキホーテはこう問いかける。《拙者がモンテシーノスの洞穴で経験したこととして語ったことは現実であったか、それとも夢であったか？　拙者の従士であるサンチョの鞭打ちは、はたして成就されるであろうか？　そして、ドゥルシネーア姫の魔法解きは本当に実現するものであろうか？》

像の答えはこうだ。洞穴の体験は現実でもあり夢でもある。鞭打ちはゆっくりと進む。魔法解きはいずれしかるべく達成される――。キホーテは《それだけ聞けば十分じゃ》と満足する。

じつは像の内側は空洞で、中にはブリキの管が通され、下の部屋につながっていたのである。像の耳元で発せられた質問は管を通して階下で聞くことができ、管に向かって答えれば、あたかも像がしゃべったかのように思わせることができるのだ。その役を担っていたのは、アントニオの甥で才気煥発な学生であった。

この話には後日談がある。仕掛けを知らず仰天した客たちが、至るところで魔法の像についてしゃべってしまったため、当時盛んだった異端審問にかけられることを恐れたアントニオは、審問官にみずから伺いを立て、像をさっさと処分してしまうのだ。もし彼が生粋のキリスト教徒でなかったらただではすまなかったかもしれない。スペインで異端審問が正式に廃止されるのは一八三四年のことである。

第30章　贋作の印刷工房

いずれその本にも、一頭一頭の豚に到来するようなサン・マルティンの祭日が来ることになるでしょうて（キホーテ）

主従がバルセロナに入城して数日がたった。市中を誰にも気づかれることなくぶらぶらしてみたいという気になったキホーテは、アントニオが用意した二人の召使いに案内されて街に出る。ある通りを歩いていると、キホーテの目に「書物の印刷承ります」という文字が飛び込んできた。書物を愛してやまぬ読書人でありながら、ラ・マンチャの片田舎に生まれ育ったキホーテは、印刷所というものを一度も見たことがなかった。本の印刷はどのようになされるのか――。知的好奇心に突き動かされたキホーテはサンチョとお供の者とともに中に入るのである。

バルセロナの港に立つコロンブスの塔から北西に延びる美しい並木道がある。ランブラス通りといい、カタルーニャ広場に突き当たって終わる。その距離は一・二キロ。中央が幅の広い遊歩道、両脇が細い車道という人間優先の設計がなされ、遊歩道には花や小鳥を売る簡易店舗が軒を連ね、大道芸人や似顔絵描きが散歩する人々の目を楽しませる。スペイン市民戦争で銃殺された詩人のフェデリコ・ガルシア・ロルカは《終わってほしくないと願う、世界に一つだけの道》と絶賛した。港を背に立つと右手が中世の街並みがそのまま残るゴシック地区だ。

数年前のこと、ゴシック地区をキホーテのようにぶらぶらしていると、カイ通りという暗く細い道で「ドゥルシネーア」という名のアクセサリー店を見つけた。その建物のファサードにはタイル製の案内板が貼られていた。そこにこうあった。「この家には一五九一年から一六七〇年までコルメリャス活版印刷工房があった」。そのときは何の感慨もなく通り過ぎてしまったが、いまにして思えば、この建物こそ、キホーテが見学した印刷所のあったところではなかったか……。

すでに何冊もの作品を出版していたセルバンテスは、腕のよい印刷工房についての情報を持っていたと考えられる。彼を激怒させ、キホーテの目的地をサラゴサからバルセロナに変更させる原因となったアベリャネーダの『贋作ドン・キホーテ』は、バルセロナ近郊のタラゴナで印刷されたと記されているが、それが真っ赤な嘘であり、おそらくはバルセロナのコルメリャス工房で印刷されたと彼は考えた。だからこそ、バルセロに来たキホーテにわざわざこの工房を見学させたのだろう。

物語に戻ろう。工房のあるコーナーでは書物の校正が行われていた。キホーテが職人に題名を尋ねると、返ってきたのは《トルデシーリャス生まれの某によって書かれた、『機知に富んだ郷士ドン・キホーテ・デ・ラ・マンチャ、続篇』》。そう、アベリャネーダの『贋作ドン・キホーテ』である。再版に向けての作業なのだろう。キホーテは《いずれその本にも、一頭一頭の豚に到来するようなサン・マルティンの祭日が来ることになるでしょうて》と吐き捨てる。スペインでは十一月十一日のサン・マルティンの祭日に豚を殺してハムやソーセージを作る。まことに怨念のこもった言葉である。

第31章　アナ・フェリスの物語

おお、アナ・フェリス、かわいそうな娘よ！　（リコーテ）

印刷工房の見学を終えた主従はその日の午後、アントニオに連れられてガレー船見物に出かけ、王侯に対するような歓迎を受ける。キホーテが丁重にあいさつを返した直後、サンチョは手荒いもてなしを受ける。覚えておいでだろう、大勢の人間が毛布に乗せたサンチョを鞠のように弾ませて弄ぶ場面を。私にはこれを「強制トランポリン」と呼んだが、バルセロナの仕掛け人はこの場面がよほど印象に残っていたのだろう。水夫長が呼び子を鳴らすと、ずらりと整列した漕ぎ手たちはサンチョを両手で頭の上に持ち上げ、ローラーコンベヤーの上を流れる瓶のように、サンチョの体を回転させながら腕から腕へ渡していったのである。

手荒いもてなしが終わると、水夫長は錨を上げるよう合図して通路の真ん中に立ち、鞭で漕ぎ手たちの背中を打ち始める。ガレー船は沖に向かってゆっくりと動き出す。鞭打ちの様子を食い入るように見つめ《これは生き地獄よ、さもなけりゃ、少なくとも煉獄だね》とこぼすサンチョにキホーテは《もしお前がその気になり、上半身裸になってこの人たちのあいだに入りさえすれば、それこそ造作なく、あっという間に、ドゥルシネーア姫の魔法解きが成就するとは思わぬか?》と、いつまでたっても鞭打ちに取り組もうとしない従士に嫌みを言う。

次の瞬間、モンジュイック(五輪のメインスタジアムのある丘)の城塞から、すぐ近くの海岸沿いにアルジェの海賊船とおぼしき船がいるという合図が送られてくる。ガレー船は全速力で現場に向かい、あっという間に逃げる海賊船に追いつく。海賊船に乗っていた酔っぱらったトルコ人の発砲によって二人の犠牲者を出しながらも、ガレー船は海賊船を捕獲して港に戻る。

部下二人を殺された提督は、全員を帆桁につるして処刑する準備を始めさせ、「船長は誰か」と捕虜の一人に尋ねる。捕虜は《およそ人間の想像力が描きうる限り、最も優美にして上品な若者》を指さした。

手柄をたてたガレー船を祝福にやってきたバルセロナの副王は、この若者に心を奪われ、生命を救ってやりたいという思いにかられる。副王が《船長よ、君はトルコ人か、モーロ人か、それとも背教者なのか?》と尋ねると、若者は《キリスト教徒の女でございます》と答え、身の上話を始める。

こんな話だ。彼女はキリスト教徒に改宗した裕福なモーロ人の両親のもとに生まれ、キリスト教徒として育つ。一六〇九年にフェリペ三世がモーロ人追放令を発布したため、父は財産をある場所に隠して、モーロ人を受け入れてくれそうな土地を探す旅に出る。残された彼女と母は、伯父とともにオスマン帝国領のアルジェに渡る。優美な彼女の噂を聞いたアルジェの王から宮廷に招かれた彼女は、あえて父が隠した財産について話すことで、自身に向けられた王のぎらついた関心をそらそうとした。狙いは当たり、王は船と二人のトルコ人随行員を用意し、彼女に父が隠した財産を持ってくるよう命じる。かくして彼女は男装して船長となったというのだ。

船長の身の上話は続く。彼女がスペインで暮らしていたころ、裕福で優美なスペイン人の若者と相思相愛となった。モーロ人追放令によって彼女がアルジェに渡ることになったとき、若者はモーロ人に紛れて彼女を追う。アルジェでこの若者の美しさも評判となり、王は彼女に「若者の評判は本当か」と質問する。彼女は《本当です》と答え、こんな嘘をつく。《その方は男でなく、わたくしと同じ女です》。なぜなら《あの野蛮なトルコ人たちのあいだでは、どんな美しい女性よりも、きれいな少年あるいは青年のほうがもてはやされ、高い評価を受けていたから》だ。

英国の冒険家で王室公認の海賊だったトーマス・シャーリー（一五六四―一六三四）という男がいる。一六〇三年から二年間、コンスタンティノープルで捕虜生活を送った彼は、国に身代金を支払ってもらい帰国したのち、彼の地の少年愛について報告をしている。そうそう、アルジェで五年にわたる捕虜生活を経験したセルバンテスも、少年愛をめぐる風聞を耳にしたに違いない。

彼女は、若者を宮廷に連れてくる前に《あの方に女らしい服装をさせたいから》と王に申し出て猶予をもらい、すぐさま若者のもとへ走る。かくして宮廷にやってきた若者の美しさに驚嘆した王は、オスマン帝国皇帝に献上することに決め、その機会がくるまでモーロ人貴婦人の家に預け待機させることにする。彼女のもくろみは裏目に出てしまったのだ。

彼女が身の上話を語り終えるや、副王とともにガレー船に上がってきた年老いた巡礼が、彼女の足下に身を投げ出し、両足をかきいだいて《おお、アナ・フェリス、かわいそうな娘よ！》と叫んだ。巡礼は彼女の父であり、サンチョの知り合いのリコーテであった。スペインを追い出され、モーロ人の住みやすい土地を探して各地を放浪し、ドイツにその場を見つけた彼は、スペインに舞い戻って隠しておいた財産を掘り起こし、それを持って別れた妻子を迎えにゆこうとしていたのだ。

彼女の話に心を打たれた提督は《天がお授けになるだけの年月をすこやかに生きるがよい》と言い渡して刑を免除する。かくして一同は、アルジェで窮地に陥っている女装した若者の救出について相談を始める。結論は、彼女に同行してきた誠実なスペイン人背教者にアルジェに戻ってもらい、身代金を支払って若者を解放してもらうというものだった。もちろん資金はリコーテが提供する。

相談がまとまると、副王はアントニオに、リコーテと娘を自宅でもてなしてやってほしいと頼み、ガレー船を降りていった。一同はアントニオの邸宅に戻ったものの、キホーテは不満だった。武装してロシナンテに跨がった自分をアルジェに派遣するほうがずっと得策だ、とアントニオに訴えると、すかさずサンチョがたしなめる。《どこを通って（若者を）スペインにお連れするんだね、あいだに海があるっていうのに？》

第32章　銀月の騎士との決闘

拙者の弱さのゆえに、真実を曲げることはあいならぬ。その槍で拙者の生命をも奪いとってくだされ　（キホーテ）

ガレー船の出来事から二日後、スペイン人背教者は若者の救出のため軽快な船と漕ぎ手を調達してアルジェに出発する。キホーテはというと、冒険に飢えていた。「運命の日」となるある朝、甲冑に身を固めロシナンテに跨がってバルセロナの浜辺を散歩していると、全身を寸分の隙もなく武装した騎士が、輝く月を描いた盾を手にしてキホーテに向かってくるのだ見えた。声の届く距離まで近付くや、騎士は大声で《銀月の騎士》と名乗り、決闘を申し込む。キホーテが負けたなら、銀月の騎士の思い姫がドゥルシネーアよりも美しいことを認め、かつ故郷に戻って一年間、剣に触れることなく自宅で静かに暮らすことを求め、逆に銀月の騎士が敗れたなら、首と馬と武器をくれてやるという。

キホーテは毅然とした態度でこの挑戦を受け、《されば、お好きな場所に位置をしめられよ、拙者もそのようにいたす。神の御加護のある者に、サン・ペドロの祝福がありますように！》と述べて戦闘態勢に入る。この日は聖ペドロの祝日、六月二十九日であろう。

銀月の騎士の噂はすでにバルセロナ中に広まっていた。キホーテと浜辺で決闘するとみずから触れ回っていたに違いない。いよいよ決闘が始まるという報告を受けた副王は、部下やアントニオとともに浜辺へ急ぐ。到着した一同の目に映ったのは、ロシナンテの手綱をかえして、攻撃のために必要な距離を取ろうとしていたキホーテの姿であった。

副王は二人の騎士の間に割って入り、決闘の理由を尋ねる。銀月の騎士が二人の思い姫の美しさの優劣が発端であると答え、双方で合意した決闘の条件を言い添える。決闘はアントニオの仕組んだいたずらではないかと推測した副王が、小声でアントニオに尋ねると、彼は自分のあずかり知らぬところであると答える。それでも何かの冗談に違いないと判断した副王は、どちらも自説を譲らないのであれば《あとは神の御手におゆだねして勝負するほか、仕方ありませんな》と決闘の許可を与える。

二人の騎士は副王に丁重に礼を言うと再び距離をとった。阿吽の呼吸で二人は馬の手綱をかえし相手目がけて突進する。銀月の騎士は槍を空に向けたまま馬ごとロシナテに激突する。老いぼれキホーテと痩せ馬ロシナンテは、たまらず人馬もろとも地面にしたたかに叩きつけられる。決闘はあっけなく決着がついたのである。

すかさず倒れたキホーテのそばに寄った銀月の騎士は、相手の兜の目庇の上に槍先を突きつけて《おん身の負けでござるぞ。それゆえ。決闘の条件をお認めにならなければ、お生命もちょうだいいたす》と約束の履行を求める。意識のもうろうとしていたキホーテは目庇をあげることもせず、弱々しい声で返答する。

拙者の弱さのゆえに、(ドゥルシネーアが地上でもっとも美しいという)真実を曲げることはあいならぬ。その槍で拙者の生命をも奪いとってくだされ一六一四年六月二十九日、バルセロナの浜辺におけるキホーテのあっけない敗北は、彼の体現する騎士道精神、つまり封建制のエートスが、もはや時代遅れで何の力も持ちえぬことを白日の下にさらした。実際、西ヨーロッパにおいて封建制は終焉を迎え、絶対君主が重商主義を基本政策として国家を運営する時代となっていた。この流れは有無を言わせぬもので、キホーテはあっけなく敗れる以外になかったのだ。重商主義とは言うまでもなく、国の積極的な保護や干渉によって貿易差額を増大させ、国を富ませようという考え方である。かくして、国に富をもたらす有力商人の発言力は増し、国家は商人に飲み込まれてゆく。

キホーテの敗北から百七十六年後の一七九〇年、一冊の本が英国で刊行される。エドマンド・バークの『フランス革命の省察』である。彼は一七八九年に勃発したフランス革命を、新興のブルジョア階級が伝統的な社会を破壊するため、啓蒙思想家と手を組んで民衆を扇動して起こした暴動とみなした。特に王妃マリー・アントワネットに対する振る舞いに強い憤りを覚えた彼は《騎士道の時代は永遠に過ぎ去り、詭弁家・守銭奴・計算屋の時代がそれに続くであろう》と書く。この言葉は一九七〇年に三島由紀夫が書いた一節《日本はなくなつて、その代はりに、無機的な、からつぽな、ニュートラルな、中間色の、富裕な、抜目がない、或る経済的大国が極東の一角に残るのであらう》と響き合う。

銀月の騎士にあっけなく破れたキホーテは、思い姫ドゥルシネーアが世界一美しいという「事実」を否定する代わりに、自分の命を差し出そうとする。銀月の騎士は《いやいや、それはばっかりはなりませぬ》と拒否し、一年間郷里の村で隠棲するだけで十分であると言う。ドゥルシネーアの名誉に傷がつかないのであれば必ず約束は守るとキホーテが応じるや、銀月の騎士は街の方へ走り去っていった。一部始終を見ていた副王はアントニオに、銀月の騎士のあとをつけ、その正体を突き止めるよう命じる。倒れたままのキホーテは、副王が呼んだ輿に乗せられ街へ運ばれていった。

銀月の騎士が市内の宿屋に入り、従者に鎧を脱がせてもらおうとしていると、騎士を追ってきたアントニオが現れる。彼の意図を見抜いた騎士は、進んで自分の正体と決闘の目的について話し始めた。

騎士の正体はキホーテと同じ村に住む学士のサンソン・カラスコであった。騎士道の妄想からキホーテを解放するには、村に連れ帰り隠棲させるべきだとサンソンは考え、三カ月ほど前に鏡の騎士に扮して決闘を挑んだが敗れてしまった。そこで捲土重来を期して銀月の騎士となって一戦交えたのである。これを聞いたアントニオは思わず叫ぶ。《ドン・キホーテが正気になって世にもたらすであろう利益なんぞ、彼の狂気沙汰がわれわれに与える喜びに比べたら物の数ではないってことが、あなたにはお分かりにならないんですか?》

文句を言うアントニオに対してサンソンは《くわだては現実に首尾よく進んでいるから、めでたい結果をもたらすものと期待している》と応じ、その日のうちに故郷の村に向かって旅立ってしまう。

第33章　故郷へ

さあ、友のサンチョよ、歩を進めるのじゃ　　（キホーテ）

敗者となったキホーテは六日間床についていた。ふさぎ込む主人を慰めながらサンチョは《おいらの（伯爵になるという）望みも煙みたいに消えちまったんだ》と愚痴を言う。するとキホーテは《わしが村に引き籠もってじっとしておるのは一年だけのことじゃ》と、一年後再び旅に出ることを宣言する。

主従がこんなやりとりをしているところへアントニオがやってきて《朗報ですぞ》と大声をあげる。アルジェにとらわれていた美しい若者の救出に成功したというのだ。キホーテはいくらか喜びを示しながら《拙者はその救出作戦が失敗に終っていたらどれほどうれしかっただろう、と言いたいところですよ》と口にする。失敗すれば自分がアルジェに乗り込んだというわけだ。だが、すぐに向こう一年の間剣を手にすることができないことを思い出し、《剣より糸巻き棒を手にするほうが似つかわしいというのに、何を偉そうな口をきいているのじゃ、このわしは？》と自分にツッコミを入れる。

数日後、銀月の騎士との約束を守るべく、武装を解いたキホーテは普通の旅人姿でロシナンテに跨がり、驢馬の背を甲冑や武器などの荷に奪われたサンチョは徒歩で主人に付き従い、故郷の村を目指して旅立つ。

バルセロナを去るにあたり、キホーテは自分が敗北を喫した浜辺に立ち寄り、《ここでわしは、「運命の女神」の気まぐれの犠牲になったのだ！〔……〕ついにここでわしの命運もつき、わしは再起不能になってしまったのだ！》と嘆く。『対比列伝』で知られるプルタルコス（四五―一二〇）に《人間は、自分が他人より劣っているのは能力のためでなく、運のせいだと思いたがるものだ》という格言がある。ああ、誇り高き騎士であったキホーテは無残な敗北によって、負け犬の遠ぼえのようなせりふを吐くようになってしまった。

そんな主人をサンチョは《旦那様、富み栄えているときに喜ぶように、悲惨な目に遭ってもじっと我慢するっていうのが、強い心にふさわしいことですよ》と諭し、《「運命の女神」と呼ばれているあのお人は、酔っぱらいでひどく気ままな、おまけに目の悪い女だっていうからね》と慰める。

サンチョの言葉を聞き、キホーテは目を覚ます。「人はそれぞれ自分自身の運命のつくり手」という格言を思い出し、自分がいささか思い上がり、慎重な配慮に欠けていたことに気づくのである。銀月の騎士との約束を守って武装を解き、しがない郷士の身分になったキホーテだが、だからこそ《人と交わした約束だけはきちんと守って、わしの言葉に信用と箔をつけたいのじゃ》と思い直す。そうして、気づきのきっかけを与えてくれたサンチョに素晴らしい言葉をかける。

さあ、友のサンチョよ、歩を進めるのじゃ

第34章　鞭打ちと魔法解き

気持ちよく眠ってる最中に起きあがって自分の体を鞭打つような苦行僧じゃねえんだよ
（サンチョ）

みずからを鼓舞してバルセロナをたったキホーテだが、銀月の騎士に喫したぶざまな敗北に彼の心は徐々に蝕まれてゆく。故郷へ向かう途中、いくつかの出会いとエピソードはあったものの、その主役はサンチョであり、キホーテは《わしはこのところ取り乱していて、判断力もすっかり鈍り、猫にパンくずをやる気にもなれぬほど》と言うほどに憔悴し、その顔は愁い顔を通り越していた。

彼の心を煩わせたのは、ドゥルシネーアの魔法解きと、敗北によって自身の義務となった一年間の隠棲生活である。木陰でサンチョとあれこれ会話を交わす中で、いつまでたっても自分を鞭打とうとしないサンチョに業を煮やしたキホーテは思わず怒鳴ってしまう。《お前はあの気の毒な姫を救うよりも、墓場の蛆虫どもの餌にするために、その太った体を大事にとっておこうとでもいうのか。鞭打ちをせんのなら、お前の体など狼に食われてしまうがよいわ》。たとえ主従の関係でも言ってよいこととと悪いことがある。キホーテはその判断もつかなくなっていたのである。

サンチョは《おいらには、おいらのけつ叩きが魔法解きと何か関係があるとは、とても思えねえよ》と反論するものの、いつか都合のよいときに気が向けば実行すると約束とも言えぬ約束をする。そんなやりとりをしながら主従は、牧人を気取った若者たちが宴会を催していた場所にたどり着く。

キホーテの生きた時代、牧人小説というジャンルの物語が流行した。田園を舞台にした牧人男女の純愛を軸にした理想主義的・楽園主義的物語である。じつはセルバンテスの処女作は一五八五年に出版した『ラ・ガラテーア』という牧人小説なのだ。

キホーテは騎士道物語ばかりを読み耽っていたように思われるが、牧人小説の読者でもあった。覚えておいでだろうか。最初の旅を終えて自宅に戻ったキホーテが眠っているあいだに、司祭と床屋が家人とともにキホーテの書庫の騎士道物語を焚刑に処したことを。そこにはセルバンテスの『ラ・ガラテーア』や牧人小説を代表するホルヘ・デ・モンテマヨールの『ディアナ』もあったのだ。『ディアナ』を手にした司祭が《この手のものは、先の書物と違って焼却処分にするには及びませんよ》と言うと、姪はこう叫ぶ。《これらもいっしょに焼いてしまえ、とおっしゃってくださいましよ。だって、うちの叔父様の騎士道病が治ったとしても、またぞろ、こんな本に夢中になって、今度は羊飼いになり、森や野原を歌ったり笛を吹いたりしながら歩きまわろうなんて気を起こさないとも限りませんからね》

姪は慧眼の持ち主であった。なんとならば、牧人気取りの若者たちに気持ちよくもてなされた場所で、キホーテは隠棲を余儀なくされた一年の期間を羊飼いになって暮らしたらどうかと思いつくのである。

キホーテはサンチョに提案する。自分はキホーティス、サンチョはパンシーノスと名前を変え、野山や草原で歌をうたったり、愁いの涙を流したりしようと。そうすれば《われら、ただこの世ばかりでなく、来るべき世々にも不朽の名をとどめることができるだろうて》というのである。永遠の名声、つまり人々の記憶の中に生き続ける望みを騎士道で実現できないのなら、牧人として実現しようというわけだ。

この提案は百姓のサンチョにとって渡りに船であった。つらい従士暮らしよりはるかに楽で、自分の性にも合っていると思われたからだ。調子に乗ったサンチョが、学士のサンソン・カラスコや床屋のニコラス親方、司祭も仲間に入りたがるに違いないと同意したものだから、キホーテは《どうやらわれらは楽しい生活をおくることになりそうじゃのう！　縦笛やサモーラの風笛が、また小太鼓やタンバリンや三絃琴が、きっと心地よくわれらの耳に響くことになろうぞ！　そうしたさまざまな楽器にまじって、アルボーゲが鳴り響いたらどうであろうか！》と空想を膨らませる。ちなみに風笛とはバグパイプのこと。スペイン語でガイタ。サモーラは地名。三絃琴はスペイン語でラベルといい、バイオリンの祖型のような三絃の楽器である。アルボーゲは角笛のような形をした管楽器で羊飼いが使用していたものだ。

楽しい空想のあとで主従を待っていたのは、現実そのものの粗末な夕食であった。

夕食をすませた主従は眠りにつく。銀月の騎士と約束した一年の隠棲期間を牧人として過ごすというアイデアにひととき浮かれはしたものの、それはしょせん現実逃避の思いつきにすぎない。それにドゥルシネーアの魔法解きという最大の問題は未解決のままだ。

浅い眠りから覚めたキホーテは、ぐっすりと寝入っているサンチョを揺すぶり起こし《ドゥルシネーアの魔法解きの鞭打ちの内払いとして、三百回か四百回お前の体に鞭をあててくれ》と懇願する。だが、眠りという天国から現実に引き戻されたサンチョは《気持ちよく眠ってる最中に起きあがって自分の体を鞭打つような苦行僧じゃねえんだよ》と冷たくこれを拒絶する。

闇の中で鞭打ちをめぐって言い争う主従。そのとき得体の知れぬ地響きと轟音が近づいてくる。数人の男に率いられた六百頭を超える豚の群れである。群れはブーブーとうなり声をあげながら津波のように主従を飲み込んで蹂躙し、あっという間に通り過ぎていった。豚の群れに踏みにじられたサンチョはいきり立ち《半ダースばかり殺してやる》とわめきながら主人に剣を貸してくれるよう頼む。だが、キホーテはサンチョを制止してこう言うのである。《この恥辱はわしの罪に対する罰なのじゃ。敗残の遍歴の騎士がジャッカルに食われ、雀蜂に刺され、豚に踏みにじられるというのは、まさに当然の天罰よ》。心の折れた騎士……。いや、武装を解いたキホーテは、すでに騎士ではなかった。

ドゥルシネーアの魔法解きをサンチョに拒絶され、かつ豚の群れに踏みにじられるというこの上ない恥辱にまみれたキホーテは、再び眠りについたサンチョの脇で、ドゥルシネーアを思いながら作ったマドリガル（恋歌）を自分の溜息を伴奏にして歌い始める。

おお愛よ　そなたがわれに与えし／おどろおどろしき苦悩を思うと／残酷なその苦しみから逃れるため／われひたすら死に赴かんとす

マドリガルとは、十六世紀から十七世紀前半にかけて西ヨーロッパで流行した世俗歌謡である。いわば中世のポップス。ポップスの大半が恋をテーマにしているように、マドリガルの主題も恋が多い。恋する者で、詩心があり、ギターも弾けるキホーテにとって、即興でマドリガルを作って歌うことなどお手のものだったのだ。溜息と涙まじりのマドリガルはこう閉じられる。

かくして　われ生きながら死に／死がふたたび生命をとりもどす。／おお　死と生にもてあそばれる／奇しくも稀なるわが運命！

絶望の淵で、人は思わず心の深淵を吐露するものだ。苦悩の海に沈んだ自分は、その苦しさから逃れるには死ぬしかないと覚悟を決めるが、そうすると不思議に生きようという気力が湧いてくる……とキホーテは歌う。牧人となって苦悩から逃げようとしていた彼だったが、ドゥルシネーアを思うことで、苦悩の果てに死を覚悟してこそ真に生きることができる、という心の声を聞いたのだ。

ドゥルシネーアを思って歌ったマドリガルによって、心がほとんど死にかけていたキホーテは息を吹き返す。そうなのだ、思い姫とは騎士にとってそれほどの存在なのである。武装を解き見かけこそ騎士ではなくなったキホーテであるが、精神の騎士であることをやめたわけではなかった。

ところで、キホーテの歌ったマドリガルはどんな旋律だったのか。キホーテと同じ時代を生きたジェズアルドという作曲家がいる。一五六六年、イタリアの名門貴族の家に生まれた彼は一五九〇年、手下を引き連れて妻の不貞現場に乗り込み、抵抗するすべを持たぬ妻とその愛人を惨殺した。貴族であったため処罰は受けなかったものの、決闘によらず妻の愛人を殺めたことが災いしてか、晩年は鬱状態となり、一六一三年に亡くなる。

死の二年前に発表された「五声のためのマドリガル集第六巻」を入手して耳を傾けた。「私は死ぬ、悲しみや苦しみのゆえに」が面白い。当時の音楽の約束事を無視するかのような半音階的進行と不協和音。その響きはこの世界に溶け込むことを拒否しているかのようで、二十世紀の前衛音楽に通じる痛みを持つ。彼の危機的な精神状態がくっきりと刻印された特異で美しい音楽だ。私は想像する。精神の危機に瀕していたキホーテが紡いだ旋律は、ジェズアルドのマドリガルに似ていたのではないか。

第35章　公爵夫妻の愚弄再び

今こそ、お前がドゥルシネーアの魔法解きのために鞭打ちを加える潮時が到来したぞ　（キホーテ）

夜が明け、故郷をめざして出発した主従は日暮れどき、前方から十人ほどの馬に乗った男と四、五人の徒歩の男が、自分たちの方に向かってくるのを認めた。キホーテの胸は高まり、サンチョは恐怖に震えた。というのも、男たちは手に手に槍と楯を構えていたからだ。キホーテは《サンチョよ、もしわしがいま武器を自由に行使できる身であり、さらにこの両腕がわしの立てた誓約によって縛られていないとしたら、わしらに襲いかかろうとしておるあの軍勢など、わしにとっては菓子でできた兵隊くらいの他愛ないものであろうぞ》と怯える従士に語りかける。

主従を取り囲んだ男たちは、槍を突きつけて言うことを聞かなければ殺すと脅し、ロシナンテと驢馬の手綱を引いて街道を外れた道を進み出した。夜のとばりがおりると一行は歩を速め、時折主従に「穴居人」「野蛮人」「食人種」「ポリフェーモ」といった侮蔑的な言葉を投げつけた。「ポリフェーモ」とは、ホメロスの『オデュッセイア』に登場するシチリア島の一つ目の怪物である。彼らの振舞いは、キホーテがけっして抵抗しないと確信しているかのようであった。

拉致された主従が運び込まれたのは、二人をさんざん愚弄した公爵の館であった。中庭には壮麗な祭壇が設えられ、棺台の上にアルティシドーラが横たわっていた。主従の到着を待っていたかのように公爵夫妻が登場すると、奇妙な儀式が始まる。まず、アルティシドーラの枕元で古代ローマ人風の長衣を着た若者が竪琴を奏でながら《ドン・キホーテの素気なさに息たえし……》と歌い始める。ついで、冥府の裁判官に扮した二人の男が登場し、館に仕える全員がそれぞれ、サンチョの顔面に強いしっぺいを二十四回加え、十二回体をつねり、ピンで腕と腰を六回ずつ突き刺させば、彼女は生き返ると宣告するのである。

《冗談じゃねえ！》とサンチョがいきり立つと、男の一人が《黙って言うことをきけ、なにも不可能なことを要求しているわけではないのだから》とたしなめる。ほどなく六人ほどの老女が姿を現す。これを目にしたサンチョは《わしはこの体を世界中の誰にもみくちゃにされたってかまやしねえ、だけんど、老女たちになぶられるのだけは、そいつだけはまっぴらごめんだ！》と悲鳴をあげる。

なぜここまでサンチョは老女を嫌うのか？　主従が生きた十六世紀から十七世紀前半にかけて、ヨーロッパでは魔女狩りが大展開した。そのとき、占いや生薬の調合を生業とする寡婦の老女が標的にされることが多かったという。生粋のキリスト教徒で無学なサンチョには、老女＝魔女という連想が働いていたのかもしれない。

老女のお仕置きを頑なに拒絶するサンチョ。だが、アルティシドーラを死なせてしまったという負い目のあるキホーテは《耐え忍んで、こちらの方々を喜ばせてさしあげるのじゃ》と従士に体を差し出すよう命じる。

他ならぬ主人の命令でおとなしくなったサンチョに、老女たちは次々にしっぺいを加え体をつねる。ところがピンで刺される段になってサンチョの堪忍袋の緒が切れる。手近にあった燃えさかる松明をつかむや、《出ていけ、地獄の死者ども！》と叫びながら老女や刑の立会人を追い回し始めるのだった。

そのとき、アルティシドーラが寝返りを打つ。冥府の裁判官に扮した男が《アルティシドーラがよみがえったぞ！》と叫び、サンチョに怒りを鎮めるよう諭す。次の瞬間である、キホーテはサンチョの前に跪き、《今こそ、お前がドゥルシネーアの魔法解きのために鞭打ちを加える潮時が到来したぞ》と約束を果たすよう求める。だが、逆上していたサンチョは、鞭打ちをするくらいなら、首に石をくくりつけられて井戸にほうり込まれたほうがましだと言い放つ。あまりの怒りにキホーテは何も返すことができない。

蘇生したアルティシドーラは、キホーテに流し目を送りながら《つれない騎士さん、あなたに神のお赦しがありますように》と皮肉を言い、サンチョには《この地上でいちばん情け深い従士さん、あなたはあたしの命の恩人です》と礼を述べる。いやはや、立つ瀬のないキホーテである。

性懲りもない公爵の愚弄を可能にしたのは誰あろう、学士のサンソン・カラスコであった。三カ月ほど前に鏡の騎士としてキホーテに屈し、故郷で静養していたサンソンは、島の領主になったサンチョが妻に書いた手紙を届けにきた小姓からキホーテの居場所を聞き出したのだ。

静養後、銀月の騎士に扮した彼は、公爵の館を訪ねて主従の行方を聞き、ついにバルセロナの浜辺で復讐を果たす。その帰り道にサンソンは公爵を訪ね、バルセロナの一件について詳細な報告をしたのである。公爵は故郷に向かう主従を拉致して再び楽しもうと、二人の通りそうな道で待ち伏せするよう家臣に命じ、かつ中庭に壮麗な祭壇を準備させたのである。

公爵の愚弄は、サンチョにとっては災難であったが、キホーテには福音であった。というのも、サンチョの肉体を痛めつけることでアルティシドーラが蘇生するのを目の当たりにしたキホーテは、サンチョが鞭打ちをすれば必ずやドゥルシネーアの魔法が解けるに違いないとの確信を得たからだ。

主従は公爵の館で一夜を過ごす。空が白み始めるころ、公爵のさしがねでアルティシドーラが主従の部屋にやってくる。彼女はキホーテの薄情さをなじり、サンチョに改めて礼を言う。それを受け流したサンチョは率直な質問をする。《いったいあんたは、あの世で何を見なさったんだね？》。半ズボン姿でペロータ（スカッシュに似た球技）に興じる悪魔のたち、というのが彼女の答えであった。

贋作への憤怒をエネルギーに代えて後篇の執筆にいそしんでいたセルバンテスは、ここでアルティシドーラの作り話を利用して贋作を徹底的に貶める。こんな調子だ。ペロータに興じる悪魔はボールの代わりに本を使っていた。真新しい立派な装丁の本を打ち、それがバラバラになったとき、悪魔は何という本か相手の悪魔に尋ねる。それが『贋作ドン・キホーテ』と聞いた悪魔は吐き捨てるように言う。《そんなものは、さっさと地獄の底へ投げこんでくれ、二度と俺の目にふれないようにな〔……〕俺がわざわざこれよりひどい本を書こうとしたところで、とうていうまくはいかないような代物さね》

さらにセルバンテスは、キホーテに《その続篇とやらは世に出まわって、人びとの手から手へと渡っておるのだが、誰の手にもとどまることがない。みんながそれを足蹴にしてしまうからじゃ

〔……〕その生誕から墓場までの道のりは、さして長くはなかろうて》と言わせる。ところが、セルバンテスの真作が文学の世界遺産とでもいえる存在となったため、贋作は遠く離れた日本でも翻訳され、いまも生き延びている。皮肉な話である。

ペロータに興じる悪魔の話が一段落すると、キホーテは改めて求愛は受け入れられぬことを彼女に伝える。すると、彼女は本気で怒りをあらわにして、昨晩の出来事がすべて芝居であることを明かし、《あんたみたいな駱駝爺さんのために爪の垢ほども心を悩ますような女じゃありませんよ》とののしり去ってしまうのである。アルティシドーラはキホーテを愚弄しながらも、キホーテの無垢な心に触れ、ついには本気で愛するようになったのかもしれない。この言葉は恋する女の裏返しの表現ではないか。

その日の午後、いろいろあった公爵の館を主従はあとにする。

第36章　鞭打ちの成就

友のサンチョよ、わしの喜びのためにお前が命を落とすようなことは天がお許しにならんぞ
（キホーテ）

しっぺいを食らい、つねられ、ピンを刺されながら一銭にもならなかったサンチョが道すがら愚痴り始めると、キホーテはこんな提案をする。《鞭打ち代がほしいというなら、ちゃんと、気前よく払ってやってもよいと前々から考えていたのよ》。抜け目のないサンチョは主人の言葉に飛びつき、一鞭一レアルの四分の一で引き受けたいと提案する。三千三百回打てば八百二十五レアルだ。当時の基準では一レアルは九一・七パーセントの銀三・三八グラムというから、一グラム六十三円という今日の市場価格で単純計算すると、八百二十五レアルはおよそ十五万円となる。家への手土産としては結構な額である。喜んでこの提案を受け入れたキホーテが、早く終えれば百レアルばかり上乗せしてもよいと言い添えると、サンチョは《今夜にもさっそく始めますよ》と答える。

その夜、野宿する場所が決まると、サンチョはもろ肌を脱いで、自分の体に鞭を入れ始める。しかし、七つか八つ打ったところで、鞭打ちが想像を絶する苦行であることに気づく。サンチョは手を止め、代金を倍にしてもらわないととても合わないと主人に訴えるのである。キホーテは鷹揚に従士の

要求を受け入れる。

鞭打ちのあまりの痛さに驚き、代金を倍にしてもらったサンチョであったが、狡猾にもそれからは自分の体ではなく、そばの木の幹を打ち始める。なにしろ夜の森である。どこを打とうとキホーテにはよく見えないのだ。幹を打ちながら時折聞こえよがしに大きな溜息をつく従士に、心優しいキホーテは《友のサンチョよ、頼むから、今日のところは苦行をこのへんでやめにしてくれぬか》と懇願する。幹を打つ音は千回を超えていた。しかし、一刻も早く代金を手にしたい従士は《せめて、あと千くらいはやらせてもらうから、お前様は、もうちょっと離れていておくんなさい》と答え、溜息をつきながら幹を打ち続ける。

調子に乗ったサンチョが《大力無双のサムソンも、仲間もろともこの場でくたばってしまえ!》と悲痛な叫び声をあげながらしたたかに幹を打つと、キホーテは従士のもとに駆け寄り鞭をつかんでこう言った。《友のサンチョよ、わしの喜びのためにお前が命を落とすようなことは天がお許しにならんぞ》

するとサンチョは、たっぷり汗をかいてしまい、このままでは風邪をひいてしまうので、主人が着ている外套をかけてほしいと要求する。ずたずたになっていない背中を見られないようにするためだ。この男、どこまで狡猾なのか。大願成就が見えてきたキホーテは、言うなりに自分の外套をかけてやる。従士はそれをかけたまま、太陽が起こしてくれるまでぐっすりと眠るのである。

朝日とともに起き出して故郷へ向かった主従は、その日一七キロほど進み、とある村の旅籠に投宿する。かつては旅籠を城と思い込んだキホーテだったが、銀月の騎士に敗北を喫してから狂気はすっかり身を潜め、まっとうな判断しか下せなくなっていた。ここで主従は思わぬ人物に出くわすことになる。

名はドン・アルバロ・タルファ。その名を聞いたキホーテが、アベリャネーダの『贋作ドン・キホーテ』に登場する騎士に相違ないかと確認すると、アルバロは《いかにも、わたしがその本人ですよ》と答え、《彼（キホーテ）を郷里から引っぱり出したのは、いや、少なくとも彼をサラゴサで催される馬上槍試合に参加するように仕向けたのはこのわたしで、わたし自身もそこへまいったのです》と語る。

キホーテが、アルバロの知るキホーテと目の前にいる自分に似たところはあるかと尋ねると、似ても似つかないといい、サンチョという従士も連れていたが、真作の前篇で描かれていたのとは大違いで、雄弁というよりは大食らい、機知に富んでいるというよりも愚鈍だったという。ここでいまいましい贋作を法的に葬り去ろうと考えたキホーテは、《それがしの名をかたり、それがしの思想を真似ることによって功名をあげようとした、あのみじめな男は別人なのでござる》と説明したうえで、どうか村長の前で、アベリャネーダの続篇に登場するキホーテもサンチョも偽者であることを証言してほしいと訴えるのである。

これまでも贋作とその作者に対して罵詈雑言を連ねてきたセルバンテスだったが、怒りはなおも収まらない。ついには小説の中で法的に葬り去ろうというのである。セルバンテスは都合よく村長と公証人を旅籠に登場させ、キホーテの願いをかなえさせる。

満足した様子で旅籠をあとにした主従はその日の夜、サンチョの鞭打ちのために森の中で過ごすことにする。暗闇の中で木の幹を鞭打つサンチョ。それを心して数えるキホーテ。その数は三千二十九回に達した。そうして翌日の夜、ついに三千三百回の鞭打ちが成就する。明日にも魔法の解かれたドゥルシネーアと道でひょっこり出会えるかもしれぬと、キホーテは夜が明けるのを胸を膨らませて待つのである。

第37章　帰郷

さあ、威儀を正してわしらの村に入ろうではないか
（キホーテ）

夜が明けて道をたどるキホーテが、行き交う女すべてに目をこらしたにもかかわらず、残念ながらドゥルシネーアとおぼしき女性に出会うことはなかった。気の毒なキホーテ……。やがてある坂を登りつめた主従の前に故郷の村が姿を現す。気落ちした主人のことなど気にすることなくサンチョは跪き、《ああ、懐かしいおいらの古里。しっかりと目を開いて、お前さんの息子のサンチョ・パンサが、あんまり懐は豊かじゃねえけど、鞭だけはどっさりくらって帰ってきたのをようく見とくれよ》と喜びの声をあげる。キホーテは気を取り直し、《さあ、威儀を正してわしらの村に入ろうではないか》と声をかけ、背筋を伸ばして坂を下ってゆく。

威儀を正して故郷の村に帰還した主従を待ち受けていたのは、脱穀場で言い争う二人の男の子だった。一人が相手に《もう諦めるんだな、ペリキーリョ、一生かかっても二度と見られやしないんだから》と言うのを耳にしたキホーテは、これを自分がドゥルシネーアに会えないことを示唆する凶兆と受け取る。その直後、猟犬に追い立てられた野ウサギがサンチョの驢馬の足元に逃げ込むのを見たキ

キホーテは《これは凶兆じゃ！　ああ、ドゥルシネーアは現われぬであろう！》と力なくつぶやく。人は憧れを失ったその瞬間に生きる情熱を失う。キホーテは命あるものすべての故郷である死に向かってトボトボと歩み始めたのだ。そんな主人をサンチョは《前兆なんぞを気にかけるようなキリスト教徒は愚か者と思え》とキホーテ自身が言っていたではないか、と励ますのだが……。

帰郷した主従はそれぞれの家に戻る。キホーテはサンソンと司祭を自室に招き入れ、銀月の騎士に敗れ、向こう一年間は自宅で隠棲する義務の生じたことを説明したうえで、その一年を羊飼いとなって暮らすつもりなので、仲間に加わらないかと誘いをかける。キホーテが新たな狂気にとらわれたと感じたものの、遍歴の騎士として出歩かれるよりはましと考えた二人は提案を受け入れる。三人はこれから始める牧人生活について愉快に語り合うが、二人が帰ると疲れ果てたキホーテは寝込んでしまう。

最終章である第七十四章の冒頭にセルバンテスはこう記す。《人間にかかわることで永遠なるものは何ひとつなく、すべてはその初めから最後にいたるまで、つねに下降を続けていくものである》と。疲れ果てて床に就いたキホーテ。姪と家政婦が献身的に面倒をみるが、彼はひどい熱病に取りつかれて六日間床から離れることができなかった。サンチョは枕元から離れることなく主人を見守り、友人の司祭、サンソン、床屋がたびたび見舞いに訪れた。彼らは、早く回復して牧人生活を始めようとキホーテを励ますが、彼の心は沈んだままだった。

ついに友人たちは医者を呼ぶ。脈をとった医者は《もはや生命が危ない状態にあるから、なにはともあれ、魂の救済に気を向けるように》と言う。心の愁いと落胆が彼の生命を徐々に奪っているというのだ。キホーテはその言葉を静かに受け入れるが、サンチョと姪と家政婦の目から涙がどっとこぼれ落ちる。キホーテは《少し眠りたいから》と、三人に部屋から出るよう命じる。一人になったキホーテは、そのまま六時間以上もぶっ続けに眠り、目を覚ますや大声で叫ぶ。《おお、全知全能の神のありがたさよ！　わしにかくまでの恩恵をたれたもうとは、神のお慈悲のなんと広大無辺なことよ！》
従容として死を受け入れた彼の心からドゥルシネーアの幻影が静かに消え去り、代わって神の慈悲が心を満たしたのだ。

心からドゥルシネーアが消え去り、神の慈悲に充されるキホーテ……。この場面の意味についてしばらく考えていた。ある日、これだ！　という言葉に出会った。それはユダヤ系フランス人思想家、シモーヌ・ヴェイユ（一九〇九―四三）が大戦下、ノートに書きとめた思索群を、彼女の死後、交友のあった農民哲学者ギュスターヴ・ティボンが編集した『重力と恩寵』にある言葉である。
《恩寵は充すものである。だが、恩寵をむかえ入れる真空のあるところにしか、はいって行けない。そして、その真空をつくるのも、恩寵である〔……〕そのまえに、すべてをもぎ取られることが必要である。何かしら絶望的なことが生じなければならない。まず、真空がつくりだされねばならない。真空、暗い夜》
超エリート校である高等師範学校を卒業してリセの哲学教授となったものの、あたかも《世界がぜんたい幸福にならないうちは個人の幸福はあり得ない》という宮沢賢治の言葉に突き動かされるかのように労働運動にのめり込み、工場の女工となり、さらにはスペイン内戦に義勇兵として参加、ついには栄養失調と肺結核により三十四歳で亡くなった彼女らしい苛烈な言葉である。
彼女の言う「真空」とは、憧れを断たれ「空」となった状態のことであろう。このときのキホーテがまさにそうではないか。すべてをもぎ取られ「真空」となったがゆえに、キホーテは初めて恩寵に充されたのだ。

ヴェイユはこんなことも書いている。《たましいの中に永遠性の一点をもつことができたら、あとはただそれを大事に守りとおすほかには何もすることはないのだ》

過酷な現実に身を投じ、その体験を糧に思想を育て、骨身を削るようにつづられた彼女の言葉には、キホーテが語ったとしても違和感のないものが多数ある。この言葉もそうだ。キホーテはそのように生き、ついには「永遠性の一点」をもぎ取られ、その結果「真空」となって恩寵に充され、そして死ぬ。キホーテの人生とは、とてつもない悲劇ではないか。ただ、悲劇ではあってもそれは十分に充された人生であったと思う。あくまでも近代人である私のとらえ方ではあるが。

第38章　ドン・キホーテの死

友のサンチョよ、どうか赦しておくれ　　（キホーテ）

キホーテは姪に《わしはもうすぐ死ぬことになろうが、せめて、死にいたるまで狂人であったという評判を残すほどわしの生涯が不幸だったわけではないことを、人に分かってもらえるような死に方をしたいと思う。つまり、なるほどわしは狂人であったが、今わの際にその事実を認めたくはないのよ》と語りかけ、告解をして遺言書をつくりたいので、司祭、サンソン、床屋を呼んでほしいと頼む。やってきた三人に彼は、自分が善人のアロンソ・キハーノに戻り、いまでは自分を狂気に導いた騎士道物語を嫌悪するようになったと伝える。だが、三人は彼が新たな狂気にとらわれたと思い込むのである。

ウナムーノは正気に戻り死に赴こうとするキホーテにこう呼びかける。《汝の正気の死が汝の狂気の生よりも価値があるとどうして言えるのか？》と。

キホーテを正気に戻そうと、嘲笑しながら手を尽くした三人も、口にこそ出さないものの、キホーテの狂気の生に、自分たちの生には感じられない得難い価値を感じていたのではなかったか。それゆえ、正気に戻ったというキホーテの告白を、新たな狂気ととらえようとしたのだ。

心の底によどんでいた本心を思わず口にしたのは、銀月の騎士としてキホーテを死に赴かせるきっかけをつくったサンソンだった。《ドゥルシネーア姫の魔法が解けたという知らせを受けたんですよ》と嘘を言い、《本来のあなたに戻ってくださいよ》とキホーテを励ます。だが、キホーテは《もうそんな冗談はやめにしてくだされ》とつれなくかわし、遺言状を作成したいので公証人を呼んでほしいと頼むのである。

ここに至って三人はついに覚悟を決める。司祭は人払いをしてキホーテの告解を聞き、その間にサンソンは公証人とサンチョを連れて戻ってくる。部屋から出てきた司祭が《ドン・キホーテ殿はまったく正気になって善人アロンソ・キハーノに戻られ、いよいよ臨終を迎えられますぞ》と告げる。サンチョ、姪、家政婦の目から涙が堰を切ったように流れ出す。

公証人を呼び遺言状の作成にかかったキホーテは、遺贈の段ではサンチョに贈る財産について述べ、従士に向かってこう言った。

友のサンチョよ、どうか赦しておくれ。この世に遍歴の騎士がかつて存在し、今も存在するという、わしのおちいっていた考えにお前をおとしいれ、わしだけでなく、お前にまで狂人と思われるような振舞いをさせて本当にすまなかった泣きながらサンチョは叫ぶ。

　おいらの大事な旦那様、この世で人間のしでかす一番でかい狂気沙汰は、ただ悲しいとか侘びしいとかいって死に急ぐことですよ

「友のサンチョ―おいらの大事な旦那様」――。ブーバーの言う〈我―汝〉そのものではないか。繰り返す。人間は全人格的に呼びかけられて初めて本当の自分が呼び覚まされ、世界に真の姿を現すことができる。ここにはそのもっとも美しい実例がある。

　サンチョは、一緒に羊飼いの格好をして野原に出かけよう、そうすれば魔法を解かれたドゥルシネーアがひょっこり姿を現すかもしれないと主人を励ます。だが、死を目前したキホーテは「去年の古巣に今年は鳥はいない」という諺を口にして、いまの自分は善人アロンソ・キハーノであると繰り返すだけだった。

　続いてキホーテは、家政婦の給金と衣装代、遺贈の遂行に必要な金額を差し引いた残りすべてを姪に譲り、司祭とサンソンに遺言執行人になってもらいたいと述べ、こう付け加える。姪の結婚相手は騎士道物語について無関心な男に限るものとし、姪がそれを破った場合、遺贈された財産はすべて失うことになると。

　ここで脱線する。なぜなら、キホーテの遺言はその後のスペイン凋落の主因として読むことができるからだ。幕末期、幸いにも日本には武士道精神が生きていた。だからこそ明治維新によって西欧列

強の侵略を食い止めることができた。ところがスペインでは、キホーテの遺言によって騎士道精神は死に絶えるのだ。キホーテの死後、スペインは急速に衰退し、ついには一八九八年、米西戦争に敗れて最後の植民地であるキューバ、プエルトリコ、フィリピンを失うこととなる。

そんな祖国を憂えたスペインの思想家グループ「九八年世代」の一人でもあるウナムーノはこんな苛烈な言葉を吐く。《ドン・キホーテよ、かくして汝の遺言は遂行される。汝の祖国の若者たちは、汝の姪たち（スペインのほとんど全部が汝の姪である）の財産を享有できるために、そして姪たち自身を享有できるために、あらゆる騎士道を放棄するのだ。彼女たちの腕のなかで、すべてのヒロイズムが窒息するのである》。これは先の大戦で敗北し、武士道精神を捨て去ってしまった日本人に向けられた言葉として読むこともできる。

姪の結婚に条件を付けたキホーテは最後に、『贋作ドン・キホーテ』の作者に会うことがあったら、自分になり代わってできるだけ丁寧に侘びてもらいたいと、遺言執行人である司祭とサンソンに頼む。あんなでたらめな本を書かせる契機になったのは自分だから、というのがその理由だ。《彼にああいうものを書く動機を与えたことを悔やみながらこの世を去らんとしております》。この言葉を最後にキホーテは失神状態におちいり発作を繰り返す。家は慌ただしい雰囲気に包まれるが、悲しみ一色に覆われていたわけではない。姪と家政婦の食欲は旺盛で、サンチョはどことなくうれしそうにしていた。人間というものをよく知るセルバンテスは書く。《何か遺産を譲り受けるという喜びは、死者を思いやって人が感じる、ごく自然な悲しみをやわらげたり、かき消したりする》と。

三日後、秘蹟を受けたキホーテは、意識のないまま的確な言葉で口をきわめて騎士道物語を呪ったのち、その魂を神に捧げる。死を見届けた司祭は、キホーテが善人アロンソ・キハーノとして天寿をまっとうして身罷ったということを書類にして証明してほしいと公証人に頼む。真作の作者以外の者がドン・キホーテをよみがえらせ、彼の武勇伝を果てしなく書き続ける可能性を排除するためである。サンソンは彼の墓のために詩をつくり、こう締めくくる。《神慮により　狂気に生きて／正気に死にしは幸いなり》

不満を残す幕切れである。トマス・マンも「『ドン・キホーテ』とともに海を渡る」というエッセイの中で《私はどうも『ドン・キホーテ』の最後は弱いと思う》と率直な感想を書き、ではどんな終わり方が可能だったのかと問題提起をしている。

そもそもセルバンテスは、当時流行していた馬鹿げた騎士道物語を揶揄するつもりで筆を起こし、キホーテには狂気のまま馬鹿げた死に方をさせて読者を笑わせてやればよいと考えていたのだと思う。ところが、書き進めるうちにキホーテは著者の意図を超える存在になってしまった。マンは《この作品は思いがけずも本来の意図をはるかに超えて大きくなりすぎたため、実際上では満足な結末を見出す可能性は失われてしまったのだ》とセルバンテスを擁護する。

かくしてセルバンテスが見いだした結末は、正気に戻った、つまり憧れをもぎ取られたキホーテが死ぬというものだったのだ。そこには、キホーテを葬ることで、ろくでもない贋作の登場を阻止したいという我欲もあったはずだ。それがこんなもどかしい幕切れを生んでしまったのではないか。だが彼の我欲は、才能のない作家からこの上なく美しい魂を持ったキホーテを絶対に守りたい、という愛と裏腹のものであったと思う。キホーテの死を描いたあとで、セルバンテスはこうしたためる。

ドン・キホーテはただわたしのために生まれ、わたしはドン・キホーテのために生まれたのだ

こうしてドン・キホーテを葬ったセルバンテスは、一年三カ月後の一六一六年四月二十二日、マドリードの自宅で身罷る。六十九年の人生であった。

主な参考文献

セルバンテス著、牛島信明訳『ドン・キホーテ』全六巻（岩波文庫）

ウナムーノ著、アンセルモ・マタイス、佐々木孝訳『ドン・キホーテとサンチョの生涯』（法政大学出版局）

アザール著、円子千代訳『ドン・キホーテ頌』（法政大学出版局）

カナヴァジオ著、円子千代訳『セルバンテス』（法政大学出版局）

カストロ著、本田誠二訳『セルバンテスの思想』（法政大学出版局）

カストロ著、本田誠二訳『セルバンテスとスペイン生粋主義』（法政大学出版局）

ヒル著、平山篤子訳『イダルゴとサムライ』（法政大学出版局）

佐々木孝著『ドン・キホーテの哲学』（講談社現代新書）

牛島信明著『ドン・キホーテの旅』（中公新書）

岩根圀和著『贋作ドン・キホーテ』（中公新書）

アベリャネーダ著、岩根圀和訳『贋作ドン・キホーテ』全二巻（ちくま文庫）

中丸明著『丸かじりドン・キホーテ』（新潮文庫）

清水憲男著『ドン・キホーテの世紀』（岩波書店）
ブーバー著、植田重雄訳『我と汝・対話』（岩波文庫）
ベルクソン著、真方敬道訳『創造的進化』（岩波文庫）
ツルゲーネフ著、河野与一／柴田治三郎訳『ハムレットとドン・キホーテ』（岩波文庫）
三島由紀夫著『葉隠入門』（新潮文庫）
執行草舟著『根源へ』（講談社）
ヴェイユ著、田辺保訳『重力と恩寵』（ちくま学芸文庫）
エラスムス著、渡辺一夫／二宮敬訳『痴愚神礼讃』（中公クラシックス）
モンテーニュ著、原二郎訳『エセー』全六巻（岩波文庫）

あとがき

汝の正気の死が汝の狂気の生よりも価値があるとどうして言えるのか？
（ウナムーノ）

まえがきにも書いた通り、本書は平成日本に大いなる違和感をいだいた初老の男が、ドン・キホーテ主従とともに旅をしながら、思いついたことを書き綴ったものだ。それは戦後日本において「封建的」と否定され、捨て去られた価値の復権を図ろうとする、まさにドン・キホーテ的行為でもあった。

旅をするにあたってドン・キホーテは地図や羅針盤を持たなかった。それは神が己を導いてくれるという確信を持っていたからだ。一方、神を信じ切れぬ近代人の私には、羅針盤の代わりになる何かが必要だった。私はミゲル・デ・ウナムーノの『ドン・キホーテとサンチョの生涯』がそれになると直観、お守りとして携え、主従の旅に付き従うことにした。

キホーテを愛してやまぬウナムーノの「贔屓の引き倒し」としか言いようのない苛烈な解釈に同意しかねることも多かったが、彼の解釈なくして私は主従の旅に最後まで付き合うことができなかったように思う。主従に劣らずウナムーノにも名言が多かったが、私のもっとも愛する言葉は、正気に戻り死に赴こうとするキホーテに呼びかけたものだ。

汝の正気の死が汝の狂気の生よりも価値があるとどうして言えるのか？

魂がふるえる言葉ではないか。天国のウナムーノに感謝したい。

『ドン・キホーテ』からの引用はすべて、牛島信明さんが訳した岩波文庫版からのものだ。天国の牛島さんに感謝する。

編集を担当していただいた水声社の伍井すみれ子さんには、新聞連載コラムを本の形にするうえで有益な助言を度々いただいた。心より感謝します。どうもありがとう。

セルバンテス没後四百年にあたる二〇一六年六月

著者について——

桑原聡（くわはらさとし）　一九五七年、山口県に生まれる。早稲田大学第一文学部卒業。八七年、産経新聞社に入社。整理部、新潟支局、文化部、雑誌『正論』編集部（二〇一〇年から一三年まで編集長）などを経て、現在、文化部編集委員。主な著書に、『わが子をひざにパパが読む絵本50選』（産経新聞出版、二〇〇五年）、『わが子と読みたい日本の絵本50選』（同、二〇〇六年）、『酒とジャズの日々』（共著、医療タイムス社、二〇一〇年）などがある。

装幀——西山孝司

《ドン・キホーテ》見参！

二〇一六年七月一日第一版第一刷印刷　二〇一六年七月一〇日第一版第一刷発行

著者——桑原聡
発行者——鈴木宏
発行所——株式会社水声社
東京都文京区小石川二—一〇—一　いろは館内　郵便番号一一二—〇〇〇二
電話〇三—三八一八—六〇四〇　FAX〇三—三八一八—二四三七
郵便振替〇〇一八〇—四—六五四一〇〇
URL : http://www.suiseisha.net

印刷・製本——モリモト印刷

ISBN978-4-8010-0190-9